Herbert

Rosendorfer

Die besten Geschichten

Herbert

Rosendorfer

Die besten Geschichten

nymphenburger

Das Buch ist – wegen der Geschichte »Die letzte Attacke« –
dem Andenken meiner beiden Großväter gewidmet:

Friedrich Rosendorfer, Angehöriger des
k. u. k. Infanterieregiments N° 59
»Erzherzog Rainer«

und

Johann Ennsfellner, Angehöriger des
k. u. k. Infanterieregiments N° 49
»Freiherr v. Heß«

Das Regiment N° 49 hatte hechtgraue Egalisierung mit weißen Knöpfen,
N° 59 orange mit gelben Knöpfen, selbstredend cisleithanische Hosen.

Schutzumschlag: Wolfgang Heinzel
Satz: Schaber Datentechnik, Wels
Gesetzt aus 10,5/13,9 Punkt New Caledonia
in Quark XPress auf Apple
Druck: Jos. C. Huber, Dießen
Binden: R. Oldenbourg, München
Printed in Germany
ISBN 3-485-00824-9

Inhalt

Die junge Maria Stuart

Im Sommer 1562 traf in einem Gasthof in einem kleinen Ort namens Lavis (wenige Meilen nördlich von Trient) eine Dame mit kleinem Gefolge ein, die den Wirt – einen gewissen Bruno De Gasperi – unterrichtete, daß sie einige Tage, vielleicht zwei Wochen hier zu bleiben gedenke. Einen Namen nannte die Dame nicht, aber ihre Zofe ließ durchblicken, daß die Dame – eine sehr junge Dame – von hohem Rang sei. »Die Dame ist so jung«, sagte der Wirt Bruno De Gasperi zu seiner Frau, »daß man sie glatt für ein junges Mädchen halten würde, wenn sie nicht von so hohem Rang wäre.«

Das Gefolge der Dame war nicht nur klein, sondern sehr klein: die erwähnte Zofe und ein Kutscher, der taubstumm war. »Eine Hochstaplerin«, sagte die Wirtin Anna De Gasperi zu ihrem Mann, »nimm das Geld im voraus.« Der Wirt, ein vorsichtiger Mensch, schwankte: das sehr kleine Gefolge konnte genausogut ein Zeichen von *wirklicher* Vornehmheit sein, die Wert auf Incognito legte. Man war derlei gewohnt im Jahre 1562 in Lavis, wenige Meilen nördlich von Trient. Im Januar war nach zehnjähriger Unterbrechung – schon hatte niemand mehr an die Fortsetzung geglaubt – das Konzil wiedereröffnet worden. Obwohl die Protestanten diesmal nicht mehr kamen, waren die Gasthäuser voll, selbst in der Umgebung, im ganzen Trentino bis Mezzocorona und ins Nonnstal hinein. Bruno De Gasperis Gasthof war der schönste im Ort, breit und mit einem großen Tor. Hinten schlossen sich die Weingärten an. Eigener Brunnen. Daß die zwei Zimmer und die Zofenkammer überhaupt frei waren, war ein Zufall. Ein dänischer Abt war kurz vorher Hals über Kopf abgereist, weil Nachricht gekommen war, daß es sein Kloster nicht mehr gab. Der lutherische König hatte es abgeschafft. So waren die Zimmer frei gewesen.

»Wenn die junge Dame wirklich so vornehm ist, wie die Zofe munkelt«, sagte Bruno De Gasperi zu seiner Frau, »dann blamieren wir uns unsterblich, wenn wir das Geld im voraus verlangen. Und sowas spricht sich in feinen Kreisen herum.« – »Du bist ein Affe«, sagte Frau Anna De Gasperi, »nachdem die Zimmer in der Gegend mit Gold aufgewogen werden, seit der Himmel uns die Gnade geschenkt hat, daß das Konzil wieder eröffnet worden ist, kann sich herumsprechen was will –« – »Das Konzil endet einmal!« sagte der Wirt. »Wie du willst«, sagte die Frau, »es ist dein Geld. Du wärst nicht das erste Mal hereingefallen.«

Der Knecht schlief im Stall bei den anderen Knechten. Aus ihm war nichts herauszubringen, denn er war, wie gesagt, taubstumm. Die Zofe vertraute es nach einigen Tagen der Wirtin an: die junge Dame sei die verwitwete Königin von Frankreich. »Die verwitwete Königin von Frankreich?« flüsterte Frau Anna De Gasperi. »Niemand geringerer«, flüsterte die Zofe. Sie hieß Marcelle.

Maria Stuart, 1542 geboren, im Alter von einer Woche nicht Königin, sondern »König« von Schottland aus eigenem Recht, war in ihrem sechsten Lebensjahr mit François, dem Dauphin, ältesten Sohn des Königs von Frankreich, vermählt worden. Der Dauphin war vier Jahre alt. Als er fünfzehn war, starb der Vater (König Heinrich II.), und François wurde König Franz II. Mit sechzehn

starb er selber. Maria war Witwe. Das war 1560 gewesen.
»Was für ein Unglück«, flüsterte Frau De Gasperi, »mit achtzehn Jahren schon Witwe.«
»Sie trägt es«, sagte Marcelle.
»Wie alt ist sie jetzt?«
»Zwanzig«, sagte Marcelle, »ein Jahr jünger als ich.«
Im Gasthof De Gasperi waren bisher – also in der Konzilszeit – Äbte, Monsignori, Bischöfe und sogar gelegentlich Erzbischöfe abgestiegen, an weltlichen Herren: kaiserliche und königliche Räte, ab und zu ein Graf oder ein venezianischer Senator, eine Königin nie. Die ganz hohen Herrschaften hatten immer noch in Trient selber ein angemessenes Quartier gefunden.
»Jetzt nicht mehr«, sagte Marcelle, »wir haben uns erkundigt. Selbst der Kaiser fände dort keinen Platz mehr, und wenn er sich so klein machte wie eine Maus.«
Die Königin lebte äußerst zurückgezogen. Sie ging manchmal in den Weinbergen hinter dem Haus einige Schritte auf und ab, aber nur, wenn sonst niemand dort in der Nähe war. Sie aß viel und kleidete sich immer in Schwarz. Mit den anderen vornehmen Gästen des Gasthofes De Gasperi hatte sie keinen Umgang. Einer dieser Prälaten und Herren, Don Cesare Dolenti, der besonders zeremoniös tat, wollte seine ergebenste Aufwartung machen, als er unter der Hand von der Anwesenheit der französisch-schottischen Majestät erfuhr. Doch die Zofe winkte ab. Die Königin wolle das nicht. Sie wünsche, unerkannt zu bleiben. Sie bäte um die Anrede als eine Gräfin von St. Andrews. Selbstverständlich verzichtete Don Cesare Dolenti unter diesen Umständen auf seine Aufwartung, grüßte jedoch die »Gräfin von St. Andrews«, wenn er ihr begegnete – selten genug – mit einem in Ehrfurcht ersterbenden Unterton.

Ganz selten fuhr die Königin mit ihrer Kutsche aus. Die Kutsche war alles andere als königlich. »Tarnung«, sagte Marcelle. An den Schlägen waren Spuren von Farbe zu sehen: ein abgekratztes Wappen. »Tarnung«, sagte Bruno De Gasperi. Wohin die Königin fuhr, war natürlich nicht zu erfahren. Nach Trient vermutlich, der Straße nach zu urteilen, die der taubstumme Kutscher nahm. Auch dessen Livree war staubig und schäbig. »Tarnung?« sagte Frau Anna De Gasperi. Was die Königin in Trient zu tun hatte, blieb selbstverständlich auch im dunkeln. Nur soviel: »Sie wartet auf eine günstige Stunde«, hatte die Zofe Marcelle gesagt. Die Königin sprach mit Marcelle immer französisch, mit den Wirtsleuten – was selten vorkam – deutsch. Italienisch sprechen hörte man sie nie. Auch Marcelle konnte nicht Italienisch.

Nachdem drei Wochen vergangen waren und die Königin nach Rechnung der Wirtin für zweihundert Gulden Hasen, Kälber, Fasane und Forellen gegessen hatte, ihre Pferde für dreißig Gulden Hafer, die Weinrechnung sich auf zweiundvierzig Dukaten und die Bierrechnung für den taubstummen Knecht auf deren siebzehneinhalb belief, die Kosten für das Logis noch gar nicht in Anschlag gebracht, überlegte nun doch auch der Wirt, wie man unter Wahrung der gebotenen Schicklichkeit der Königin eine Zwischenrechnung präsentieren könne. Bevor eine Entscheidung darüber getroffen wurde, traten neue Ereignisse ein.

Don Cesare Dolenti wurde abberufen, er verließ Lavis. Nur drei Tage stand das Zimmer leer, dann näherte sich auf der Straße vom Norden her eine weitere, sehr große Kutsche, die genau vor dem Gasthaus stehenblieb. Der Wirt ging vor das Tor und wischte sich seine Hände an der

Schürze ab. Sein Blick fiel auf den Schlag: auch da war ein Wappen abgekratzt worden.
Der Fuhrknecht, ein ziemlicher Lümmel, der – wie sich später herausstellte – Bernhard hieß, schrie auf deutsch, aber in einem Dialekt, den Bruno De Gasperi fast nicht verstand, vom Bock herunter: ob ein Zimmer frei wäre? »Zu dienen«, sagte De Gasperi. Der Vorhang der Kutsche wurde beiseite geschoben, ein etwa dreißigjähriger Mann schaute heraus, musterte den Wirt, nachher den Gasthof und nickte dann dem Fuhrknecht zu. »Wie heißt das Nest?« schrie der Fuhrknecht. »Lavis, zu dienen«, sagte De Gasperi. Der Fuhrknecht stieg ab, warf die Zügel auf den Bock und riß den Schlag auf. Der junge Herr stieg aus, reichte dem Wirt die Hand in einer Weise, die zeigte, daß er einen Handkuß erwartete, und ließ sich dann das Zimmer zeigen. Er blieb gleich oben und befahl ein Frühstück. »Einen Moment, Herr Wirt«, sagte der Fuhrknecht Bernhard, »wenn er beliebt da auf die Seite zu treten.« Er senkte die Stimme: »Mein Herr ist der Herzog von Braunschweig zu Dannenberg, will jedoch nicht als solcher erkannt werden. Hat man verstanden? Reist deswegen mit kleinster Begleitung, also mit mir. Ich heiße Bernhard. Mein Herr wünscht die Anrede: Graf von Lauffenberg. Er hat auf dem Konzil zu tun und will im übrigen in Ruhe gelassen werden.« – »Zu dienen«, sagte Bruno De Gasperi.
»Jetzt haben wir zwei solche«, sagte die Wirtin, »wenn wir noch mehr solche Gäste kriegen, sehe ich schwarz.« – »Ich werde um Audienz nachsuchen und die Zwischenrechnung präsentieren.« – »Und von dem Herzog verlangst du hundert Dukaten im voraus.« – »Ja«, sagte der Wirt.
Allein auch dazu kam es nicht. So ein Besuch in so einem Dorf spricht sich auch – oder gerade – unter der Hand

herum, und über das Dorf hinaus. De Gasperi hatte einen Vetter in Cles, der hieß Lorenzi und war Schreiber der Herrschaft dort. Seine Leidenschaft war die Genealogie. Sofern ihm seine Amtsgeschäfte Zeit ließen, studierte er Stammbäume von Fürstlichkeiten. Er hoffe, sagten die Leute hinter seinem Rücken, daß er dabei einmal an einem Seitenast eines Herzoghauses einen Lorenzi entdecke, von dem er abstamme. Sein innigster Wunsch war, geadelt zu werden. So ein Wunsch erfüllt sich in Cles, wo zwar ein herrschaftliches Schloß ist, aber sonst die Welt mit Brettern vernagelt, nur sehr schwer. Alle zwei, drei Monate, wenn Lorenzi amtlich in Trient zu tun hatte, besuchte er seinen Vetter De Gasperi auf der Durchreise, schon weil er dabei kostenlos bewirtet wurde.

»Die Königin von Schottland, so, so«, sagte Lorenzi ehrfürchtig, »und der Herzog von … von wo?« – »So irgendwie was mit einer Farbe … und Hinnenberg oder …« – »Braunschweig?« fragte Lorenzi, »und Dannenberg?« – »Genau!« rief De Gasperi.

Lorenzi dachte nach. Seine hohe Stirn zog sich in Falten. Die Genealogien der wichtigsten Häuser kannte er auswendig. (Nur vom Markgrafen abwärts mußte er nachschlagen.) »Der Herzog von Braunschweig zu Dannenberg. 1533 geboren, dann ist er jetzt 29 –« – »Kann hinkommen«, sagte De Gasperi. »Hat das Herzogtum im 59er Jahr von seinem älteren Bruder Franz Otto geerbt, der, obzwar mit Elisabeth Magdalena von Brandenburg verheiratet, ohne Hinterlassung von Leibeserben verblichen ist. Er selber, der Herzog, der hier ist, heißt Heinrich. Er ist zur Stunde noch unvermählt.«

»Aha«, sagte De Gasperi. »Und die Königin von Schottland und von Frankreich ist Witwe!« sagte Lorenzi, »das ist doch förmlich ein Wink des Himmels.« De Gasperi verstand seinen Vetter nicht sofort.

»Es dreht sich darum«, sagte Lorenzi, schob sein Glas zur Seite und rückte näher an De Gasperi heran, »es dreht sich darum, Vetter De Gasperi, eine fürstliche Ehe zu stiften.«

»Und was hab' ich davon?« fragte De Gasperi.

»Bist zu langsam von Begriff: die Aussichten sind unermeßlich. Die Königin wird zwar nur Herzogin von Braunschweig, aber die Nachkommen des Herzogs erwerben ein unbedingtes Anrecht auf den schottischen Thron! Male dir das einmal aus!?« De Gasperi versuchte sich das auszumalen. Es blieb in ihm dunkel. »Ehrlich gesagt: mir ist es gleich, wer in Schottland König ist«, sagte er.

»Die Dankbarkeit der fürstlichen Herrschaften? Die Nachkommen jenes Herzogs da oben –« Lorenzi deutete an den Plafond, »verdanken *uns* die Krone Schottlands. Wir werden geadelt. Vielleicht bekommst du eine Baronie im Dannenbergischen – ich ...«, Lorenzi lehnte sich bescheiden zurück, »werde vielleicht sogar Herzog. Ich habe alles schon durchgerechnet. Wahrscheinlich werde ich Herzog. Ich habe auf der Landkarte nachgesehen. Ich werde Inverness als Apanage wählen. Lawrence, erster Duke of Inverness.« Lorenzi nahm einen Schluck. Langsam dämmerte es in De Gasperi.

»Aha«, sagte er, »so, so. Hm. Und warum, wenn man fragen darf, Vetter Lorenzi, warum du *Herzog* und ich nur Baron? Schließlich wohnen die beiden bei *mir* in Lavis und nicht bei dir in Cles?«

»Weil ich der *spiritus rector* der Sache bin, ist dir das klar?«

»Nicht ganz. Was ist ein *spiritus* et cetera?«

»Einer, der die Idee hat, der alles leitet.«

»Na ja«, sagte De Gasperi.

»Außerdem«, sagte Lorenzi, »bin ich unverheiratet, habe keine Erben, und in meinem Alter – ich setze dich, meinen Vetter, zum Erben des Herzogtitels ein. Dann wirst du zweiter Herzog von Inverness. Jedenfalls aber dein Sohn, Vetter De Gasperi, falls ich dich überleben sollte. Prost!«

De Gasperi kratzte sich am Kinn. »Wo ist denn das Inver … et cetera?«

»In Schottland, natürlich.«

»Und wo ist Schottland?« fragte De Gasperi kleinlaut.

»Du weißt nicht, wo Schottland ist?!« Lorenzi lachte und nahm noch einen Schluck, schob dann seinem Vetter das Glas zum Nachschenken hin. »Der künftige Herzog von Inverness weiß nicht, wo Schottland ist. Hähähä.«

De Gasperi schenkte nach. »Sag schon – wo ist es?«

»Seitlich von England«, sagte Lorenzi.

De Gasperi wußte zwar auch nicht genau, wo England lag, fürchtete sich jedoch endgültig vor seinem Vetter zu blamieren, wenn er noch weiter fragte.

Lorenzi kam nun fast jeden zweiten Tag, sooft es seine Amtsgeschäfte erlaubten, nach Lavis heraus. Er hatte auch die Idee von dem Bankett. Er fertigte – keine Schwierigkeit für ihn, den Schreiber – schöne Einladungen auf Pergament aus, in denen die Gräfin von St. Andrews und der Graf von Lauffenberg in den ehrerbietigsten Worten – so gedrechselt, daß sie kaum mehr verständlich waren – zu einem Festessen eingeladen wurden. Der Wortlaut der Einladung kostete Lorenzi zwei schlaflos durchüberlegte Nächte: einerseits wollte er das Incognito strikte wahren, anderseits doch feinsinnig und auf das Schmeichelhafteste durchblicken lassen, daß der Einladende den überaus hohen Rang der Gäste kenne. So flocht Lorenzi leichte Anspielungen auf Kronen, Löwen, Szepter und Thron ein,

versäumte auch nicht, kleine Huldigungen an die Macht und Schönheit Schottlands respective Braunschweig-Dannenbergs anzubringen und schloß »in immerwährender Ehrfurcht hinschmelzend: Bertoldo Lorenzi …« – beinahe hätte er geschrieben: Duke of Inverness.
Zwar trug De Gasperi die Kosten des Gastmahls – »… der Profit von einem halben Jahr«, maulte die Wirtin; Lorenzi hielt das für übertrieben – aber Lorenzi trat quasi als Gastgeber auf. Er war es auch, der in geschliffenster Form mit Verbeugungen und nahezu geometrisch gezirkelten Kratzfüßen, die sich an jedem Hof hätten sehen lassen können, die Einladungen überbrachte. Und bei den jeweiligen Gelegenheiten näherte er sich – das hatte er genau kalkuliert – selbstverständlich in devotester Weise mit anmutigen Gesten der Königin und flüsterte ins erlauchte Ohr: »Der andere hohe Gast: der Herr von Lauffenberg belieben nur ein Incognito zu sein und sind in Wirklichkeit Seine herzogliche Gnaden, der Herr Herzog von Braunschweig zu Dannenberg. Aber pst –!« Und das entsprechende beim Herzog.
De Gasperi schlachtete sechs Hühner, zwei Enten, ein Schwein, ein Kalb und einen Hammel. Er rollte ein Faß Wein ins hintere (kleinere, aber bessere) Gastzimmer, ein Faß Wein, das noch aus dem ersten Regierungsjahr Papst Julius' III. stammte. Lorenzi beschaffte leihweise in Trient gediegenes Tafelsilber beim dortigen Fugger-Residenten. De Gasperi mußte als Pfand dafür seine zwei letzten Pferde einsetzen. Der Zucker, der Safran, die Mandeln und alles andere für die süßen Nachspeisen kosteten so viel wie ein neues Dach für den Stall (behauptete die Wirtin). Vierhundert Eier. Die Livree für die Wirtsknechte brachte Lorenzi von der Clesischen Herrschaft auf den einen Tag mit,

drillte auch die Knechte zu Dienern. Manche Kopfnuß fiel dabei.

Bevor Lorenzi am Abend jenes denkwürdigen 4. September einen »Diener« hinaufschickte, um die Königin und den Herzog zur Tafel zu bitten, warf er noch einen Blick über die Zurichtungen und war zufrieden: das Silber glänzte im Schimmer zahlloser Kerzen, das damastene Tischtuch war weiß wie der Schnee auf den Brentadolomiten, die Fahnen Schottlands und Braunschweigs hingen dezent aber unübersehbar, der Bratenduft schlängelte sich wohlig aus der Küche, der Wein – Lorenzi kostete einen Becher – war vorzüglich. Lorenzi trug seinen schwarzen Anzug und ein grünes, mit goldenen Arabesken besticktes Samtwams.

*

Der Erfolg des Banketts übertraf – zunächst – alle Erwartungen des künftigen Ersten Herzogs von Inverness, der sich bereits Gedanken über das Wappen zu machen begann, das er anzunehmen gedachte: ein Gitter grün auf silber (den Rost des heiligen Laurentius symbolisierend), darüber ein Adler, vielleicht auch ein Löwe in Blau oder Schwarz …

Beim Bankett selber waren die hohen Herrschaften noch etwas steif und zeremoniell gewesen, die Unterhaltung – in Französisch und Deutsch – verhalten, um nicht zu sagen sogar gehemmt, obwohl Lorenzi, in submissester Form, versteht sich, alles tat, um in den ihm zur Verfügung stehenden Sprachen zu parlieren. Doch schon am Tag danach sah man die Königin mit dem Herzog im Weinberg spazierengehen, die Zofe Marcelle zwei Schritte dahinter, und als Ende September Vollmond war, spazierte das hohe Paar schon allein. Lorenzi rieb sich die Hände. Er verfaßte ein lateinisches Gedicht, daß in zartesten Anspielungen die Vereinigung des welfischen Leuen und der schottischen Löwin besang. Er überreichte je eine Ausfertigung, hatte allerdings das Gefühl, daß die Herrschaften des Lateins nicht mächtig waren. Unschöne Gedanken, die sich dabei aufdrängten, schob er energisch beiseite.

*

Die in Regensburg aus dem Kloster entflohene Tuchmacherstochter Barbara Egerin (Klostername: Maria Immaculata) und der wegen Betruges, Zechprellerei und Gotteslästerung gesuchte Barbiergehilfe Jeremias Treppeldecker umarmten einander. Der Vollmond leuchtete über dem Weinberg des Gastwirtes De Gasperi in Lavis. »Ach, Graf –«, flüsterte Barbara Egerin. »Ach, Gräfin –«, flüsterte Jeremias Treppeldecker. »Das Schicksal wird uns aufs grausamste trennen«, hauchte die Gräfin. »Das fürchte ich auch«, säuselte der Graf. Knapp eine Stunde später sagte die Gräfin: »Ich werde Marcelle bitten, das Bettuch zu waschen. Man braucht ja nicht im ganzen Haus zu wissen –«

»Ich dachte«, sagte der Graf, »Frau Gräfin, wenn ich nach wie vor diesen unangemessenen Titel gebrauchen darf, Frau Gräfin sind – oder besser gesagt, waren verheiratet? Wie kommt es dann, daß Sie trotzdem –«

»Ach«, sagte die Gräfin, »mein Gatte, Gott hab' ihn selig – wie wir geheiratet haben, war er vier Jahre alt und ich sechs …«

»Ja, schon«, sagte der Graf, »aber er ist doch älter geworden?«

»Er hat sich bis zu seinem Tod nur für Fröschefangen und für Bogenschießen interessiert. *Ausschließlich.*«
»Ja, dann«, sagte der Graf, »dann haben Sie, Frau Gräfin, wenn Sie die unangemessene Anrede gestatten –«
»Ach, Graf«, sagte die Gräfin, »wenn Sie wüßten, *wie* unangemessen diese Anrede ist –«
»Ich weiß, ich weiß –«
»Nichts wissen Sie.«
»Wenn Sie befehlen, daß ich nichts wissen soll, dann weiß ich selbstredend nichts.«
»Ich werde Ihnen bald ein schreckliches Geständnis machen müssen.«
»Schrecklich für *mich*«, sagte der Graf.
»Nein, für *mich*«, sagte die Gräfin und Königin und entlaufene Nonne Barbara Egerin aus Regensburg.
»Ich muß Ihnen auch ein Geständnis machen –«
»Das weiß wiederum *ich*«, hauchte die junge Maria Stuart, »aber nicht jetzt.« Sie umarmte den Herzog. »Morgen«, sie umarmte ihn fester, »– oder übermorgen.«
Die Geständnisse wurden weder am folgenden noch am übernächsten Tag ausgetauscht. Das Paar verbrachte ganze Tage im Bett. Lorenzi rieb sich die Hände. »Nur –«, sagte er, »wenn nur ja nicht der Erbprinz zu früh auf die Welt kommt.«
Mitte Oktober wurde wieder ein Zimmer leer. Ein Monsignore aus Verona mußte heimreisen, weil seine Konkubine das dreizehnte Mal niedergekommen war. »Das dreizehnte Mal«, brummte der Monsignore, »wenn das nur kein Unglück bringt.«
In das Zimmer des Monsignore zog ein junger Herr ein, der Karl Grau hieß und aus Graz kam. Er kam ohne alle Begleitung in einer Kutsche mit dem erbländisch-österreichi-

schen Wappen, die Herrn Grau nur absetzte und dann weiterfuhr. »Wahrscheinlich hat er sie gestohlen, und der Kutscher ist sein Helfershelfer«, sagte die Wirtin zum Wirt, »daß du mir aber von dem Gast Geld für Kost und Logis im voraus verlangst.« Das tat diesmal der Wirt. Herr Grau zahlte anstandslos.

☼

Vetter Lorenzi war nun fast täglich in Lavis. Er stolzierte herum – jeder Zoll ein künftiger Erster Herzog von Inverness – und rieb sich die Hände. Ab und zu richtete er ein herablassendes Wort an Herrn Grau, hob sogar ein wenig von dem staatspolitischen Geheimnis den Schleier, dessen Träger er war. »Oho!« sagte Herr Grau erstaunt.

Ende Oktober hielt wieder eine Kutsche vor dem Gasthof. Diesmal saßen zwei Fuhrknechte am Bock, und zwei Livrierte hockten hinten auf. Einer sprang herunter und schrie Herrn Grau und Vetter Lorenzi, die zufällig vor dem Tor standen, an: »Ist einer von euch Maulaffen der Wirt? Der Herr Kardinal von Lothringen braucht Quartier. Vier Zimmer und Platz für die Pferde.«

»Ich bin zwar nicht der Wirt, doch ich weiß soviel: das Haus ist voll. Wir können Seiner Eminenz nicht dienen.«

Das Fenster der Kutsche wurde herabgelassen, und ein feister Mensch mit Scharlachkäppchen schaute heraus. »Was?« schrie er, »das soll doch nicht wahr sein. Dann werfe man eben das andere Gesindel hinaus –«

Herr Grau wandte sich ab und ging in den Gasthof hinein. In der hinteren, besseren Gaststube saßen die Königin von Schottland und der Herzog von Braunschweig-Dannenberg und seufzten. »Frau Gräfin, Herr Graf«, sagte Herr

Grau, »eben ist der Kardinal von Lothringen angekommen, der Onkel der Königin von Frankreich und Schottland.« Dann entfernte sich Herr Grau wieder.
Gleichzeitig war aber vorn Herr Lorenzi an den Schlag der Kardinalskutsche getreten, hatte eine höfische Verbeugung gemacht und geflüstert: »Euer Eminenz Nichte, die Königin von Frankreich und Schottland logieren hier, wenngleich unter Incognito – als Gräfin von –«
»– St. Andrews«, konnte Lorenzi nicht mehr sagen, denn die Augen der Eminenz weiteten sich schreckhaft, der abgestiegene Gauner sprang auf, und die Kutsche fuhr wie von Furien gehetzt davon. Grad noch, daß Lorenzi im letzten Augenblick seinen Fuß wegziehen konnte, bevor das Hinterrad drüberrollte.
Der taubstumme Fuhrknecht der »Königin« war gar nicht taubstumm, er hatte nur Befehl gehabt so zu tun, damit er keine lästigen Fragen beantworten mußte. Marcelle heulte, weil sie keinen Pfennig Lohn bekommen hatte. Der Diener des »Herzogs« fluchte. Er sagte, er werde den betrügerischen Barbiergehilfen schon noch finden, und dann werde er ihm die Knochen entzweischlagen. Im Lauf von drei Wochen kamen mehrere Leute, die sich als wahre Eigentümer der Kutschen mit den abgekratzten Wappen und der Pferde herausstellten. Die »Königin« war zuletzt von einem Kind der Nachbarschaft gesehen worden, wie sie hinten über die Mauer des Weinbergs gestiegen war und in Richtung gegen die Berge lief. Der »Herzog« dagegen – das hatte die alte Sesslin gesehen, De Gasperis Muhme, war durch den Bach gewatet und eilig zum Tal hin verschwunden.
»Da hätten sie doch heiraten können«, sagte Lorenzi bitter, »sie waren *eines* Standes.«

»Nur du wärst davon nicht Herzog geworden«, sagte De Gasperi.

*

Als im November der wirkliche Kardinal von Lothringen durch Lavis zog, wurde Herr Grau mit großem Gefolge abgeholt. Herr Grau war – der echte – Erzherzog Karl von Österreich. Er schenkte beim Abschied jedem der Wirtskinder eine goldene Münze mit seinem Bild. »Von jetzt ab verlangst du«, sagte Frau Anna De Gasperi in einem Ton, der jeden Widerspruch ausschloß, »von jedem Gast das Geld im voraus. Von *jedem.*«

Der letzte Troubadour

Daß der Mann, von dem hier die Rede sein soll, die Stütze oder Säule unseres Unternehmens gewesen ist, wäre zuviel gesagt. Der Chef – der Titel Intendant wäre zu hoch gegriffen, offiziell hieß er nur ›Leiter der Landes-Musik-Bühne‹ – äußerte manchmal sogar die Meinung, ohne ihn ginge es besser. Solche Äußerungen fielen meistens spät abends in mittelmäßigen Gastwirtschaften, nach schlecht besuchten Vorstellungen, bei abgestandenem Bier, und als die Kellnerinnen schon lauerten, um auch unsere Stühle endlich auf die Tische stellen zu können. Bei Tag mußte auch der Chef zugeben, daß auf Guido Mittag nicht verzichtet werden konnte, weil er zwar nicht der beste, aber der einzige Tenor war, der der ›Landes-Musik-Bühne e. V.‹ ständig zur Verfügung stand. Guido Mittag selber war, aber das braucht wohl nicht betont zu werden, der Meinung, die er mit allen Tenören teilte, daß er der beste sei.
Die erwähnten schlecht besuchten Vorstellungen waren eher selten. Das Fernsehen gibt es zwar länger, als man meint, auch damals, in den fünfziger Jahren gab es das Fernsehen schon, es war jedoch keine Konkurrenz für uns: es gab nur ein Programm, und das lief eineinhalb Stunden am Tag, und dort, wo wir spielten, hatten meistens nur der Bürgermeister und der Apotheker schon einen Fernsehapparat. Unsere Konkurrenz war noch das Kino und der Vereinsabend. Wenn der katholische Gesellenverein ein Katharinen-Kränzchen veranstaltete oder der Trachten-

bund einen Jodlerabend, wußten wir, daß unsere Vorstellung leer bleiben würde. Aber das war, wie gesagt, eher selten. Meistens waren die Tanz- oder Wirtssäle, die Kolping- und Pfarrheime, in denen wir auf mehr oder weniger improvisierten Bühnen spielten, gepfropft voll. Das Publikum war freundlich und unkritisch, allerdings auch, wie der Verlauf dieser Geschichte zeigen wird, unberechenbar.
Hinter der eher zurückhaltenden Bezeichnung ›Landes-Musik-Bühne‹ verbarg sich das Elend überflüssiger Künstler. Man kann sagen: alle Künstler sind überflüssig; man braucht Schuster, Atomingenieure, vielleicht sogar Manager; Künstler braucht man nicht. Dann wäre die Feststellung abzuwandeln: es gibt mehr und es gibt weniger überflüssige Künstler. Die Angehörigen der ›Landes-Musik-Bühne‹ waren von der überflüssigsten Sorte. Dieses Unternehmen war vom Arbeitsamt ins Leben gerufen worden, um wenigstens einigen von den vielen arbeitslosen Musikern, die beim Amt gemeldet waren, ein Einkommen zu verschaffen. Man muß sich die damalige Situation vergegenwärtigen: Wirtschaftswunder und Vollbeschäftigung. Jede Niete und jeder Faulpelz wurden beschäftigt. In den explosionsartig wachsenden Industriebetrieben leckten sich die Personalchefs die Finger ab, wenn sie irgendeinen offensichtlichen Taugenichts einstellen durften. An den Firmeneingängen hingen riesige Tafeln mit der Überschrift: »Wir stellen ein …« und dann folgte eine Aufzählung von Mechaniker bis Hilfsarbeiter. Die Rubrik »Stellenangebote« füllte in den Zeitungen viele Seiten, die Rubrik »Stellengesuche« war so klein, daß man sie gar nicht fand, war irgendwo hinter »Vermischte Verkäufe« und »Tiermarkt« versteht. Auf dem Arbeitsamt gab es Leute, die schon ein paar Jahre dort arbeiteten und

noch nie einen Arbeitslosen gesehen hatten. Nur arbeitslose Künstler, die gab es.
Schon die Tatsache, daß im Arbeitsamt jemand auf die Idee gekommen war, quasi eine Oper aufzumachen, deutete darauf hin, daß im Arbeitsamt wenig zu tun war. Übrigens war natürlich nicht das Arbeitsamt allein der Träger dieses merkwürdigen Unternehmens, auch gewisse Kulturstellen und so weiter hatten etwas zu sagen. Aber im Grunde genommen hatte der Chef, ein gewisser Herr Momzel, freie Hand, wenn auch, wie nicht anders zu erwarten, wenig Geld.
Die Truppe der ›Landes-Musik-Bühne‹: Sänger, Orchestermusiker und technisches Personal, rekrutierten sich nach dem Prinzip der negativen Auslese. Das klingt nur im ersten Moment sonderbar, nicht aber dann, wenn man bedenkt, daß sich für alle stellungslosen Künstler, soweit sie nur entfernt irgendeine andere, bürgerliche Ausbildung genossen hatten, die Möglichkeit bot, eine weit besser bezahlte Stellung als Bürobote, Liftboy oder Hotelküchenhilfe anzunehmen. Nur solche, die entweder zu dumm oder zu träge waren, die keinen Lift bedienen konnten und in Hotelküchen Teller fallen ließen, blieben für die ›Landes-Musik-Bühne‹ übrig. Das waren in der Regel die älteren Kräfte. Es gab natürlich auch welche, meist jüngere, denen die Kunst heilig war. Das verging ihnen entweder spätestens nach einem halben Jahr, oder sie wurden, wenn sie wirklich gut waren, von einem richtigen Theater wegengagiert. Ich könnte ein paar Namen nennen, die heute jeder kennt, der in die Oper geht, und deren Träger damals in Dingolfing oder in Eggenfelden »Die Liebe von Zigeunern stammt …« sang oder »O Isis und Osiris …«, während die Bauern mit den Deckeln der Bierkrüge klapperten und

»Anni, noch eine Maß« in ein gefühlvolles Ritardando hineinschrien. Ich nenne die paar Namen besser nicht, denn die betreffenden Damen und Herren würden leugnen.
Eine gewisse Zwischenstellung nahm der Tenor Guido Mittag ein: er war alt, eigentlich gelernter Elektriker und somit theoretisch in der Lage, ein für unsere Begriffe fürstliches Einkommen zu erzielen, er war seit den Anfängen der ›Landes-Musik-Bühne‹ dabei, und trotzdem war ihm die Kunst immer noch heilig. Tenöre sind, wie man weiß, eher selten. Hie und da tauchte bei der ›Landes-Musik-Bühne‹ ein junger Tenor auf, dem der Chef dann sofort die Hauptrollen gab. Guido Mittag tat in solchen Fällen so, als mache ihm das gar nichts. Er spielte dem jungen Kollegen gegenüber den väterlichen Wohltäter und sagte, wenn wir wieder einmal in einem besonders scheußlichen Turnsaal unsere Dekorationen aufbauten: »Lieber junger Freund, denken Sie sich gar nichts. Schauen Sie mich an. Selbst ich habe in Häusern wie Kassel gesungen.«
Und Guido Mittag konnte warten. Er trat ohne zu murren ins zweite Glied zurück, sang den zweiten Herold oder, wenn es sein mußte, sogar im Chor, stand in den Kulissen, schaute scheinbar väterlich und wohlwollend seinem jungen Kollegen zu und rauchte – unter Verstoß gegen alle Vorschriften – in den Kulissen seine Zigarre. Guido Mittag wußte, daß der junge Konkurrent über kurz oder lang entweder wegengagiert, wenn er gut war, oder, wenn er nicht gut war, die Nerven verlieren würde. Dann würde Chef Momzel reumütig wieder auf den Künstler Guido Mittag zurückgreifen.
Guido Mittags Zigarren waren von der Marke ›Grüner Adler‹, kosteten – damals – zehn Pfennig das Stück. Während des Krieges, nach einem Bombenangriff, haben

im Speicher unseres Nachbarhauses einige ältere, feuchte Matratzen gebrannt. Der Geruch war monatelang aus unseren Kleidern nicht mehr herauszubekommen. Er gehörte zu meinen schlimmsten Erinnerungen an den Krieg. Ich erkannte diesen Geruch im Rauch von Guido Mittags Zigarren wieder. Ich habe Guido Mittag oft gesehen, ich habe ihn nie ohne Zigarre gesehen, ich habe ihn aber auch nie mit einer frisch angerauchten Zigarre gesehen. Er rauchte stets nur Stummel, und zwar bis zum letzten Rest, den er kaum noch halten konnte und mit den Fingerspitzen vorsichtig wie eine Zahneinlage in den Mund führte. Auch die anderen von der ›Landes-Musik-Bühne‹ hatten Guido Mittag nie eine neue Zigarre anzünden sehen. Es ging deshalb das bösartige Gerücht um, Mittag habe eine geheime Quelle für gebrauchte Zigarren.

Auch während der Vorstellung rauchte Guido Mittag. Hatte er seinen Auftritt, legte er seine Zigarre, vorsichtig mit der Glut nach außen, auf eine Latte der Kulissenverstrebung, hustete einmal durch, trat hinaus und sang. Nach dem Auftritt war sein erster Griff selbstverständlich der nach der Zigarre. Ich habe Guido Mittag zwar öfter erlebt, wie er einen Tobsuchtsanfall im Zimmer des Chefs spielte, ich habe zweimal gesehen, wie er nach Lektüre einer vernichtenden Kritik sich so aufregte – oder es mimte –, daß er in Ohnmacht fiel, ernstlich böse habe ich ihn jedoch nur einmal erlebt: als der Bühnenarbeiter, während Guido Mittag draußen sang, mit einem sehr feinen Stift, fürs ungenaue Hinsehen unsichtbar, den Zigarrenstummel an der Latte festnagelte.

Aus der Tatsache, daß Guido Mittag so billiges Kraut rauchte, kann man unschwer ersehen, daß eine ausgefeilte Stimmpflege nicht seine Sache war. Doch er hatte andere

Vorzüge. Sein Repertoire umfaßte praktisch jede Tenorrolle, das heißt: er sang in jeder Oper etwas, was sich nahtlos der Länge, dem Tempo und der Tonart nach in das musikalische Geschehen einfügte und auch der vom Komponisten vorgesehenen Handlung ungefähr entsprach. Er brachte niemanden draus, im Gegenteil, wenn ein Kollege oder sogar eine Kollegin unsicher wurde, sang er – mit passend improvisiertem Text – deren Partie mit. Ich habe erlebt, wie Guido Mittag das Duett Don Carlos-Posa, nachdem der junge Bariton die Nerven und den Faden verloren hatte, allein in verschiedenen Tonlagen weitersang; der Dirigent behauptete danach, stellenweise habe Mittag sogar zweistimmig gesungen. Als einmal bei einer ›Zauberflöte‹ der Königin der Nacht die Stimme versagte, ließ der Dirigent geistesgegenwärtig das Orchester die instrumentale Einleitung wiederholen – es kam aber wieder nichts, nur die Sopranistin rang mit den Tränen. Da drehte sich Guido Mittag um, der den Tamino spielte, breitete die Arme aus und sang statt »O zittre nicht, mein lieber Sohn«, als gehöre es nicht anders. »An meinem Herzen treu geborgen«, die Arie des Don José aus ›Carmen‹, im Text und auch in der Melodieführung etwas improvisiert und angepaßt. »Gute Musik«, sagte Guido Mittag danach und wehrte jeden übertriebenen Dank ab, »gute Musik paßt immer zusammen«, griff nach seiner Zigarre, hustete einmal durch und ging sich ein Bier holen.

Im Gegensatz zu den Sängern, den Musikern und dem spärlichen technischen Personal, waren Regisseur und Bühnenbildner nicht ständig und fest verpflichtet, sondern nur jeweils für ein Stück. Dennoch war man damit unter Umständen für zwei Monate oder ein Vierteljahr beschäftigt, solange nämlich, wie das Stück lief oder vielmehr: solange die ›Landes-Musik-Bühne‹ mit dem Stück reiste. Aufgabe des Bühnenbildners war nicht nur das Entwerfen der Dekoration und der Kostüme – das war eher das Wenigste –, Aufgabe war auch und vor allem deren Anfertigung. Dabei blieb dem freien künstlerischen Gestaltungswillen wenig Spielraum. Für meine letzte Arbeit dort, einen ›Troubadour‹, war ich an neuen Materialien im wesentlichen auf einen größeren Restposten sehr intensiver blauer Farbe beschränkt, der von einer für Begriffe der ›Landes-Musik-Bühne‹ äußerst aufwendigen ›Zar und Zimmermann‹-Inszenierung übriggeblieben war. Es wurde also ein monochrom blauer ›Troubadour‹. Ich konnte allerdings auch auf die Bestände älterer Inszenierungen zurückgreifen, und so zimmerte ich aus den Pyramiden meiner eigenen ›Aida‹ vom Vorjahr und einem Saloon aus ›Kiss me Kate‹ einen vielseitig verwendbaren Burghof-Saal-Kerker. Da die ›Landes-Musik-Bühne‹ natürlich keine eigenen Werkstätten hatte, wurde jeweils irgendwo für ein paar Tage eine Schreinerwerkstatt gemietet. In den paar Tagen mußte die Dekoration fertig werden. Das war für den Bühnenbildner aber noch nicht das Schlimmste. Er mußte auch mitfahren, die Dekorationen aufbauen und nach der Vorstellung, oft genug in der Nacht, wenn wir nämlich am nächsten Tag zeitig weitermußten, wieder abbauen und verladen. Im eigenen Interesse hielt man also die Dekoration handlich und sozusagen faltbar. Dennoch war eigentlich jeden Abend die ganze Sache neu zu machen, weil ja jeder Saal anders war. Ich erinnere mich an einen Kolpingsaal in F., da war die Bühne so schmal, daß sich das Ensemble praktisch nur hintereinander aufstellen konnte, der Kleinste vorn, der Größte hinten. Stets mußte ich also vor der Vorstellung zusammen mit dem Bühnenarbeiter

irgendwo etwas absägen oder etwas dazunageln, daß es einigermaßen paßte.
Unser Triumphzug in ›Aida‹ war der kläglichste, den ich je gesehen habe. Er bestand aus dem Chor (vier Damen, drei Herren), dem Chef, dem Bühnenarbeiter und mir. Inzwischen weiß ich, daß es große Bühnen auch nicht anders machen: der Zug wird dadurch gestreckt, daß der Chor und die Statisten, kaum daß sie draußen sind, hinter den Kulissen herumlaufen, eine neue Lanze nehmen, sich einen neuen Helm aufsetzen und noch einmal über die Bühne schreiten. Ist so etwas geschickt gemacht, merkt niemand etwas. Auch wir streckten unseren Triumphzug in dieser Weise, nur manchmal war die Bühne so flach, daß man hinten nicht herumgehen konnte. So blieb uns oft nichts anderes übrig, als links aus dem Fenster zu steigen, im vollen Kostüm um das Haus herumzulaufen und rechts wieder hineinzuklettern.
Wir hatten auch ein Ballett. Es bestand aus zwei älteren Damen und einem Herrn, der gleichzeitig der Souffleur unseres Unternehmens war, was ohne weiteres ging, weil ja in Szenen, in denen getanzt wird, nichts zu soufflieren ist. Der Primoballerino war ein hervorragender, geistesgegenwärtiger Souffleur, der manche Vorstellung gerettet hat, als Tänzer war er jedoch nicht erste Klasse. Er war so gichtbrüchig, daß das, was er auf der Bühne machte, eigentlich gar nicht mehr Tanz war. Seine rostigen Glieder klinkten nur in drei oder vier verschiedenen, sozusagen vorgefertigten Tanzpositionen ein, in denen er dann allerdings wie aus Gußeisen stand, und selbst unsere beiden schon leicht übergewichtigen Etoiles konnten an ihm herumturnen, ohne daß er auch nur wippte.
Eine andere Sache waren die Kostüme. Wir hatten eine

Grundausstattung von a) Antike (für ›Zauberflöte‹, ›Orpheus in der Unterwelt‹), b) Mittelalter (›Troubadour‹, ›Freischütz‹) und c) Allgemein (alles übrige). Für eine Neuinszenierung konnte man nichts anderes tun, als hie und da ein Stück umfärben oder ein paar Bänder drannähen.
›Baronin Freimann, eine junge Witwe‹, tritt im ersten Akt von Lortzings ›Wildschütz‹ in Männerkleidung, als verkleideter Student, auf. Ihre Zofe, Nanette, der Mezzosopran, auch. Es war aber nur *ein* Studentenkostüm da, das nur der Nanette paßte. So trat die ›Baronin Freimann‹ nackt auf, das hautenge Studentenkostüm samt Gürtel, Tressen und Bänder malte ich ihr auf die Haut, nur der Hut und die Stiefel waren echt. Niemand merkte etwas, vielleicht hätten wir sonst als Pioniere des erotischen Theaters gegolten. Von Schamgefühl war dabei in Anbetracht der Tatsache, daß meistens ohnedies nur eine einzige und häufig überhaupt keine Garderobe vorhanden war, keine Rede. Wir waren, solange wir unterwegs waren, im besten, aber auch im schlechtesten Sinn eine große Familie.

Der ›Troubadour‹ wurde im Januar inszeniert. Für mich erleichterte sich die Sache wohltuend dadurch, daß ein eigener kleiner Lastwagen (den ich chauffieren mußte) zu Anfang des Jahres angeschafft worden war. Vorher waren die Dekorationen neben den Musikinstrumenten und dem Gepäck in einem kleinen Anhänger und auf dem Dach unseres Omnibusses unterzubringen gewesen.
Guido Mittag sang den Manrico. Die Proben liefen, und alles war soweit in Ordnung. Einen merkwürdigen Auftritt gab es nur wenige Tage vor der ersten Vorstellung, als Mittag zum Direktor kam und für den 13. Februar um Urlaub bat. Es war das erste Mal, daß einer bei Momzel mit so

einem Ansinnen kam. Ich war zufällig im Büro vom Chef, weil ich – im Schweiße meines Angesichts, lieber hätte ich meinen Lastwagen geschoben als gefahren – auch die Buchhaltung machen mußte.
»Sind Sie wahnsinnig geworden?« sagte Momzel. »Wann wollen Sie Urlaub? Am 13. Februar?« Momzel schaute nach. »Am 13. Februar spielen wir in Romsheim. Warum gerade am 13. Februar?«
Mittag hustete kräftig einmal durch, zog an seiner Zigarre und sagte: »Meine Mutter wird achtzig.«
»Hm«, sagte Direktor Momzel. Momzel war kein Unmensch. »Gut. Ich werde telephonieren. Vielleicht können wir in Romsheim am 14. spielen, obwohl wir dann mit der nächsten Vorstellung in S. in die Bredouille kommen. Von Romsheim bis S. sind es 140 Kilometer, und in S. haben wir am 15. eine Nachmittagsvorstellung, um halb drei. Das heißt, wir müssen um fünf Uhr früh von Romsheim wegfahren, spätestens.«
Statt daß Mittag froh war über diese Lösung – ich beobachtete die Szene aus dem Hintergrund –, wurde er sichtlich verlegen. Es war nicht zu übersehen, daß es ihn heiß und kalt überlief. Er begann unzusammenhängend zu reden. »Nun«, sagte er, »nun gut, obwohl ich, obwohl meine Mutter, obwohl ich eher gedacht hatte, daß ich direkt, also direkt von meiner Mutter –«
Momzel unterbrach ihn: »Zwei Tage wird Ihre Mutter ja wohl nicht Geburtstag haben?«
»Nein«, sagte Mittag, »natürlich nicht. Nur – ich wollte direkt vom 12., also von meiner Mutter, zum 14. – ich meine, ob ich nicht eine Vorstellung überspringen könnte …«
»Was heißt *überspringen*?« sagte Momzel. »Sollen wir die Oper ohne Manrico in Romsheim aufführen?«

Mittag verhedderte sich im Lauf des weiteren Gesprächs in Widersprüche. Es war klar, daß irgend etwas nicht stimmte und daß es ihm nicht darum ging, am 13. oder am 14. nicht zu singen, sondern daß es ihm darum ging, nicht in Romsheim singen zu müssen.

Guido Mittag stammte aus Romsheim. Er war dort geboren. Ich wußte das aus der Lohnsteuerkarte Mittags, die ich offenbar genauer angeschaut hatte als der Direktor, wußte auch, daß Guido Mittag in Wirklichkeit Günther Mittlechner hieß. Es sollte übrigens das erste Mal sein, daß wir in Romsheim auftraten. Bisher hatten wir den kleinen Ort nicht bespielt, der entsprechende Landkreis hatte erst für dieses kommende Jahr einen Vertrag mit der ›Landes-Musik-Bühne‹ gemacht.

Der Direktor lehnte das Ansinnen Guido Mittags, das desto dubioser wurde, je länger Mittag argumentierte, letzten Endes ab. Guido Mittag ging, ohne zu grüßen, hinaus. Durch sein ungeschicktes Vorgehen hatte er sich nun auch einen anderen Ausweg verbaut: vor der Romsheimer Vorstellung krank zu werden. Würde er jetzt, nach diesem Gespräch, krank, würde der Direktor selbstverständlich Verdacht schöpfen, einen Amtsarzt schicken und Mittag – nicht entlassen, das wäre ja nicht gegangen – zu einer Konventionalstrafe verurteilen.

Ich sagte niemandem etwas von dem Gespräch zwischen dem Chef und Mittag, das ich angehört hatte, ich sagte auch nichts von dem, was ich an Zusammenhängen ahnte. Es interessierte mich auch nicht besonders, und ich hatte genug anderes zu tun. Aber jedesmal, wenn ich Mittag sah, fielen mir seine Unruhe und seine Nervosität auf, die ihm sonst auch vor Premieren völlig fremd waren, und ich mußte an jenes Gespräch denken.

Romsheim ist ein Nest. Ich kann schlecht schätzen, aber es dürfte damals vier- oder fünftausend Einwohner gehabt haben. Wie es heute dort aussieht, weiß ich nicht, ich war seitdem nie mehr dort. Damals bestand der Ort aus ein paar stattlichen Bauernhäusern, von denen zwei oder drei im Dorf selber, die anderen weiter draußen für sich standen, aus der Kirche, dem Pfarrhaus, dem Gasthaus (mit dem Festsaal, in dem wir spielen sollten) und einer Reihe von Häusern, die entweder vor dem Krieg gebaut und inzwischen verkommen oder nach dem Krieg lieblos und schmucklos errichtet waren.
Das Gasthaus, es hieß ›Postwirt‹, war ein prächtiger alter Bau. Ich erinnere mich noch, daß der Wirt ein eigenes Bier braute. Der Bühnenarbeiter und ich bauten die Dekoration auf. Es war nicht schwierig, weil die Bühne recht groß war. In der dunkel getäfelten, verrauchten und mit Hirschgeweihen geschmückten Gaststube, die in den Festsaal mit der Bühne überging, saßen, als wir nach dem Mittagessen aufzubauen anfingen, ein paar Männer – allerhöchstens zwei an einem Tisch, meist einzeln –, tranken das Bier vom Postbräu und schauten uns stumm und interessiert zu. Man redet nicht viel in der Gegend dort.
Um fünf Uhr, es war Februar und schon fast dunkel, waren wir fertig. Der Bühnenarbeiter, der ein Phänomen für sich war und eine eigene Geschichte wert, hatte unter anderem die Fähigkeit, im Stehen schlafen zu können. Er sagte mir, ich könne ruhig gehen. Es war Vorschrift vom Chef, daß die aufgebaute Dekoration nicht allein gelassen werden durfte. Wir haben schon allerhand erlebt in dem Zusammenhang. Einmal hatten junge Witzbolde vom örtlichen Turnverein auf alle Kulissen das Emblem ihres Fußballclubs gemalt. Zum Glück war das beim ›Zigeunerbaron‹, der eine längere

Ouvertüre hat, während der ich die Bescherung notdürftig übermalen konnte, worauf alle Sänger, die wegen der dort engen Bühne oft an den nun feuchten Kulissen streiften, im Lauf der Vorstellung immer mehr voll Farbe wurden. Einmal verschleppte uns die Pfadfinderjugend alle Requisiten, auch Stühle und den Tisch und das Großvaterbild für den zweiten Akt ›Freischütz‹. Während des ersten Aktes mußte ich suchen gehen. Gegen eine Auslöse von achtzehn Riegel Kaugummi erfuhr ich, wo die Sachen waren: in der Glockenstube des Kirchturmes. Daß ich viermal auf den Turm hinauf und wieder herunter mußte, trage ich niemandem mehr nach, wohl aber fällt mir jetzt ein, daß mir der Chef die Unkosten für den Kaugummi heute noch schuldig ist, obwohl er in einer Aufwallung von Dankbarkeit, als kurz vor Beginn des zweiten Aktes die Requisiten wieder da waren, versprochen hatte, mir das Geld zu erstatten.

Der Bühnenarbeiter sagte also zu mir: »Geh nur. Ich pass' schon auf«, lehnte sich an den zinnenbewehrten Turm (vormals Pyramide) und schlief ein. Ich trat hinaus und schaute nach links und rechts die trostlose Straße hinauf und hinunter. Es regnete, der Regen war hart an der Grenze zum Schnee. Schmutzige Schneereste lagen an den Straßenrändern. Es war kalt und finster. In einem Schaufenster gegenüber, das mit Papier in matten Farben, eine Mosaikwand vorstellend, ausgeschlagen war, stand ein Nierentisch mit schwarzer Platte und Messingkante. Im Schaufenster daneben – zum gleichen Geschäft gehörend – standen ein paar Bügeleisen, eine Stehlampe, ein elektrischer Küchenquirl, den eine aus Pappendeckel ausgeschnittene, lebensgroße und blöde lächelnde Blondine in der Hand hielt. Ein alter Mann in Filzschuhen, im Hemd mit Hosenträgern drüber, aber mit dem Hut auf dem Kopf, kam aus dem Geschäft. Er eilte, um so luftig angezogen nicht zu lange in der Kälte sein zu müssen, über die Straße, rutschte auf einem harschigen Schneerest aus und fiel. Ich lief hin, brauchte dem alten Mann jedoch nicht zu helfen. Er hatte sich offenbar nicht weh getan und war schon von allein aufgestanden. Nur die Glühbirne, die er eben gekauft hatte, war zerbrochen.

»Herrgottsack'lzement«, sagte er freundlich zu mir und ging zurück in den Laden, wo er eine neue Glühbirne kaufte. Es dauerte länger, wahrscheinlich, weil er den Vorfall der Verkäuferin erzählte, obwohl die ihn durch die Glastüre gesehen haben dürfte. Ein drittes Schaufenster war mit Radiogeräten und einer öden Auswahl an Schallplatten dekoriert: Schlager und Opernquerschnitte. Ich schaute in diese Auslage, als der alte Mann, diesmal vorsichtiger, wieder aus dem Laden trat. Er blieb, obwohl er fröstelte, kurz neben mir stehen und sagte: »Sind Sie vom Theater heut abend?«

»Ja«, sagte ich.

»Singen Sie?« fragte er.

»Nein«, sagte ich.

»So, so«, sagte er. Überlegte offenbar kurz, ob er noch etwas sagen sollte, sagte aber nichts und ging weiter.

Über dem Laden stand: ›Mittlechner. Einrichtungshaus. Elektro. Radio. Küchen‹. Ich trat an die Tür und las die kleine weiße Aufschrift an der unteren linken Ecke: ›Inh.: Werner Mittlechner. Elektro-Meister‹. Auch Guido Mittag, der ja in Wirklichkeit Günther Mittlechner hieß, war, wie wir wissen, gelernter Elektriker. Es war vor Jahren einmal herausgekommen, lange vor unserer Zeit, als er einen komplizierten Kurzschluß während einer Vorstellung behob. Er hatte es nicht gern, wenn man ihn darauf ansprach.

Es gab in Romsheim, das wußte ich, weil ich beim Hereinfahren daran vorbeigekommen war, außer dem ›Postwirt‹ auch noch ein Café. Es lag am Eingang des Ortes neben einer Tankstelle und hieß ›Café Madam‹. Ich ging in diese Richtung und war schneller dort, als ich vermutet hatte. Der Ort war schon sehr klein.

Ich war der einzige Gast im ›Café Madam‹. Eine junge, unglaublich dicke Kellnerin stand hinter einer Theke. Das ausgestellte Gebäck hatte dieselben fahlen Farben (die man damals allgemein für Pastellfarben hielt) wie die synthetischen Vorhänge und die unsymmetrisch gewürfelten Resopaltischplatten. Zwischen senkrechten Messingstäben hingen in ungleicher Höhe einige Blattpflanzen. Drei gerahmte Postkarten mit Hummelfiguren und ein Reliefwachsabdruck von Dürers ›Betenden Händen‹ hinten an der Wand.

»Einen Kaffee«, sagte ich zur dicken Bedienung und griff nach einer ausgefransten Zeitschrift aus einem Lesezirkel.

Ich las nicht lange, denn noch bevor mir die Bedienung den Kaffee brachte, kam ein zweiter Gast, eine Frau mittleren Alters, fast so dick wie die Kellnerin. Vier von dieser Sorte heute abend, dachte ich mir, und die Vorstellung ist halb voll. Es sollte ganz anders kommen.

Die Bedienung und die dicke Frau, die übrigens trotz der überheizten Luft im ›Café Madam‹ ihren rostbraunen Teddyflausch-Mantel nicht ablegte (zu dem sie einen giftgrünen Hut trug, ein Bühnenbildner registriert solche Dinge), begannen sehr bald eine Unterhaltung, die mich vom ersten Wort an interessierte. Ich tat nur noch so, als lese ich in der Zeitschrift.

»Freilich geht sie hin«, sagte die Dicke.

»So«, sagte die Bedienung, »gestern hat sie gesagt, sie geht nicht hin.«

Die Unterhaltung wurde in der Landessprache, also in nahezu unverständlichem, proletarischem Niederbayrisch geführt. Da ich die Landessprache beherrsche, verstand ich jedes Wort, gebe das Gespräch jedoch der Einfachheit halber in Hochdeutsch wieder.
»Nein, nein«, sagte die Dicke, »die geht schon hin. Die tät's ja zerreißen vor Neugier, wenn sie nicht hingehen tät'.«
»Und der Herr Mittlechner geht auch hin?«
»Wenn *sie* hingeht, geht natürlich auch er hin. Nur, sie hat gestern noch nicht gewußt, was sie anzieht fürs Theater. Aber hingehen tut sie schon.«
»Gehen *Sie* hin?« fragte die Kellnerin.
»Selbstverständlich«, sagte die Dicke. »Es wird auch gesungen. Es ist quasi eine Oper.«
»Und da singt *er*?«
»Ich hab' g'hört, daß er singen soll. Ich hab' mir eigens das Plakat angeschaut, da stehen alle drauf, die mitsingen –«
»Und steht er drauf?«
»Nein, draufstehen tut er nicht«, sagte die Dicke, »also quasi nicht direkt, jedenfalls, ein Mittlechner Günther steht nicht drauf, aber ein Guido Mittag, verstehn S'? Fällt Ihnen da nichts auf? *Mitt*lechner – *Mitt*ag? Das kann sich nur um den Mittlechner handeln. Künstler nehmen ja häufig einen anderen Namen an.«
»Haben Sie ihn gekannt?« fragte die Kellnerin.
»Ob ich ihn gekannt habe!« sagte die Dicke vorwurfsvoll. »Er ist doch mit mir in die Schule gegangen. Er ist gleich alt wie ich. Natürlich habe ich ihn gekannt, den Mittlechner Günther.«
»Warum ist er dann zum Theater gegangen?«
»Aus Trotz, sage ich Ihnen, Fräulein Betty, aus purem Trotz. Er ist doch quasi der ältere Sohn vom alten Mittlech-

ner gewesen. Das ist fünfundzwanzig Jahre her, wenn nicht noch länger. Das Mittlechnergeschäft hat's schon gegeben, nur kleiner, viel kleiner. Jetzt ist es ja umgebaut. Aber das hat ja schon der Werner gemacht, der Mittlechner Werner, das war der jüngere, beziehungsweise ist es ja noch, quasi. Der alte Mittlechner ist schon lang tot. Er hat auch Günther geheißen, wie der ältere Sohn, beziehungsweise umgekehrt natürlich. Der Sohn hat wie der Vater geheißen, der ältere Sohn. Und der hätte quasi das Geschäft übernehmen sollen als älterer Sohn. Und er hat ja auch auf Elektriker gelernt, hat sogar ausgelernt. Ein tüchtiger Mensch, und fleißig! Schon in der Schule fleißig, haben immer alle gesagt, und ein fescher Mensch. Es war gewissermaßen förmlich ein Unglück, daß diese Olga gekommen ist, die Frau Mittlechner, nicht wahr, also die jetzige Frau Mittlechner, die Frau vom Werner Mittlechner, vom jüngeren Bruder.«

»Der ältere Bruder ist nicht verheiratet?«

»Der Günther? *Nein* – also, das heißt, das war ja das Unglück, wie er fort ist. Ob er nachher geheiratet hat, weiß natürlich niemand. Er hat sich ja quasi nie mehr sehen lassen, nachdem er zum Theater ist. Er könnte natürlich leicht geheiratet haben, später, vielleicht, wenn die Wunden gewissermaßen verheilt waren, wer weiß, es ist ja mehr wie fünfundzwanzig Jahre her.«

»Und wo ist die Frau Olga hergekommen?«

»Die war damals noch ein Fräulein Olga, natürlich, respektive, eigentlich ein junges Mädchen, nicht wahr, sehr hübsch, aber warum ausgerechnet *die* … na ja. Wo sie hergekommen ist? Sie muß eine ganz entfernte Verwandte von der alten Frau Mittlechner gewesen sein, also quasi eine Cousine vom Günther, aber eine sehr, sehr entfernte Cousine. Wo sie genau hergekommen ist, wüßt' ich nicht. Es war im Sommer, und da war sie auf einmal da. Respektive: die Mittlechner werden natürlich schon gewußt haben, wo sie hergekommen ist. Und von dem Moment an war der Günther absolut quasi verliebt, sage ich Ihnen. Sie sind ja ein junges Madl, Fräulein Betty. Sie müßten das ja verstehen. Absolut quasi den Kopf verdreht. Warum grad die? Ja, mein Gott, wer kann das quasi schon beantworten. Niemand. Das wissen Sie selber wahrscheinlich auch schon. Ja, mei. Und statt daß diese Gans, im Vertrauen gesagt, dieses Fräulein Olga, als eine quasi Dahergelaufene froh sein sollte, gewesen sein sollte, daß so ein fleißiger, fescher Mensch, und so ein Geschäft, statt dem hat sie so, wissen Sie schon, quasi ... kokettiert.« Das Wort, auf das sich die dicke Dame einen kurzen Moment besonnen hatte, gefiel ihr jetzt, da es ihr eingefallen war, so gut, daß sie es vier-, fünfmal wiederholte. Dazwischen nahm sie jeweils einen großen Bissen von der Torte mit Schlagsahne, die bisher unberührt vor ihr gestanden hatte; »... kokettiert ... kokettiert ...«

Ich schaute auf die Uhr: Viertel nach fünf. Die Vorstellung sollte um acht Uhr anfangen. Es war noch viel Zeit.

»Er ist ihr«, fuhr die Dicke fort, nachdem sie so in kurzen Augenblicken etwa die Hälfte der Torte hinuntergeschlungen hatte, »er ist ihr förmlich nachgelaufen wie ein Hunderl. Ich weiß es ja von meiner Tante, der Frau Zwirnsteiner, die ja eine quasi intime Freundin von der alten Mittlechnerin war, die ihr alles erzählt hat, später. Es war ja alles nur Berechnung von der Olga. *Nur* Berechnung. Da ist sie ständig mit irgendwelche andere Burschen zum Tanzen gegangen, nur daß sich der Günther ärgert. Dabei hat sie eigentlich nur ihn quasi geliebt, stellen S' Ihnen vor,

Fräulein Betty.« (Den letzten Satz sagte die Dicke, um ihm besonderes Gewicht zu verleihen, auf Hochdeutsch.) »So eine dumme Henne.«

»Woher weiß man denn das? daß sie nur ihn –«, fragte die Bedienung.

»Ja, von der Nichte von der Pfarrhäuserin natürlich, die doch eine Freundin war, früher, von der Olga, jetzt nicht mehr, schon länger nicht mehr. Die hat der Pfarrhäuserin alles erzählt, und die ist doch quasi ein Herz und eine Seele mit meiner Schwester, verstehn S'? Eben. Und so treibt diese Person damals den Günther gewissermaßen förmlich in den Wahnsinn, wenn man so sagen kann. Man weiß ja nicht so genau, wie es im einzelnen war, aber es muß so gewesen sein, daß der Günther eines Tages, wahrscheinlich wie die Olga wieder einmal mit irgendeinem anderen zum Tanzen gehen wollte, daß er ihr da gesagt hat: entweder gehst du mit mir oder ich geh', für immer – oder so ähnlich. Wahrscheinlich hat die Olga das nicht geglaubt, weil er das vermutlich quasi schon öfters angedroht hatte, aber diesmal war es ernst. Haha – hat sie gesagt –, du drohst mir, haha, wer bist denn du, und et cetera, und ist mit dem anderen zum Tanzen, aus Berechnung, quasi, aber da hat sie sich verrechnet, denn am Tag danach ist der Günther fort und ist nie mehr wiedergekommen.«

»Bis heut'«, sagte die Bedienung.

»Ja«, sagte die Dicke, »quasi bis heut'. Heut' kommt er ja wieder. Aber die ganzen fünfundzwanzig Jahr, oder mehr, siebenundzwanzig, glaube ich, hat er nie mehr was von sich hören lassen, nicht die Eltern, nicht den Bruder, auch nicht einmal die Mutter, obwohl sie sich fast die Augen ausgeweint hat, die alte Mittlechnerin. Auch den ganzen Krieg nicht, nie auf Urlaub, nichts. Alles wegen so einer Gans.

Nur einen Zettel hat er ihr geschrieben, bevor er weg ist: ›Es tut dir noch leid. Dein Günther.‹«
»Hat's ihr leid getan?«
»Sofort, selbstredend, wie sie gesehen hat, daß sie sich verrechnet gehabt hat, quasi den Bogen überzogen.«
»Und dann hat sie aber den jüngeren Bruder geheiratet?«
»Ja, aber viel später. Da ist sie inzwischen weg, in die Stadt, und nach Jahren wiedergekommen. Da hat sie ja quasi kein anderer mehr mögen.«
»Und woher weiß man, daß er zum Theater gegangen ist?«
»Einmal hat er eine Zeitung geschickt, ohne Gruß, ohne nichts, nur eine Zeitung, könnte sein aus Mannheim oder woher, eine größere Stadt jedenfalls, und nur rot angestrichen. Auch das ist lang her, das war wenige Jahre, nachdem er weg ist. Rot angestrichen: Günther Mittlechner – irgend etwas über ihn, und sein Bild war in der Zeitung. Wahrscheinlich wird er dort in Mannheim irgend etwas gesungen haben, damals.«
»Dann hat er aber doch noch Mittlechner geheißen?«
»Damals scheint's, schon noch, offenbar hat er erst später einen anderen Namen angenommen. Vielleicht geht das erst, wenn man sozusagen eine gewisse Stufe erreicht hat, nicht wahr, vielleicht erst.«
»Und nach dieser Zeitung hat er nichts mehr geschickt?«
»Nie mehr. Obwohl die Olga, sagt sie, also hat sie gesagt, damals quasi sofort wie er weg war, gewußt hat (der Satz, der folgte, war wieder hochdeutsch gesprochen): daß sie nur ihn geliebt hat.«
»Also ganz begreif' ich das nicht«, sagte die dicke Bedienung und seufzte, vielleicht in Erinnerung an eigenen, ähnlichen Kummer.
»Ja, mei«, sagte die dicke Alte mit einem Ausdruck tiefer

Weisheit, wie ihn nur die Lebensreife erreichen kann, »wer spinnt, der spinnt eben.«
Die Alte mampfte nun in hastigen Bissen die zweite Hälfte der Torte mit Schlagsahne hinunter. Die Kellnerin seufzte wieder. Offenbar rührte sie die Geschichte an.
»Und jetzt kommt er zurück«, sagte sie dann.
»Ja«, sagte die Alte. »Als Hauptrolle, quasi, habe ich mich erkundigt.«
»Vielleicht war das der Tag«, sagte die Kellnerin verträumt, »auf den er sein Leben lang gewartet hat?«
»Wenn sie nur einigermaßen quasi einen Verstehstus hat, hat die Pfarrhäuserin gesagt, geht sie nicht hin, die Olga. Aber sie geht natürlich doch hin. Schon weil alle hingehen.«
Es gibt also jedenfalls ein volles Haus, dachte ich mir.
»Nur«, fuhr die Alte fort, »hat sie nicht gewußt, was sie anziehen soll.«
»*Ich* würde auch hingehen«, sagte die dicke Kellnerin. Ich hatte das Gefühl, sie weinte fast, aber die Alte bemerkte es nicht.
»Logisch«, sagte die Alte, »zieht sie natürlich ihren ganzen Schmuck an. Und, habe ich gehört, soll sie sich ein Kleid eigens machen haben lassen, in Grün und Gold, und einen Pelz. In der Stadt. Na ja, wenn's die nicht haben, wer soll's dann haben bei uns hier. In Grün und Gold. Sie muß natürlich zeigen, quasi, daß sie sich doch nicht verrechnet hat.«
Es war halb sechs vorbei. Ich rief die Kellnerin, die ich damit wie aus einem Traum aufschreckte, zahlte und ging langsam zum ›Postwirt‹ zurück. Es war inzwischen ganz dunkel, der Regen war in Schnee übergegangen; dennoch waren jetzt viel mehr Leute auf der Straße. Im Mittlechner-Laden waren mehrere Kunden, hinter der Theke stand jetzt auch eine ältere Frau in einem geblümten Kittel. Es

war ihr anzusehen, daß sie gerade vom Friseur kam. War das die Olga, die sich verrechnet hatte?
Vor dem Gasthaus war ein lebhafter Auftrieb. Der Omnibus mit den Musikern und Sängern war inzwischen angekommen. Die Instrumente und die Kostüme wurden in das Haus getragen. Eine Menge neugieriger Kinder stand herum und schaute zu.
Ich ging hinein und fragte nach Guido Mittag. Ich erfuhr, daß Mittag einen zaghaften, vom Chef sofort abgeblockten Versuch unternommen hatte, doch noch krank zu werden. Bei einer Rast in D., der Kreisstadt, die ungefähr fünfzehn Kilometer von Romsheim entfernt ist, sei Mittag nicht mehr zum Omnibus zurückgekommen, habe nur durch einen etwa zehnjährigen Buben einen Zettel geschickt: »Fahrt voraus. Komme rechtzeitig zur Vorstellung nach. Mittag.« Der Chef habe getobt, habe dem Buben einen erregten Vortrag darüber gehalten, was passiert, wenn Mittag nicht rechtzeitig komme. Der Bub habe nur verschüchtert genickt. Man habe dann den Buben gefragt, wo ihm der fremde Herr den Zettel und den Auftrag gegeben habe. Der Bub nannte ein bestimmtes Kaffeehaus. Einige liefen hin, aber Mittag war natürlich nicht mehr dort. Man habe dann, zum Teil zu Fuß, zum Teil mit dem Omnibus, in all den engen Gassen alle Lokale abgesucht, jedoch vergeblich. Endlich sei nichts anderes übriggeblieben als abzufahren und zu hoffen, daß Mittag nachkommen werde, wie er es auf dem Zettel versprochen hatte.
Der Chef war übelster Laune. Er raunzte alle an und war mit niemandem und nichts zufrieden. Kurz nach sieben ging der Chef endlich auf sein Zimmer (soweit Platz war, schliefen wir im Gasthof ›Postwirt‹, die übrigen mußten, nicht weit, in einem Nachbarort untergebracht werden;

alles war geregelt, in solchen Dingen war der Chef sehr gut) und ließ sich einen gebackenen Leberkäs mit Spiegelei hinaufbringen.

Ich hatte lange geschwankt, den Weg über vom ›Café Madam‹ bis zum ›Postwirt‹, den ich sehr langsam ging, hatte lange geschwankt, ob ich Mittag – von dem ich ja annahm, daß er im Omnibus mit den anderen käme – vor der Vorstellung beiseite nehmen sollte. Es sprachen einige Gründe dagegen; erstens war ich viel jünger als er, ein freundschaftliches Verhältnis bestand zwischen uns nicht; im Gegenteil, ich hatte immer das Gefühl, daß er mich nicht besonders gern mochte. Es konnte also leicht sein, daß er einen Ratschlag von mir als Anmaßung empfand. Zweitens hätte ich ihm meine Beobachtung, daß er sich vor der Vorstellung hier fürchte, offenbaren müssen, und das hätte ihn womöglich gekränkt. Drittens hätte ich bekennen müssen, unfreiwilliger Mitwisser seiner leidvollen Vergangenheit geworden zu sein; das hätte er wahrscheinlich als vorwitzige Indiskretion empfunden; schon allein der Umstand hätte ihn geärgert, daß ich wußte, wie er wirklich hieß. Aber ich hatte mich entschlossen, es ihm trotz allem zu sagen: daß man ihn als Sieger heimkehren sah. Ich fühlte mich, trotz aller Bedenken, dazu verpflichtet. Aber ich kam nicht dazu.

Das Haus war schon fast voll. (Später mußten Stühle hereingetragen werden; auf den Fensterbänken und – auch das ist völlig unzulässig – auf dem Boden zwischen den Reihen saßen Leute.) Kurz vor acht schaute ich durch das Loch im Vorhang und suchte die Dame in Grün und Gold, sah sie jedoch nicht. Vielleicht war sie noch nicht da. Danach hatte ich keine Zeit mehr zu schauen, weil ich auf Mittag wartete. Ich hatte mir einen Text zurechtgelegt, wie ich es

ihm sagen würde. Je später es wurde, desto mehr mußte ich im Geist meinen Text kürzen.
Auch bei uns galt die Vorschrift, daß die Sänger eine halbe Stunde vor dem Auftritt hinter der Bühne zu sein haben. Meistens war diese Vorschrift illusorisch, weil ohnedies alle mit dem gleichen Omnibus kamen, aber sonst war das eine der wenigen Vorschriften, bei denen der Chef darauf sah, daß sie eingehalten wurden. Jetzt war es fast acht und Mittag immer noch nicht da. Ich ging draußen im Schneegestöber auf und ab, hielt Ausschau nach einem Auto. Es kamen auch welche, aber nur mit späten Zuschauern, die hastig durch die Kälte ins Haus eilten. Oben im Haus, über dem Saal, sah ich ein erleuchtetes Fenster: das Zimmer des Chefs, hinter dem dünnen Vorhang einen Schatten – auch der Chef hielt Ausschau nach einem Auto.
Es war mir klar, was Mittag wollte: so spät wie irgend möglich in Romsheim sein, so spät, daß ihn auf der Straße niemand ansprechen konnte, auch so spät, daß für Momzel keine Zeit mehr war, ihm vor der Vorstellung einen Krach zu machen. Was Mittag für nach der Vorstellung an Tarnung geplant hatte, hat ja dann niemand mehr erfahren.
Punkt acht kam ein Taxi. Mittag zahlte die für ihn sicher schmerzlich hohe Summe, sprang heraus und rannte an mir vorbei ins Haus. Ich bildete mir ein, doch noch etwas sagen zu müssen, sagte aber nur völlig überflüssigerweise: »Bist du verrückt, Mittag …« Er zischte: »Saubande.« Der Chef kam heruntergelaufen, doch Mittag war schneller. Er gab dem Dirigenten ein Zeichen: Ich bin da! Die Musik setzte ein, kurzes Vorspiel, der Chef mußte – wie auch ich – als Zigeuner zur Verstärkung des Chors auf die Bühne. Der Vorhang ging auf.
Es war eine Vorstellung, die selbst einem zornbebenden

Chef das Herz weich werden lassen mußte. Das Publikum ging mit, daß es eine Freude war. Jede Arie, überhaupt jede Nummer erhielt Szenenapplaus. Auch ich, muß ich in aller Bescheidenheit sagen, erhielt für meine, von mir selbst erdachte komische Einlage Beifall auf offener Bühne. Wenn man Abend für Abend das gleiche spielt, kommen einem so dumme Ideen. Im vierten Bild – vor dem Kloster, nahe der Festung Castellor – mußte ich als Knappe des Grafen Luna auftreten, nach zwei Schritten stehenbleiben und mit dem Schwert aufstampfen. So um die fünfzehnte Vorstellung herum, also Ende Januar, stampfte ich mit dem Schwert auf meinen Fuß. Es gab einen Lacher. Ich baute dann die Nummer aus (in jedem Menschen steckt wahrscheinlich ein schauspielerisches Talent), und in Romsheim führte ich nach dem Schlag auf den eigenen Fuß schon einen kleinen Rundtanz auf, verzog das Gesicht, schnalzte mit den Fingern. Ich bekam sogar noch einmal Beifall: als nämlich im fünften Bild – diese Erweiterung improvisierte ich in Romsheim – wieder als Knappe auftreten mußte, humpelte ich. Trotzdem, ich muß zugeben, war das nicht der Höhepunkt der Aufführung, der kam nach der Pause, im sechsten Bild; ein trauriger Höhepunkt.

In der Pause war Mittag verschwunden. Es wäre unnötig, gewesen, daß er sich versteckte. Der Chef hatte, sei es durch die gelungene Aufführung, sei es durch die Tatsache, daß Mittag überhaupt noch gekommen war, seinen Zorn vergessen.

Im sechsten Bild singt Manrico seine berühmte Stretta: »Lodern zum Himmel seh' ich die Flammen.« Die Arie ist so berühmt, daß auch Mittag nicht anders konnte, als sie ungefähr so zu singen, wie Giuseppe Verdi sie komponiert hat. Wie immer verschwand Mittag – dramaturgisch unmotiviert – kurz vor der Arie ohne Rücksicht darauf, was die anderen sangen, von der Bühne, zog hinten an seiner Zigarre, hustete einmal kräftig durch und eilte wieder hinaus. Das Orchester setzte ein – die zündende Melodie rauschte wie ein Luftzug durch den stickigen Saal. Mittag stürzte bis vor an die Rampe und, es ist nicht anders zu sagen, warf sich in diese Arie. Das Publikum raste. Vorhang.

Ich stand neben Mittag, als er schweratmend hinter die Kulissen kam und wieder an seinem Zigarrenstummel zog. »Saubande«, murmelte er. Ehe ich etwas sagen konnte – vielleicht wäre es immer noch nicht zu spät gewesen – zog der Bühnenarbeiter den Vorhang wieder auf. Der Beifall schwoll an. Einige kamen und sagten: »Schnell, Mittag, du mußt es wiederholen.« Das Orchester setzte schon wieder mit der Einleitung zur Arie ein. Mittag – nach einem Zug aus der Zigarre – trat wieder hinaus. Es war unbeschreiblich. Der Beifall erschütterte die Fundamente des alten Gasthofs. Mittags Arie war nur noch ein Krächzen. Der letzte, hohe Ton ging in neuerlichem Beifall unter, zum Glück. Aber die Leute hörten nicht auf.

Mittag war gelb wie ein Leichnam. Er bekam kaum noch genug Luft, um an seiner Zigarre zu ziehen. Da setzte das Orchester zum dritten Mal ein. Das Publikum klatschte rhythmisch mit. Mittag sang, nein, stöhnte seine Arie zum dritten Mal. Die Leute waren wie aus dem Häuschen. Es war ein Vulkan an Applaus. Mittag wankte auf der Bühne, verbeugte sich und rannte ab – dabei verfehlte er die Tür in der Dekoration und raste durch die morsche Leinwand, die hinterher einen Riß ungefähr von der Silhouette Mittags zeigte. Da war es aus. So eine Zugabe hatte die Welt noch nicht gesehen. Es war kein Beifall mehr, es war die Apokalypse.

Mittag wankte hinter der Bühne zu einer Kiste und setzte sich drauf. »Saubande«, zischte er. Ich ging zu ihm, um ihm zu sagen, daß die Leute das gar nicht als Hohn meinten, daß das echte Ovationen waren. Aber er hörte mich nicht mehr. Er war nicht mehr gelb, sondern weiß. Hätte ihn nicht die Leonore festgehalten, wäre er von der Kiste gesunken.
Der Chef ging hinaus vor den Vorhang, hatte alle Mühe, den immer noch frenetischen Beifall abzuwehren, um sich verständlich zu machen: »Ist ein Arzt im Publikum?« Freilich war auch der Arzt des Ortes da. Er untersuchte Mittag und fuhr ihn dann – noch im Kostüm und geschminkt – im eigenen Wagen nach D. ins Kreiskrankenhaus. Das Herz, hieß es, war es. Noch in der Nacht wurde Mittag operiert, am nächsten Vormittag kam die Nachricht, daß Mittag einige Stunden nach der Operation gestorben war.
Die Vorstellung mußte selbstverständlich abgebrochen werden. Als der Chef das vor dem Vorhang mitteilte, wandelte sich die glänzende Stimmung des Publikums in dumpfe Ratlosigkeit. Es dauerte lange, bis die letzten gegangen waren. Da die Vorstellung erst nach der Pause abgebrochen wurde, brauchte das Eintrittsgeld nicht zurückgezahlt zu werden, aber ich glaube, es hätte auch gar niemand verlangt.

Wir hätten noch fünf oder sechs Vorstellungen gehabt in anderen Orten. Da die ›Landes-Musik-Bühne‹ den Luxus einer zweiten Besetzung nicht kannte, also kein Manrico ersatzweise zur Verfügung stand, mußten die restlichen Vorstellungen abgesagt werden. Es hat sich dann so ergeben, daß ich für die nächste Spielzeit ein festes Engagement an einem Theater weit oben in Norddeutschland bekam. Für die ›Landes-Musik-Bühne‹ habe ich nie mehr

gearbeitet. Es heißt, sie sei auch ein oder zwei Jahre später, als die Vorstellungen immer schlechter besucht waren, aufgelöst worden.
Sehr trübsinnig bauten wir noch am Abend die Dekoration ab. Wir hätten noch am nächsten Morgen Zeit dafür gehabt, aber keiner wollte schlafengehen. Auf einer Querleiste fand ich Mittags kalten Zigarrenstummel. Ich nahm ihn mit mir. Ich habe ihn lange aufbewahrt. Aber Bühnenbildner müssen oft umziehen. Die Engagements wechseln. Man geht von einer Stadt in die andere. Irgendwann einmal ist mir dabei der Stummel abhanden gekommen, leider.

Das Zwergenschloß

I

Selbstverständlich kannte der Bischof – ein etwas dickerer, älterer Herr, der längst den Ehrgeiz, Erzbischof oder Kardinal zu werden, aufgegeben hatte – die Geschichte der Ehe Don Luigi Valmeranas. Der Bischof kannte natürlich auch Don Luigi persönlich, war möglicherweise sogar ganz entfernt verwandt mit ihm. Der Bischof nahm an, daß es sich um eine halb private Sache handele, als Don Luigi um Audienz bat, und empfing ihn deshalb im Roten Zimmer. Halb privat heißt aber auch: halb dienstlich. Das Rote Zimmer – so genannt wegen seines rotweiß gewürfelten Marmorbodens und einer Säule aus rotem Sandstein in der Mitte – gehörte strenggenommen schon zu den bischöflichen Privatgemächern, war jedoch so groß und hatte mit seinen beiden Gemälden (die ›Schlacht an der Milvischen Brücke‹ und eine dramatische Szene aus dem Konzilgeschehen von Chalcedon darstellend, beide in ganz moderner Manier gemalt), dem schweren, schräg in den Raum gestellten Schreibtisch mit einem hohen Ebenholzkreuz, an dem ein schlanker, elfenbeinerner Christus von edler Sinnlichkeit hing, und seinen samtbezogenen Stühlen einen so wenig intimen, sondern eher einen amtlichen Charakter, daß der Raum genau die geistigen Grenzen zwischen dem kirchenfürstlichen und dem privaten Bereich im bischöflichen Palast bildete.

Übrigens hatte nie jemand den Bischof an diesem Schreibtisch arbeiten sehen. Er arbeitete stets in einem kleinen, eher kargen Kabinett draußen im dienstlichen Bereich. Auch jetzt saß er nicht am Schreibtisch, sondern in einem der beiden Sessel in der Nähe des Fensters.
Don Luigi küßte dem Bischof die Hand. »Ich habe«, sagte der Bischof, »nur dieses eine Licht bringen lassen …«, er deutete auf den fünfarmigen Leuchter, den der Bediente, der Don Luigi herbegleitete, auf dem Schreibtisch zurückgelassen hatte; mit der nachfolgenden Bewegung wies der Bischof auf den anderen Stuhl, Don Luigi nahm Platz, »… ich hoffe, es ist Ihnen nicht zu dunkel. Ich liebe es, wenn ich sehe, wie es dunkel wird. Ich weiß nicht, ob Sie das jemals beobachtet haben; es ist nichts Besonderes, aber es fällt mir auf: jetzt ist es trotz der Kerzen im Zimmer noch dunkler als draußen. Die Fenster schneiden ein helles Viereck in die Wand. In einer Stunde längstens ist das Licht der fünf Kerzen hier heller, weil es draußen Nacht sein wird. Die Fenster sind dann schwarze Vierecke in der hellen Wand. Glauben Sie mir, daß es mir noch nie gelungen ist, den Moment zu beobachten, in dem das Licht, wenn man so sagen kann, umkippt? Es muß doch einen solchen Moment geben, in dem das Licht nicht mehr von draußen hereintritt, und auch noch nicht von innen hinaus. Doch es ist immer so: man schreibt, man redet mit jemandem, man denkt oder man betet – und wenn man aufschaut, ist es schon vorbei. Eine Spielerei eines alten Mannes, verzeihen Sie. Sie sind nicht gekommen, um über solche Nichtigkeiten mit mir zu reden. Darf ich etwas bringen lassen? Ein Glas Wein?«
Der Bischof läutete mit einer kleinen Schelle, die er aus dem Ärmel zog. Ein Diener kam und brachte ein Tabouret,

eine Karaffe mit Wein und zwei Gläser, stellte alles zwischen die beiden Stühle.

»Ist es«, fragte Don Luigi, »eine Blasphemie, Jesus, den Herrn, als Zwerg darzustellen? Mit einem Buckel, mit zu großem Kopf? Einen verwachsenen Heiland?«

Der Bischof stellte das Weinglas, aus dem er eben trinken wollte, wieder hin und rückte mit dem Sessel nur ein kleines Stück zurück, aber es knarzte laut.

»Wie kommen Sie denn auf solche Witze, mein Sohn?« fragte der Bischof.

»Nein«, sagte Don Luigi, »kein Witz. Es dreht sich um eine ernste Sache.«

»Ohne jede Frage«, sagte der Bischof, der jetzt doch das Weinglas wieder nahm und daraus trank, »ohne jede Frage wäre das eine Blasphemie. Wer hätte jemals von einem Heiland als Krüppel gehört.«

»Sie kennen die Sache mit meiner Frau?« fragte Don Luigi.

Der Bischof seufzte. »Wie lang ist das her?« fragte er dann.

»Zwei Jahre.«

»Zwei Jahre«, sagte der Bischof, »schon zwei Jahre. Und es hat sich nichts –?«

»Verzeihen Sie, daß ich Sie unterbreche: es geht nicht um meine Frau. Es geht um das Kind.«

»Ich weiß, eine Tochter.«

»Flavia.«

»Aber ich verstehe immer noch nicht …«

»Sie wissen vielleicht auch«, unterbrach Don Luigi, »daß ich die Villa Bertolo gekauft habe, draußen vor der Stadt?«

»Es soll ein schöner Besitz sein.«

»Er eignet sich vor allem für den Zweck, für den ich ihn vorgesehen habe. Der Park ist sehr groß. Ich habe einige Veränderungen vornehmen lassen. Ich habe die Mauer auf vier Meter erhöhen lassen. Ich habe zwei kleine Häuser in dem Park errichten lassen, eines davon im chinesischen Stil, wie man es jetzt liebt, dann einen See anlegen lassen, auf dem man mit einem Kahn fahren kann; am Ufer steht ein Rundtempelchen. Das Haus selber: ich habe neue Stiegen einziehen lassen, alles neu ausmalen, die Möbel neu, auch einige geheimere Einrichtungen, von denen ich Ihnen dann erzählen kann –«

»Das muß ja ein – salva venia – Heidengeld gekostet haben?« murmelte der Bischof. Don Luigi machte eine Handbewegung: nicht der Rede wert. Der Bischof war nicht neidisch. Jeder wußte, daß der Umsatz des Handelshauses Valmerana die Einkünfte einer untergeordneten Diözese um das Tausendfache überstieg.

»– und eine Hauskapelle habe ich einbauen lassen.«

»Brav«, sagte der Bischof. »Wenn Sie wollen, werde ich sie selber weihen. Eine vier Meter hohe Mauer, sagen Sie? Das ist ja eine Festung?«

»Eine Festung«, sagte Don Luigi leise, »in der ich das Glück festhalten will. Eine Festung, in der meine Tochter glücklich sein soll.«

»Es soll jemand glücklich sein, der festgehalten wird?«

»Wenn er nicht *weiß*, daß er festgehalten wird?«

»Je nun, es ist Ihre Sache, mein Sohn«, sagte der Bischof, »ich verstehe aber immer noch nicht den Zusammenhang mit dem verkrüppelten Heiland –?«

»Das Gedächtnis eines Kindes«, sagte Don Luigi, »so habe ich mir sagen lassen, setze quasi im dritten Lebensjahr ein. Flavia ist nicht ganz drei Jahre alt. Das heißt: wenn sie erwachsen ist, wird sie sich an nichts erinnern, was bisher war. Erst an Dinge, die ihr von jetzt ab begegnen, wird sie sich später erinnern, nicht an alle, selbstverständlich, aber an

einige, und zunehmend mit dem Alter werden es mehr werden.«
»Aha«, sagte der Bischof, »interessant. Ich habe über die Frage nie nachgedacht. Sie haben wahrscheinlich jedoch recht, wenn ich überlege: ich erinnere mich an die Taufe meines jüngsten Bruders. Sie kennen Don Gian Andrea? Ja, natürlich. Er ist drei Jahre jünger als ich. Bei seiner Taufe bin ich, schon fix und fertig für die Festlichkeit, in einen steinernen Trog mit Wasser gefallen und mußte in höchster Eile neu eingekleidet werden. Es dürfte das meine früheste Erinnerung sein. Ich glaube nicht, daß ich später im Leben jemals wieder in Kleidern so durchnäßt war wie damals. So etwas bleibt natürlich haften. Übrigens erinnere ich mich auch an die Ohrfeige, die mir mein Vater mit der Frage, was ich im Sonntagskleid auf dem Rand des Troges zu suchen habe, gegeben hat. Requiescat in pace.«
Der Bischof gehörte zu den Menschen, die selber keine inneren Schwierigkeiten haben, weil sie alle Dinge des Lebens nur noch auf ihren kuriosen Gehalt hin betrachten. Es ist oft schwer, solchen Leuten den Ernst der Situation klarzumachen. Um einen Abstand zu dem Plauderton herzustellen, in den der Bischof, wie immer, verfallen war, wenn er befürchtete, der andere könne problematisch werden, schwieg Don Luigi.
Der Bischof merkte, daß weiteres Plaudern nun nicht mehr angebracht und auch die Gefahr eines pathetischen Anfalles bei Don Luigi vorüber war. Er beugte sich vor und legte seine Hand auf Don Luigis Arm.
»Es bedrückt Sie etwas?«
»Meine Tochter ist krank«, sagte Don Luigi.
»Was fehlt ihr denn?«

»Nicht eigentlich krank«, sagte Don Luigi, »sie ist – sie wird nie ein Mensch werden wie alle anderen.«
»Woher wissen Sie das? Haben Sie schon einen Arzt …?«
»*Einen* Arzt? Hundert Ärzte. Um ganz genau zu sein: einhundertundvier Ärzte haben sie untersucht. Ich habe quasi Buch geführt.«
Das hat womöglich mehr gekostet als die Villa, dachte der Bischof, sagte es aber nicht.
»Ich möchte nicht gerade sagen, daß die Ärzte einhundertundvier verschiedener Meinungen waren –«
»– aber wahrscheinlich nur, weil es nicht so viele verschiedene Meinungen gibt?« sagte der Bischof.
Don Luigi sagte nichts. »Es ist wie mit dem Eidotter. Man bricht die Eierschale in der Mitte auf und schüttet den Inhalt von einer Schalenhälfte in die andere, wobei immer ein wenig Eiweiß wegfließt, und zum Schluß bleibt der Dotter allein übrig. So ist es mit der Wahrheit. Ich habe einhundertundvier mehr oder weniger verschiedene medizinische Meinungen hin- und hergeschüttet. Als bitterer Dotter ist übrig geblieben –«
Don Luigi stockte. Der Bischof wartete ohne ein Zeichen von Ungeduld.
»Nicht daß Sie meinen, mein Vater, daß es leicht war, weil ich so einfach darüber rede«, fuhr Don Luigi fort und schaute zu Boden. »Die Wahrheit kam nicht wie ein Schlag, der einen für einen Augenblick betäubt, der einen aber vielleicht stärkt, wenn man ihn aushält. Die Wahrheit kam wie ein Feind aus dem Nebel. Man ahnt, daß etwas Schreckliches lauert, man weigert sich, die Gestalt des Feindes wahrzunehmen, obwohl man ihn schon ahnen kann, er kommt näher, er wird größer, man hofft, daß es eine Täuschung ist … man nimmt hin und bedauert viel-

leicht, daß anderen Leuten Katastrophen widerfahren, man kann aber nicht glauben, man glaubt nie, daß man selber Opfer einer Katastrophe sein könnte; bis sie da ist, glaubt man: das kann nicht sein, das kann *mir* nicht passieren, wieso soll das mir passieren? Und nun hat sich der Feind, es ist nicht mehr zu leugnen, bei mir eingenistet. Er hat mein Leben erobert. Ich werde ihn nie mehr vertreiben können. Er hat mich überwunden, ich muß mich mit ihm arrangieren. Das ist mir einzig klar, deswegen sehen Sie mich so ruhig.«

»Und was ist die Krankheit Ihrer Tochter?«

»Sie wird eine Zwergin bleiben.«

Der Bischof schaute aus dem Fenster.

»Sehen Sie«, sagte er dann, »jetzt habe ich wieder den Moment verpaßt, wo das Licht umkippt. Es ist Nacht geworden. Macht nichts, morgen ist wieder ein Tag.« Er nahm die kleine Schelle aus dem Ärmel und läutete. Ein Diener brachte ein Kohlenbecken, das er auf einen Wink des Bischofs nicht zu nahe der beiden Sessel aufstellte.

»Verzeihen Sie mir, mein Sohn«, sagte der Bischof, »daß ich da als erstes einen weltlichen Gedanken habe: danken Sie dem Himmel, daß Sie wenigstens Geld genug haben.«

»Ich weiß«, sagte Don Luigi.

»Und was soll nun Ihre Frage?«

»Ich kann aus meiner Tochter keinen normalen Menschen machen. Aber ich kann ihr die Welt zurechtbiegen.«

»Ich verstehe nicht –?«

»Wenn das Kind nur Zwerge sieht und keine normalen Menschen, hält sie Zwerge und damit sich für normal.«

»Und wie wollen Sie das machen?«

»Ich bin dabei, die Villa Bertolo, die jetzt Villa Valmerana heißt, in ein Paradies für eine Zwergin zu verwandeln.

Alles – Stiegen, Türgriffe, Geländer, Möbel – ist auf Zwergengröße zugeschnitten. Noch, das habe ich schon gesagt, ist Flavias Gedächtnis unbelastet von der Kenntnis des sogenannten Normalen. Eine Zwergin, die als Erzieherin und Gesellschafterin dienen wird, lebt schon draußen in der Villa, bereitet alles vor. Eine zwergische Zofe hat sich bei mir gemeldet. Ich muß aber erst sehen, ob sie zuverlässig genug ist. In einigen Jahren brauche ich einen Zwerg als Lehrer. Er wird nicht schwerer zu finden sein als mein Zwerg-Gärtner, den ich schon habe, auch den Zwerg-Koch, der nächste Woche seinen Dienst antreten wird.«

»Ja, gut, das geht alles«, sagte der Bischof, »aber Flavia wird älter werden … wird erwachsen! Sie wird hinauswollen, auch wenn der Park noch so paradiesisch ist!«

»Es muß gehen«, sagte Don Luigi.

»Ich fürchte«, sagte der Bischof, »Sie riskieren viel. Wenn das Kind eines Tages doch die wirkliche Welt sieht, wird es doppelt schlimm. Mehr als das: es wird sie töten.«

»Es muß gehen«, sagte Don Luigi. »Ich habe Fresken malen lassen, sehr schöne Fresken: die Sage vom rasenden Roland. Alle dargestellten Personen sind Zwerge – ein verwachsener Roland, eine zwergische Orminda, Tancred und Clorinde als Zwerge … die Statuen der alten Helden in dem Garten: ein Zwerg Herkules besiegt die nemäische Schlange, Neptun als Zwerg, und auch die Diana im Rundtempelchen an dem See ist eine Zwergin. Der Kanon des Lebens, den ich darstellen habe lassen, ist der des Zwerges.«

»Kurios, kurios«, sagte der Bischof. »Ich wünsche dem Kind, daß Ihr Plan gelingt.«

»Das Problem ist die Kapelle.«

»Wieso die Kapelle?« fragte der Bischof.

»Jesus und die Heiligen.«
»Ich verstehe jetzt«, sagte der Bischof. »Wissen Sie was: daran soll es nicht scheitern unter *den* Umständen. Wer weiß, wie der Herr im Himmel wirklich ausschaut. Sie brauchen ja nicht gerade in mißgewachsenen Aposteln zu *schwelgen.* Lassen Sie darstellen, was unbedingt notwendig ist. Das nehme ich auf meine Kappe, und außerdem braucht auch nicht unbedingt jeder davon zu erfahren. Aber *Sie*? Sie selber, der Vater, sind doch kein Zwerg?«
»Ich werde das Kind eine Zeitlang nicht sehen, das heißt: das Kind wird mich nicht sehen. Und fürs weitere habe ich mir auch darüber meine Gedanken gemacht.«
Da es sich um ein Mittelding zwischen Audienz und Besuch gehandelt hatte, begleitete der Bischof Don Luigi hinaus, nicht bis zur Haustür natürlich, aber bis zur Stiege des Piano nobile.
Im Hinausgehen sagte der Bischof: »Ich hätte an Ihrer Stelle Angst vor dem Risiko, doch ich respektiere Ihre Bemühungen. Ich weiß einen Zwerg, der Priester ist. Sie brauchen ja eines Tages jemand, der Ihrer Tochter die Erste Kommunion gibt …?«
»Einen Zwerg als Priester? Gibt es das?«
»An und für sich nicht«, sagte der Bischof, der sofort die Gelegenheit ergriff, wieder in seinen Plauderton zu verfallen. »Für die Priesterweihe ist unter anderem körperliche Unversehrtheit eine Voraussetzung. Körperliche wohlgemerkt. Das heißt, unter uns gesagt, daß jeder Hornochse, wenn seine Familie ihn durch das Seminar prügelt, Priester werden kann; dem armen Kerl, den vor ein paar Jahren seine Mutter gebracht hat – ein kluger Kopf –, hat man es nicht gestattet, nur weil er das Pech hat, sechs Zehen an den Füßen zu haben. Es gibt natürlich Fälle von mißgestal-

teten Priestern, dann nämlich, wenn ihm was passiert, *nachdem* er geweiht ist. So habe ich einen Domprobst gekannt, in Piacenza, der ist vom Kirchendach gefallen. Fragen Sie mich nicht, wie und wann er hinaufgestiegen ist. Jedenfalls ist er heruntergefallen.«
»Und ein Zwerg geworden?«
»Nein«, sagte der Bischof, »das ist ein anderer. Der ist von Geburt an Zwerg. Jetzt ist er Kanonikus in Bergamo. *Der* hat sofort eine Dispens bekommen: Don Domenico Visconti, das sagt wohl genug. Ein echter Visconti, aus einer Nebenlinie zwar, aber immerhin. Und seine Mutter ist eine geborene Buoncompagni-Ludovisi. Nun sind an und für sich alle Viscontis sehr klein; winzig, kann man schon fast sagen. Und wie sie gemerkt haben, daß dieser Domenico noch kleiner bleibt, selbst für viscontinische Begriffe unterwüchsig ist, haben sie selbstverständlich einen heillosen Schrecken bekommen: der Kleine darf sich um keinen Preis der Welt fortpflanzen, zumindest nicht legal. So mußte Domenico Priester werden. Die Dispens haben sie natürlich gekriegt, logisch, wenn man mit so vielen Kardinälen verwandt ist. Weit bringt es der Zwerg natürlich nicht: stellen Sie sich einen Bischof vor – und *so* klein? Na ja. Aber er ist ein kluger Mann. Womöglich würde er sich in Ihrem Zwergenschloß wohler fühlen als unter den Confratres in Bergamo. Ich werde ihm, wenn Sie wollen, einen Brief schreiben.«
Don Luigi dankte, und damit verabschiedete ihn der Bischof.

II

Die Zeit verging. Der letzte normalwüchsige Mensch, der das sorgsam gehütete Zwergenschloß betrat, war der Bischof, als er die Kapelle weihte, über deren Altar ein mißwachsener Christus am Kreuz hing, eine Zwergin als Madonna auf der einen, ein zwergischer Johannes auf der anderen Seite stand, im übrigen hervorragende Arbeiten eines der ersten Künstler der Hauptstadt, der auch die Heiden-Götter Jupiter, Neptun und Diana und alle anderen Ganz- und Halbgötter und Heroen gemeißelt hatte, die den Park schmückten. Der Künstler hatte gesagt, daß das einer der interessantesten Aufträge gewesen sei, den er je ausgeführt habe. Er sehe nach dieser Arbeit die Welt in einem anderen Licht. Das war alles noch, bevor Donna Flavia, wie das Kind auf ausdrücklichen Wunsch des Vaters schon genannt wurde, die Villa endgültig bezog. Nachdem der Bischof, dem Don Luigi an den Zwergentischen aus Zwergentellern und mit Zwergenbestecken einzunehmen einen vom Zwerg-Koch bereiteten Imbiß servieren ließ, das Haus verlassen hatte, verschloß sich die Tür der feindlichen großen Welt. Niemand mehr von normalem Wuchs sollte das Areal betreten – niemand mehr, bis auf den Vater natürlich.

»Von Ihrer Frau haben Sie nichts mehr gehört?« fragte der Bischof, »ich darf doch, als Ihr geistlicher Vater, danach fragen?«
Diesmal hatte nicht Don Luigi um eine Unterredung gebeten. Der Bischof hatte ihn – ausdrücklich – zu einem Besuch eingeladen. Es war nicht zu verkennen, daß der Bischof nicht nur neugierig war, vom Fortgang dessen zu erfahren, was er mehrfach in dem Gespräch als ›Experiment‹ bezeichnete, sondern daß eine über das geistliche Amt hinausgehende Anteilnahme, wenn nicht sogar Sorge, den Kirchenfürsten bewegte.

Der Bischof empfing Don Luigi diesmal in seinen Privatgemächern, in einem Ankleidezimmer, das an das Schlafzimmer stieß und mit schönen, zierlichen, fast für weiblichen Gebrauch geeignet scheinenden Möbeln ausgestattet war. Der Bischof hatte einen Schlaganfall erlitten. Als er aus dem Schlafzimmer herauskam und Don Luigi, der wartete, entgegenging, mußte er von zwei Dienern gestützt werden.

»Ich darf doch danach fragen?« Der Bischof atmete schwer. Dennoch entließ er die beiden Diener mit einem leichten Wink der Hand.

»Nichts«, sagte Don Luigi, »also: nicht direkt. Es wird einem ab und zu etwas zugetragen. Wer weiß, ob es stimmt. Sie lebt angeblich in Genf.«

»Mit jenem Mann?«

»Man hat mir zugetragen, sie lebe inzwischen mit dem dritten, kann sogar sein, dem vierten Mann. Es soll sich um einen bedeutenden Gelehrten handeln.«

»So«, sagte der Bischof. »Welcher Fachrichtung?«

»Ein Philosoph«, sagte Don Luigi.

»Ich habe von der Philosophie noch nie viel gehalten«, sagte der Bischof, der trotz des schweren Atems in seinen Plauderton verfiel. »Wissen Sie: was ist das schon, die Philosophie? Eine Gilde von angeblich klugen Leuten, die seit zweitausend Jahren krampfhaft nachdenken und bis heute zu keinem Ergebnis gekommen sind. Sehen Sie einen Fortschritt in der Philosophie seit Platon? Ich nicht. Denkt man heute besser als zu Platons Zeiten? Das behaupten nicht einmal die Philosophen. Stellen Sie sich vor: eine Wissenschaft, die seit zweitausend Jahren nichts als Rückschritte gemacht hat! Wo gibt es das sonst noch? Ich erwarte nicht gerade, daß die Philosophen die Welt erklären, aber sie haben sich ja nicht einmal auf einen einzigen kleinen Punkt geeinigt. Zu jeder Meinung gibt es eine Gegenmeinung. Das kommt davon, daß jeder neue Philosoph seinen Ehrgeiz nicht darin sieht, *wahr,* sondern nur *neu* zu denken, das heißt: anders als die anderen. Daß die Philosophie ihren Kredit bei den Leuten nicht längst verspielt hat, hängt nur damit zusammen, daß sich die Philosophen absichtlich ungenau ausdrücken, sage ich Ihnen. Vielleicht tue ich der Gilde Unrecht, weil ich sie auch nicht verstehe ... Wie geht es Ihrer Tochter? Was macht das Experiment?«

Don Luigi erzählte, wie Donna Flavia, die nun fünf Jahre alt war, in ihrem Zwergenschloß mit den Zwergen lebte. Don Domenico, der ehemalige Kanonikus von Bergamo, war die Stütze des kleinen – in doppelter Hinsicht kleinen – Hofstaates. Er verstehe sich sehr gut mit Don Domenico, sagte Don Luigi, ja, er sei dem Bischof für diese Vermittlung besonders dankbar; Don Domenico sei fast wie ein Freund für ihn geworden.

»Und Flavia vermißt nichts?« fragte der Bischof.

»Nicht das geringste«, sagte Don Luigi. »Sie hat ihren geregelten Tages- und Jahresablauf. Sie spielt mit ihrem Zwergenpuppenhaus oder mit einem Puppenzwergenhaus, je nachdem, wie man will, sie fährt, mit dem Gärtner oder der Kinderfrau auf dem Bock, in einem kleinen Ponywägelchen durch den Park – oder sie wird im Kahn über den See gerudert. Sie scheint auch große musikalische Gaben zu haben. Demnächst werde ich einen Musikmeister engagieren.«

»Einen Zwerg?«

»Selbstverständlich«, sagte Don Luigi. »Ich lasse auch ein kleines Cembalo bauen – in der modernen wohltemperierten Stimmung.«

»Die Geschäfte des Hauses Valmerana stehen gut?«
»Ich danke der Nachfrage«, sagte Don Luigi.
»Hm, hm«, sagte der Bischof. »Und Ihnen? Ihre Tochter geht Ihnen nicht ab? Sie leben ja getrennt von ihr.«
»Ich besuche sie jeden Tag.«
»Wie das?«
»In der hohen Mauer ist eine versteckte Pforte, eine kleine, selbst für den aufmerksam Vorübergehenden kaum sichtbare Tür, dort, wo die Mauer an die Straße stößt, die von der Stadt nach Camposantangelo hinaufführt; ich weiß nicht, ob Sie diese Stelle kennen?«
»Ich kann kaum noch aus dem Haus gehen«, sagte der Bischof und hob bedauernd die Hände.
»Dort an der Tür erwartet mich jeden Abend kurz nach Sonnenuntergang Don Domenico. Er führt mich hinein, erzählt mir, was an dem Tag alles vorgefallen ist, während wir durch einen in Taxushecken versteckten Gang zum Haus gehen. Sie dürfen nur nicht denken, daß in einer so kleinen, ruhigen Welt nichts vorfällt. Der Porzellankopf einer Puppe, zum Beispiel, ist zerbrochen und mußte wieder gekittet werden. Die Zofe ist über eine Türschwelle gestolpert. Ein Schmetterling hat sich auf Donna Flavias Hand gesetzt und ist nicht fortgeflogen, obwohl ihn Donna Flavia angeblasen hat. Es war ein brauner Schmetterling mit dunkelblauer Zeichnung. Es fällt viel vor. Die kleinsten Dinge werden wichtig in so einer kleinen Welt.
Auch das Haus hat einen versteckten Seiteneingang, dort, wo die Taxushecke endet. Durch diesen Seiteneingang führt mich Don Domenico in ein Zimmer, das vom übrigen Haus aus nicht zugänglich ist. Durch ein Fenster dieses Zimmers kann ich von hoch oben Donna Flavia beim Abendessen zuschauen. Durch ein anderes Fenster, das in

ihr Schlafzimmer geht, kann ich sehen, wie sie ins Bett gebracht wird.«

»Schön«, sagte der Bischof. »Und ich nehme an, Sie überwachen die Erziehung auf das sorgfältigste?«

»Durch und mit Hilfe von Don Domenico. Selbstverständlich.«

»Ich bin froh, daß Sie mit Don Domenico so zufrieden sind. *Sie* sehen also das Kind. Aber das Kind kann *Sie* nicht sehen. Fragt es denn nie nach Ihnen? Fragt es nie nach der Mutter?«

»Das ist freilich ein Problem. Man hat sich eine Reihe von Ausreden zurechtgelegt.«

»Wird sich das Kind auf die Dauer damit zufriedengeben?«

»Das ist auch ein Problem. Aber Probleme gibt es viele. Das habe ich gewußt. Ich habe gewußt, daß ich in einem fort Probleme werde lösen müssen, wie ich mich entschlossen habe –«

»– das Experiment zu wagen«, ergänzte der Bischof, da Don Luigi im Augenblick nicht das richtige Wort fand.

»Zum Beispiel«, sagte Don Luigi, »das Problem unliebsamer, ungebetener Besucher. Da sind doch einmal, es ist vielleicht drei oder vier Monate her, zwei Gauner über die Mauer gestiegen. Am hellichten Tag! Ich frage mich, in welchen Zeiten wir leben: am hellichten Tag –«

»Und – keine Zwerge?«

»Natürlich nicht.«

»Soweit reichen Ihre Mittel nicht«, sagte der Bischof nachdenklich, »daß Sie unter den Einbrechern einen Konsens herbeiführen: dort dürfen nur Zwerge rauben. Ja – nein: aber im Ernst … und dann?«

»Zum Glück war Donna Flavia nicht im Garten. Der Gärtner und Don Domenico haben die Gauner vertrieben. Stellen Sie sich vor: der Gärtner ist mit einem Stock auf die Gauner losgegangen – der Zwerg gegen zwei Riesen, und Don Domenico hat rasch einen Stein ergriffen, ist auf einen Baum gestiegen, ungesehen, und hat einem der Räuber den Stein auf den Kopf geworfen und voll getroffen. Der Räuber muß gemeint haben, ihn trifft der Blitz. Die Zofe hat das Ganze von einem Fenster aus gesehen und sofort ein Geschrei angestimmt, das durch Mark und Bein gegangen ist, worauf die Räuber die Flucht ergriffen haben. Ich habe mir die tapfere Haltung der drei Leute eine stattliche finanzielle Anerkennung kosten lassen. Auch habe ich die Mauer oben durch Glasscherben sichern und den Gärtner und seinen Gehilfen mit Flinten bewaffnen lassen, mit eigens angefertigten kleinen, aber zielsicheren und guten Flinten.«

»Das ist alles natürlich sehr schön und sehr gut, und wahrscheinlich sehr teuer«, sagte der Bischof, »aber das wird Sie nicht der Frage entheben, was Sie tun sollen, wenn das Kind eines Tages nach Vater und Mutter fragt.«

»Die Mutter bekäme es nicht zu Gesicht, auch wenn es ein normaler Mensch wäre.«

»Und den Vater?«

»Ich weiß nicht«, sagte Don Luigi und senkte den Blick. Er sagte dem Bischof nicht, welchen Plan er nicht nur erwogen, sondern mit einigen der besten Ärzte besprochen hatte. (Einer dieser Ärzte war selber ein Zwerg. Der wurde in die Villa geholt, wenn Donna Flavia oder einer vom Personal krank war.) Don Luigi hatte nichts weniger erwogen, als sich selber durch eine Operation oder eine Reihe von Operationen in einen Zwerg verwandeln zu lassen. Die Ärzte hatten erklärt, daß dies unmöglich sei. Warum erzählte Don Luigi dem Bischof, der ihm offenbar so väterlich gewogen war, nichts von dem Plan? Weil es eine Sünde und Gotteslästerung ist, seine von Gott gegebene Gestalt verändern zu wollen? Weil er fürchtete, daß der Bischof – wie einer der Ärzte – argwöhnen würde: Don Luigi habe diesen Plan nur erwogen, weil er von vornherein davon überzeugt war, daß er nicht ausführbar sei? Daß er sich mit dem Gedanken an diesen von vornherein illusorischen Plan im Bewußtsein gigantischer Hochherzigkeit wiegen wolle? Don Luigi hatte allen Ernstes und ohne Vorbehalte diesen Plan erwogen. So sagte er nur: »Ich weiß nicht.«

Von noch anderen, noch geheimeren Plänen, die Don Luigi – muß man gerechterweise sagen, nur mit halbem Herzen, mit Skepsis von vornherein und nur, um wirklich keine Möglichkeit zu versäumen – verfolgte, sagte er dem Bischof erst recht nichts. Es handelte sich dabei um Verbindungen, die Don Luigi mit einem gewissen Messer Simeone in Venedig angeknüpft hatte, einem Adepten, dessen Künste aber den genaueren Nachprüfungen Don Luigis nicht standhielten, das heißt: dieser Messer Simeone verstand es, sich solchen Nachprüfungen zu entziehen, was Don Luigi stutzig werden ließ. Dennoch hatte auch das eine Menge Geld gekostet.

»Ich weiß nicht«, sagte Don Luigi, »mir wird schon was einfallen.«

»Es würde mich freuen«, sagte der Bischof, »wenn Sie mich, mein Sohn, ab und zu von dem Fortgang Ihres Experimentes unterrichten wollten.«

Es gab noch mehr Schwierigkeiten und Probleme, große und kleine. So fuhr Don Luigi einmal zur Villa hinaus, wie jeden Abend, und kurz, nachdem er die Stadt verlassen hatte, zog ein Gewitter auf. Eine violette Wolke schob sich

den dunkelblauen Hügel hinauf, auf dem mit ihren spitzen Nadeln Zypressen aufragen, die sich gleichmäßig im Wind bogen. Das Gewitter entlud sich kurz und hart, ein Regenguß prasselte nieder, die Wagenräder malmten schwer durch den zu Purpurschlamm aufgeweichten Weg, aber bevor Don Luigis Wagen jene kleine, versteckte Tür erreicht hatte, war das Unwetter weiter nach Norden gezogen, wo es die blaßgrünen Berge mit fernem, schwarzem Dunst verschleierte. Don Luigi ließ Hut und Mantel im Wagen, Don Domenico hatte während des kurzen Unwetters vor der Pforte gewartet.
»Guten Abend, Don Luigi«, sagte der Kleine.
»Guten Abend, Don Domenico«, sagte Don Luigi, »was haben Sie denn da?«
Der Zwerg hatte einen nun zusammengefalteten Regenschirm bei sich, der etwas größer war als er selber. Er faßte den Schirm ungefähr auf zwei Drittel Höhe und stemmte ihn vor sich in den Boden wie eine Lanze oder eine Fahnenstange.
»Was ich da habe?« sagte der Zwerg. »Einen Regenschirm. Es hat ja noch vor fünf Minuten gegossen wie aus Eimern.«
»Schon«, sagte Don Luigi, »aber *so* ein Regenschirm!«
»Wieso?« fragte Don Domenico, »ein Familienstück. Ein hervorragender Schirm –«
»Eine bodenlose Unvorsichtigkeit«, sagte Don Luigi, »wenn das Kind fragt?«
»Ach so, meinen Sie«, sagte Don Domenico und musterte den Schirm von oben nach unten.
»Hat Donna Flavia den Schirm jemals gesehen?«
»Zumindest hat sie nie etwas gesagt. Es ist ihr sicher nichts aufgefallen.«
»Gebe das der Himmel! Sie müssen unverzüglich einen Re-

genschirm bekommen, der zu Ihnen paßt, zu Ihrer Größe. Ich werde ihn anfertigen lassen.«
»Gut«, sagte Don Domenico, »obwohl es mir leid tut um den vorzüglichen Schirm.«
»Vorzüglich hin oder vorzüglich her«, sagte Don Luigi, »ich werde Ihnen einen Regenschirm machen lassen, mit dem Sie zufrieden sind. Oder verbinden sich irgendwelche teuren Erinnerungen mit dem Stück?«
»Nein, nein«, sagte Don Domenico, »nur der Griff. Sehen Sie: ein Löwenkopf.«
»Ich werde den echten alten Griff am neuen Schirm anbringen lassen. Geben Sie mir den Schirm.« Don Luigi lehnte ihn gegen die kleine Pforte. »Damit ich ihn nachher nicht vergesse.«
Sie gingen durch den Taxusgang. Vereinzelte dicke Tropfen fielen aus den Zweigen.
»Donna Flavia ist schon bei Tisch? Was ißt sie heute?«
»Forellen«, sagte Don Domenico, »weil ja Freitag ist. Sie könnten mir einen Gefallen tun, Don Luigi, und einmal mit dem Koch reden, daß er mir nicht immer die kleinsten auftischt, der verwachsene Verbrecher. Immer mir die kleinsten. Sie können Gift darauf nehmen, daß er mit einem einzigen Blick unter allen Forellen die drei kleinsten herausfindet, und die läßt er mir bringen.«

Es tauchten weitere Schwierigkeiten auf. Donna Flavia lernte lesen. Don Luigi mußte alle Bücher, die Donna Flavia in die Hand kommen sollten, neu drucken lassen, einesteils der Illustrationen wegen – die selbstverständlich dem Zwergischen angepaßt und eigens gemalt wurden –, andererseits aber auch wegen des Inhalts. Aus Tassos erhabenem Gedicht vom ›Befreiten Jerusalem‹ wurden alle hochragenden Helden und alle gertenschlanken Damen getilgt oder mit anderen, unverfänglichen Epitheta versehen, und wenn es in Homers ›Ilias‹ hieß:

»Also enteilte der riesige Ajax, der Hort der Akaier,
Schreckliches Lächeln umspielte die grausigen Züge,
Von dannen ging er mit mächtigem Schritt und
schwenkte die ragende Lanze ...«

So änderte das ein junger Dichter, den Don Luigi dafür verpflichtet hatte, in:

»Also enteilte der *tapfere* Ajax, der Hort der Akaier,
...
Ging er mit *eiligem* Schritt und schwenkte die *blinkende*
Lanze ...«

(»Grausige Züge«, empfand der Dichter, dürfte wohl bleiben.)

Um diese Zeit etwa begann man auch – auf Befehl Don Luigis –, die Tochter auf den Besuch des Vaters vorzubereiten. Don Domenico übernahm im wesentlichen diese heikle und gefährliche Aufgabe. Don Domenico ließ zunächst ein Raunen unter den Dienstboten entstehen, das Donna Flavia zwangsläufig zu Ohren kam und dem Kind in relativ sanfter Weise den Gedanken näherrückte, daß mit dem Vater etwas nicht in Ordnung sei. Als Donna Flavia dann eines Tages von sich aus danach fragte, nahm Don Domenico das Kind beiseite und erklärte mit langen und vorsichtigen Ab- und Umschweifen, daß nicht alle Menschen so seien, wie sie und er oder die Zofe und der Musikmeister, daß es leider Menschen gäbe, die nicht von normalem Wuchs seien, arme, bedauernswürdige Geschöpfe, die sich verborgen halten, weil bei ihrem Anblick die normalen Menschen erschrecken ... kurzum: der Vater sei verwachsen, sei außerhalb normaler Dimension, sei fast kein Mensch mehr, sondern ein Elefant.

Das Kind erschrak, aber es weinte nicht. Don Domenico, der Don Luigi selbstverständlich genauesten Bericht erstattete, beobachtete das Kind, das da etwa sieben Jahre alt war, einige Tage. Das Kind sagte zwar nichts, doch es war ihm anzumerken, daß es nachdachte. Nach etwas weniger als einer Woche zeichnete es ein Figürchen auf ein Blatt Papier; das Figürchen so klein wie eine Maus, daneben ein baumhohes Ungeheuer mit sechs Armen und vier Beinen.

»Das bin ich«, sagte Donna Flavia und deutete mit dem Bleistift, den sie noch in der Hand hatte, auf die Maus, »ist das dann der Vater?«

Don Domenico lachte erleichtert und zeichnete, so gut er konnte, die ungefähren Proportionen des Vaters und der Tochter daneben. »*So* schlimm«, sagte Don Domenico, »ist es auch wieder nicht. Außerdem hat er zwei Arme und zwei Beine wie jeder Mensch. Wie kommen Sie auf sechs Arme?«

»Weil in der Bibel steht«, sagte Donna Flavia, »daß die Engel sechs Flügel haben.«

»So«, sagte Don Domenico, »hm; und vier Beine?«

»Weiß nicht«, sagte Donna Flavia.

Schon am nächsten Tag kam Don Luigi zu Besuch. Es wurde ein kleines Fest im Garten arrangiert. Donna Flavia spielte auf dem Cembalo und der Musikmeister auf der Laute. Don Luigi war tief befriedigt, es sei, sagte er danach zu Don Domenico, nicht anders gewesen, wie ein Wiedersehen nach einem längeren Aufenthalt des Kindes in einem fernen Internat.

Da Don Luigi von da an regelmäßig die Tochter besuchte,

auch Mahlzeiten in der Villa einnahm und gelegentlich dort übernachtete, ergaben sich für den Hausstand im Zwergenschloß einige Veränderungen: ein großes Bett mußte angeschafft werden, ein größerer Tisch und ein Stuhl, auf dem der verwachsene Vater bequemer sitzen konnte.
Als Donna Flavia zehn Jahre alt war, fragte sie den Vater, ob er nicht sehr unglücklich sei über seinen Mißwuchs. Don Luigi hatte die Frage längst erwartet und sich die Antwort zurechtgelegt: »Ja, schon. Aber ich bin glücklich, daß meine Tochter normal ist.«

III

In dem Jahr, in dem Donna Flavia sechzehn Jahre alt wurde, war der Winter besonders streng und das, was Don Luigi Valmerana als »weißen Dreck« bezeichnete, nämlich Schnee, lag zeitweise sogar im Park des Zwergenschlosses und wollte oft tagelang nicht weichen. Die Wege waren aufgeweicht, der Rasen grau. Erst Mitte Februar konnte man die ersten Vögel am Morgen singen hören, die Magnolien kamen erst nach dem Aschermittwoch, und bis in den späten März hinein konnte man sehen, daß die wolkenverhangenen Berge im Norden schneebedeckt waren.
»Leben dort Leute?« fragte Donna Flavia, »ich meine Leute wie wir? – Ich meine«, sagte sie schnell, »Leute wie Don Domenico und ich und so fort?«
Don Luigi lag im Gras auf einer Decke. Die Sonne war schon so warm, daß man das in den Mittagsstunden tun konnte. Donna Flavia saß auf einem Schemel neben Don Luigis Kopf. So konnten sie sich unterhalten, ohne daß der Größenunterschied merkbar wurde.
»Wie kommst du darauf, daß *dort* Leute leben könnten?

Ich war nie dort, ich werde mich hüten, dorthin zu fahren. Ich bin ganz sicher, daß dort keine Leute leben.«
Das Mädchen wendete den Kopf weg vom Vater und schaute über die Mauer, die vier Meter hohe Mauer nach Norden zu den fernen, wolkenverhangenen Schneebergen. Das Mädchen und sein Vater saßen auf einer der hügelartigen Erhöhungen, die sich im Park fanden. Es war möglich gewesen, die Mauer – damals – so hoch zu machen, daß kein Haus und nichts, auch nicht einmal ein Kirchturm der näheren Umgebung zu sehen war, auch nicht von den Stellen des Parks aus, die sich ein wenig hügelig aufwölbten. Aber die Sicht selbst auf die fernen Berge zu verstellen, war natürlich nicht möglich gewesen. Da hätte die Mauer hundert Fuß hoch sein müssen. Don Luigi hatte zwar die Erhebungen im Park mit Bäumen bepflanzen lassen – nach ausgeklügeltem Grundriß –, um die Sicht von diesen Stellen aus zu beeinträchtigen. Ganz war es nicht geglückt. Das ging nicht. Aber wenigstens konnte man keine Dörfer oder Häuser erkennen. Ein reicher Paduaner hatte vor ein paar Jahren genau auf dem Hügel, der in der unverstellten Sichtschneise lag – in einer Entfernung von mehreren Meilen – ein Sommerhaus hinbauen wollen. Unter Aufwendung großer finanzieller Opfer hatte Don Luigi dann den ganzen Hügel gekauft.
»Ich hoffe für Sie«, hatte der Bischof gesagt, nachdem ihm Don Luigi davon erzählt hatte, »daß sich das nicht herumspricht.«
»Ich könnte mir denken«, sagte Donna Flavia, »daß dort in den Schneebergen solche Riesen wohnen wie du.«
Don Luigi erschrak und richtete sich auf. »Solche Krüppel wie ich? Ich mag nicht, wenn du solchen Unsinn redest. Solche wie mich gibt es nicht. Es gibt nur mich. Ich wünsche es keinem, nicht meinem ärgsten Feind.«

»Hast du Feinde?«
»Feinde? Nein, mein Kind. Was heißt schon Feinde.«
»Ich habe nur Freunde«, sagte Donna Flavia, »dich, Don Domenico, den Musiklehrer, die Zofe ... nur Freunde. Ich hätte gern einen Feind.«
»Was redest du!« sagte Don Luigi und legte sich wieder hin, jedoch nicht so entspannt wie vorher. »Was heißt schon: Feinde. Feinde hat vielleicht der Soldat im Krieg. Ein Kaufmann wie ich hat Konkurrenten und Schuldner, vielleicht Neider.«
»Aber du sagst doch, daß du *es* deinem ärgsten Feind nicht wünschst?«
»Das habe ich so dahergeredet«, sagte Don Luigi, »eine Floskel. Du hast recht, man soll nicht gedankenlos solche Floskeln gebrauchen.«
Eine Krähe flog über den Park. Am Fuß der Anhöhe, auf deren Flanke Donna Flavia und Don Luigi lagen, saßen ein paar Spatzen im Gras. Donna Flavia hatte eine kleine Tasche umgehängt, aus der sie jetzt winzige Brotstückchen nahm und den Spatzen hinwarf.
»Es gibt«, fragte Donna Flavia, »keine Leute sonst wie du? Ich meine: die so groß sind?«
»Aber nein«, sagte Don Luigi.
»Weil ich geträumt habe«, sagte Donna Flavia, stand auf, trippelte ein paar Schritte den Abhang hinunter, bückte sich, sammelte ein paar Brotstückchen auf, die sie zu kurz geworfen hatte, und warf sie weiter hinunter. Die Spatzen erkannten die Brösel nicht als Futter, hielten sie für Geschosse und schwirrten auf. Nach einiger Zeit, in der sie beobachtend auf einem Busch in der Nähe gesessen waren, kamen sie wieder und fraßen das Brot.
Wie mühsam sich ein Zwerg bückt, dachte Don Luigi, der

den ganzen Vorgang aus seiner liegenden Perspektive beobachtet hatte. Donna Flavia kam zurück und setzte sich wieder auf ihren Schemel. – Wie mühsam, dachte Don Luigi, man könnte meinen, daß Zwerge näher dran sind, näher am Boden – und doch, wenn sie sich bücken, wirkt das so mühsam. Er hatte das oft beobachtet. Selten hatte einer Gelegenheit, Zwerge so lange und so genau zu beobachten wie Don Luigi. Die Bewegungen der Zwerge sind klein und wirken doch mühsam, oft sogar plump. Donna Flavia hatte auch Tanzunterricht, selbstverständlich, und da zuzusehen, war für Don Luigi schrecklich, weil der Tanz der Zwerglein, auch seiner Tochter, so lächerlich wirkte, ja: lächerlich – warum wirkte das lächerlich?

»Ich meine nur«, wiederholte Donna Flavia, »weil ich geträumt habe.«

Vielleicht wirkt es nur lächerlich, dachte Don Luigi, weil unser Auge auf die Proportionen der Menschen geeicht ist, die wir für normal halten. Die Zwerge bewegen sich mit *unseren* Bewegungen in *ihren* Proportionen, das dünkt uns fremd, und was uns fremd dünkt, kommt uns lächerlich vor. Vor ein paar Jahren ist in Venedig ein Chinese aufgetaucht. Er brauchte nur dazustehen, und die Leute haben sich gekrümmt vor Lachen.

»*Was* hast du geträumt?« fragte Don Luigi.

»Reiter sind gekommen und ein Prinz. Der Prinz hatte einen himmelblauen Mantel.«

»Und?«

»Nichts. Sie waren nicht böse, sie waren sogar sehr freundlich. Sie sind gekommen.«

»Wohin sind sie gekommen?«

»Hierher. Hier in den Park. Alle auf Pferden. Der Prinz hat

gesagt, er möchte eine Tasse Schokolade haben. Lorenza – (Lorenza war eins der Dienstmädchen) – hat eine Tasse Schokolade gebracht, da hat das Pferd des Prinzen gesagt: Ich möchte auch eine Tasse Schokolade haben.« Donna Flavia lachte.
»Flavia – so ein Unsinn –«
»Hat das Pferd gesagt.«
»Das erfindest du jetzt.«
»Wenn ich es dir sage! Das habe ich geträumt.«
»Und dann? Hat Lorenza dem Pferd auch eine Tasse Schokolade gebracht?«
»Das weiß ich nicht mehr. Wahrscheinlich bin ich aufgewacht.«
»Ein sehr komischer Traum.«
»Und sie waren alle ganz groß. So groß wie du. Die Reiter waren so groß wie du, der Prinz auch, auch die Pferde waren groß.«
»Ein schrecklicher Traum!«
»Gar nicht schrecklich. Was soll daran schrecklich sein, wenn ein Prinz eine Tasse Schokolade will?«
Don Luigi richtete sich auf.
»Sie waren«, sagte Donna Flavia, »sehr freundlich.«
»Träumst du öfter von solchen – Monstern?«
Donna Flavia sagte nichts.
»Träumst du öfter solche Sachen?«
»Ja«, sagte Donna Flavia kleinlaut.
Don Luigi stand auf und rollte die Decke zusammen. »Wir gehen ins Haus. Es ist doch noch zu kühl.«
Sie gingen hinunter. Die Spatzen hatten die Brotkrümel aufgefressen und hüpften auf dem Kiesweg herum. Die Krähe flog jetzt aus der anderen Richtung über den Park.
»Träume bedeuten gar nichts«, sagte Don Luigi, »und ich

kann dir nur eins sagen: es gibt keine solchen Monster außer mir. Im Traum … im Traum ist alles möglich.«
»Eben«, sagte Donna Flavia, »ein Pferd kann ja auch in Wirklichkeit nicht reden.«
»Sehr richtig«, sagte Don Luigi.

In den folgenden Wochen hatte Don Luigi wenig Zeit für seine Tochter. Einige wichtige Geschäfte, die großen Gewinn versprachen, führten Don Luigi nach Venedig und Rom und einmal sogar nach Paris. Außerdem fühlte er sich nicht wohl. Er konsultierte Ärzte, darunter einen jüdischen Arzt aus Alexandria, dem er die Geschichte mit Flavias Träumen erzählte. Der jüdische Arzt wiegte den Kopf hin und her und sagte dann etwas, was Don Luigi nicht verstand.
»Das ist hebräisch«, sagte der Arzt, »ein Spruch. ›Geld schießt auch nach hinten.‹«
»Was soll das heißen?« fragte Don Luigi.
»Nur so ein dummer, hebräischer Spruch«, sagte der Arzt. Im übrigen empfahl er sachlich und kühl, daß Don Luigi seine irdischen Dinge – »… für alle Fälle, nur für alle Fälle …« – ordnen solle. Don Luigi konferierte in der Folge wochenlang mit Advokaten und Notaren. Er erstellte ein Testament, das so dick wurde wie ein Buch. Gelegentlich wurde zu diesen Konferenzen Don Domenico hinzugezogen, der um seinen Rat gebeten wurde, denn der allergrößte Teil des Testaments bezog sich auf die Vorsorge für Donna Flavia und das Zwergenschloß.
Mit Donna Flavia sprach Don Luigi nicht über sein Testament; auch nie mehr über den Traum mit den Reitern und dem Prinzen und seinem Pferd, das eine Tasse Schokolade haben wollte.

IV

»Ich mache mir Vorwürfe«, sagte der Bischof zu Don Domenico Visconti, »daß ich Don Luigi nicht von seinem Experiment abgeraten habe. Das heißt: abgeraten habe ich ihm schon, im Grunde genommen, doch ich hätte ihn beschwören sollen, das Experiment zu unterlassen. Aber ...«, der Bischof machte eine Geste, die soviel bedeutete wie: was will man machen? Die Geste war für Don Domenico nicht verständlich, denn es war fast keine sichtbare Geste mehr, nur noch eine Anstrengung des Bischofs, seine Arme zu heben, was nicht gelang, er spreizte nur die Finger etwas. Schon einige Jahre lang war der Bischof gelähmt. Die Diener mußten ihn in das Rote Zimmer tragen. Bevor der Bischof die Diener entließ, befahl er, daß man Don Domenico auf einen der hohen Stühle hebe. Der Diener kicherte. »Tölpel«, sagte der Bischof, und als die Diener draußen waren, entschuldigte er sich bei Don Domenico: »Man ist diesen Verbrechern ausgeliefert, wenn man kein Glied mehr rühren kann, und die wissen das ... der Herr vergebe ihnen – Ja, ja«, sagte er dann, »ich hätte Don Luigi energischer abraten sollen. Aber: das Geld. Er hat eben auch zu denen gehört, die gemeint haben, mit Geld kann man alles machen.«

»Anders gesehen«, sagte Don Domenico, »könnte man sagen: immerhin hat er dem Kind mit seinem Geld siebzehn sorglose, fast paradiesische Jahre verschafft.«

»Siebzehn Jahre war das Mädchen alt?«

»Siebzehn Jahre«, nickte Don Domenico.

»Und ist nie mehr gewachsen?«

»Nicht mehr nennenswert. Aber ein sehr, sehr liebenswürdiges Kind, und wenn Sie sie hätten Cembalo spielen hören können!«

»Haben Sie«, fragte der Bischof leise, »die Mutter gesehen?«

»Natürlich.«

»Und den … den Herrn auch?«

»Auch, aber der hat sich eher im Hintergrund gehalten.«

»Vier Tage nach Don Luigis Beerdigung?«

»Sie wissen ja: es ist mit Ihrer Genehmigung ein Teil des Parks als Friedhof geweiht worden – auch daran hat Don Luigi gedacht, noch vor seiner Krankheit sogar –, damit er dort beerdigt werden kann, damit das Kind bei der Beerdigung des Vaters anwesend sein kann ohne mit –«

»– mit der ›großen‹ Welt in Berührung zu kommen«, sagte der Bischof.

»Ja. Und das ist dann auch so gemacht worden. Ich selber habe die Exequien gehalten«, Don Domenico seufzte tief, »aber dann … woher die Bestie vom Tod Don Luigis erfahren hat, und woher so schnell, ist mir ein Rätsel.«

»Sie wird ihre Verbindungen hierher wohl nie ganz abbrechen haben lassen. Wie sieht sie denn aus?«

»Dick und weiß wie ein Engerling«, sagte Don Domenico. »Don Luigi hatte in seinem Testament alles so schön geregelt, ein ganzes Buch, bis in alle Details, alle Eventualitäten bedacht, etwa, wenn der Fall eintreten sollte, daß ein standesgemäßer Zwerg auftaucht, der als Ehemann für Donna Flavia in Frage kommt … nur, eins hat er nicht bedacht: daß er sterben könne, bevor das Mädchen volljährig ist.«

»Nach dem Gesetz wird die Mutter Vormund?«

»So ist es«, sagte Don Domenico, »gleichgültig, wie sie sich benommen hat.«

»Und sie hat –?«
»Sofort«, sagte Don Domenico. »Inzwischen ist die Villa sogar verkauft. Was sage ich, verkauft – verschleudert!«
»Sie wird wissen, daß sie sich hier nicht lange wird halten können. Wie hat denn das arme Kind reagiert?«
»Überhaupt nicht. Sie hätten meinen können, Donna Flavia sei stumm geworden von dem Moment an, als sie das erste Mal auf die Straße geführt wurde. Nicht nur stumm, sie war wie hypnotisiert, wie eine Marionette, nur daß man keine Fäden gesehen hat.«
»Und sie hat nichts mehr gegessen?«
»Keinen Bissen.«
»Waren die Mutter – und der Herr Philosoph – sehr ruppig zu ihr?«
»Im Gegenteil. Sie überschlugen sich vor Freundlichkeit. Es hätte einem übel werden können. Es hat nur so gerauscht von ›Mein süßes Engelchen, mein Täubchen, mein kleines Lämmchen –‹ wie ein Wasserfall.«
»Und wie lang –?«
»Nach einer Woche und einem Tag«, sagte Don Domenico und senkte den Blick, »genau eine Woche und einen Tag nach Don Luigis Beerdigung ist Donna Flavia gestorben. Die Bestie hat nicht einmal erlaubt, daß das Kind draußen in der Villa neben dem Vater begraben wurde.«
Der Bischof versuchte wieder, eine bedauernde Geste zu machen.
»Ich weiß nicht«, sagte der Bischof dann, »ob nicht überhaupt … eines Tages, selbst wenn diese Mutter nicht dazwischen gekommen wäre … eines Tages hätte Donna Flavia, wenn sie volljährig geworden wäre, freiwillig hinausgewollt, und der Effekt wäre vielleicht derselbe gewesen –«
»Möglich«, sagte Don Domenico.

Der Bischof schwieg eine Weile. »Und«, fragte er dann, »was werden *Sie* machen, Don Domenico?«
»Ich gehe zurück nach Bergamo.«
Der Bischof zog, was ihm große Mühe bereitete, die kleine Schelle aus seinem Ärmel und läutete. Die Diener erschienen. Der Bischof befahl, daß man Don Domenico vom Stuhl hebe. Don Domenico verbeugte sich. Der Diener fragte, ob man bischöfliche Gnaden wieder zurück ins Schlafzimmer tragen solle.
»Nein«, sagte der Bischof, »ich werde noch ein wenig hier sitzenbleiben. Wie spät ist es denn? Es dürfte auf sechs Uhr gehen. Es ist Oktober. Ich habe da eine Marotte, müssen Sie wissen: ich möchte das Licht, wie ich es nenne ›umkippen‹ sehen. Seit ich gelähmt bin, schlafe ich allerdings immer ein, wenn ich mich konzentrieren will. Vielleicht gelingt es mir heute.«

Abschied vom Leben

»Gegenüber dem ... Gouvernementskomitee: das Marx-Denkmal. Nein, es ist nicht Marx, es ist etwas anderes!
Vielleicht ein hervorragender Hausverwalter oder ein genialer Buchhalter?
Nein, es ist doch Marx.«

OSSIP MANDELSTAM

Ich hatte nichts mit Goethe im Sinn, am allerwenigsten im Goethe-Jahr. Es hat Zeiten gegeben, da habe ich Goethe verabscheut. Mit Grausen erinnere ich mich an ein anderes Goethe-Jahr: 1949. Die Lehrer unserer Schule veranstalteten eine Goethe-Gedenkstunde. Ich weiß nicht, ob so etwas heute noch möglich wäre. Eine Lehrerin, die eine besonders hohe Stimme hatte, sang Schumann-Lieder nach Goethe-Texten. Der Musiklehrer begleitete auf dem Klavier. Der Direktor, ein Naturwissenschaftler, hielt einen Festvortrag: ›Goethe und die Physik‹. Der Oberstudienrat, der Deutsch und Geschichte gab, rezitierte den Eingangsmonolog aus dem ›Faust‹, und fünf Schüler der Prima lasen mit verteilten Rollen ›Grenzen der Menschheit‹, das heißt, jeder las einen Vers.
Ich habe eine konkrete Erinnerung daran: an den Turnsaal, in dem die Feier stattfand, an die abgegriffenen Turngeräte, die aus der Vorkriegszeit stammten, an den schadhaften Fußboden und das fahle Licht eines regnerischen Nachmittags, das durch die halbblinden Scheiben drang.

Aber es war nicht diese Goethe-Feier, die mir den Olympier vergällte. Ich gebe zu, daß es jugendlicher Trotz war, der sich in mir rührte, wenn der Oberstudienrat Goethe vorbehaltlos pries: »Schiller geht nach oben, Goethe kommt von oben.«

»Göthe-Blödmann« schrieb ich quer über mein Deutschheft, allerdings hinten auf die letzte Seite, vorn hätte ich es nicht gewagt. Das war alles anders damals. »Göthe-Blödmann« – Goethe verächtlich mit ö. Der Oberstudienrat, Ambros Brandl hieß er, lobte alles von Goethe, nicht nur vorbehaltlos, wie ich meinte, sondern auch kritiklos. Die Zeit war anders. Die ›Ausfälle‹ der Kriegsteilnehmer-Jahrgänge machten sich bemerkbar. Die meisten Lehrer, die wir hatten, waren vor der Jahrhundertwende geboren, hatten ihre Gymnasienjahre (und ihren Goethe) vor dem Ersten Weltkrieg absolviert. Ein paar Lehrer waren zwar nach der Jahrhundertwende geboren, kaum einer nach dem Ersten Weltkrieg. Die Jahrgänge um 1920 studierten erst mit kriegsbedingter Verzögerung. Unsere Lehrer hatten ihrerseits Lehrer gehabt, die noch Stehkrägen trugen mit spitzen, umgebogenen Ecken. Der Goethe, der uns gelehrt wurde, war noch der durch Stehkragenansichten filtrierte Goethe. Es braucht mehr als eine Generation, daß sich so etwas verliert. Ich weiß, wovon ich rede, ich bin ja selber von diesem Fach.

Ich sammelte damals, zum Ärger des Oberstudienrates Brandl, negative Urteile über Goethe. Es gibt ja genug: Grillparzer hat in seinen Tagebüchern seiner Enttäuschung über den Besuch in Weimar Luft gemacht; die Sache mit Kleist; daß er das Genie Schuberts nicht erkannt hat. Eine antiquarische Ausgabe des ›Faust, der Tragödie dritter Theil‹ von Friedrich Theodor Vischer, der sich als Autor dieser Parodie Deutobald Symbolizetti Allegoriowitsch Mystifizinsky nannte, fiel mir in die Hand. Das Bändchen kostete nicht viel, und ich konnte es trotz des äußerst schmalen Taschengeldes, das mir zur Verfügung stand, kaufen. Im Unterricht war von dieser Parodie natürlich nie die Rede. In der letzten Klasse hatte jeder Schüler ein Referat – Redeübung hieß das – zu halten, wobei das Thema freistand. Ich trug mich in die Liste mit dem Thema ›Faust‹ von Göthe ein.

»›Faust‹ von Goethe?« fragte Oberstudienrat Brandl, *»Sie?«*

»Ja«, sagte ich.

»Da bin ich aber gespannt.«

Ich sprach über ›der Tragödie dritter Theil‹, ließ alles auf Goethe los, was ich gesammelt hatte, merkte dabei nicht, daß Friedrich Theodor Vischers Parodie sich nicht gegen Goethe, sondern gegen die Ausleger, gegen die Deuter – eben die Deutobolde und Symbolizetti unter den Professoren – des 19. Jahrhunderts richtete. Oberstudienrat Brandl gab mir einen Einser auf das Referat und war im übrigen tief gekränkt – nicht ganz zu Unrecht –, denn er gehörte doch wohl noch zu den letzten Verästelungen dieser Deutobolde, die zwar nicht ich in meinem Referat, aber Friedrich Theodor Vischer in seiner Parodie gemeint hatte.

Im Lehrerzimmer hing eine Reproduktion des berühmten Goethe-Bildes von Stieler: der greise Geheimrat mit dem Stern, in der Hand ein Stück Papier, so gemalt, als schaue er von diesem Papier auf, als sei er aus tiefen Gedanken gestört.

Damals war ein mündliches Abitur für gewisse Fächer noch

obligatorisch, zum Beispiel für Latein, erinnere ich mich. Das menschliche Gedächtnis ist eigenartig konstruiert: es vergißt wichtige Dinge und behält untergeordnete Details fürs Leben. Ich weiß noch, was mir im mündlichen Latein-Abitur zur Übersetzung und Interpretation vorgelegt wurde: jene hübsche Stelle aus dem jüngeren Plinius, wo der Knabe auf dem Delphin reitet. Ich übersetzte die Stelle dort im Lehrerzimmer, und Goethe schaute die ganze Zeit mit seinem etwas abweisenden, gestörten, fast verstörten Blick über uns hinweg.

Das Schuljahr ging im Juli zu Ende. Mein Referat, das den Oberstudienrat Brandl so gekränkt hatte, hatte ich etwa im März gehalten. Brandl war so gekränkt, daß er es von März bis zur Abiturfeier nicht über sich brachte, mich auch nur ein einziges Mal anzureden. Wenn ich mich im Unterricht meldete, rief er mich nicht auf, war ich der Einzige, der sich bei einer Frage meldete, übersah er es. Für einen Schüler gibt es Unangenehmeres. Bei der Verabschiedung nach der Abiturfeier aber gab er mir doch die Hand, wünschte mir alles Gute und sagte:

»Und nun brauchen Sie nie mehr Goethe zu lesen!« Ich halte mir viel darauf zugute, daß ich seine Hand einen Augenblick länger in meiner Hand hielt und über mich brachte zu sagen: »Wer weiß.«

Ich las Goethe nicht mehr, lange nicht mehr. Ich wandte mich anderen Dingen zu, Dingen, die mit Literatur nichts zu tun haben. In der Studienzeit mußte ich viel lesen, was von Goethe weit entfernt war. Wie konnte da Goethe auf mich verfallen? Oberstudienrat Brandl ist lange tot. Er wurde bald nach unserem Abitur pensioniert, und schon beim Treffen der ehemaligen Klassenkameraden zum

zehnten Jahrestag des Abiturs erfuhren wir, daß Brandl nicht mehr unter den Lebenden war.
Viele Jahre unterrichtete ich selber an einem Gymnasium. Ich versuchte, Schülern die Liebe zur Alten Geschichte nahezubringen. Vielleicht war ich ein schlechter Lehrer, denn es gelang mir nicht. Oder waren die Schüler schlecht? Die Lehrpläne der Zeit, in der die Soziologie über alles gestellt wurde, benachteiligten die Geschichte, namentlich die Alte Geschichte. ›Kikero – Blödmann‹ las ich einmal quer über ein Heft geschrieben – aber auf der ersten Seite. Ich dachte an Cicero, an Goethe und an Oberstudienrat Brandl. Längst war ich selber Oberstudienrat. Ich sagte nichts, klappte das Heft zu und schob es dem Schüler hin. Ich konnte mich nicht anders als mit Verachtung für die Verachtung meines Faches wehren.
Glückliche Umstände brachten es mit sich, daß mir eine andere Aufgabe an der Universität angetragen wurde, die ich mit Freuden annahm. Dort lernte ich einen Kollegen kennen, der in Weimar wohnte. Er hieß Stuhlfort. Nie hatte ich bis dahin jemanden kennengelernt, der aus Weimar stammte. Stuhlfort wohnte nicht nur in Weimar, er stammte sogar von dort. Sein Vater war Arzt, sein Großvater Apotheker in Weimar gewesen, und der Großvater seines Großvaters, behauptete Stuhlfort, dieser Urahn Stuhlfort, der sich aber Stulford oder Stulfordt schrieb und auch Apotheker war, habe gelegentlich bei Goethe verkehrt, käme sogar in den Unterhaltungen Goethes mit Kanzler von Müller vor. Jeder, räumte aber Stuhlfort ein, der in Weimar wohnt und nicht später zugezogen ist, nimmt für sich in Anspruch, daß mindestens ein Urahn im Haus am Frauenplan verkehrt habe. Und was die Unterhaltungen Goethes mit dem Kanzler von Müller angingen: wenn man

da den alten Apotheker Stulford oder Stulfordt nicht finde, dann liege das an den notorisch schlampigen Registern solcher Ausgaben.
Stuhlfort schrieb an einer Arbeit über die weströmischen Kaiser nach der letzten Reichsteilung.
»Halten Sie diese inferioren Majorianus und Olybrius und Julius Nepos nicht für einen etwas abwegigen Gegenstand für die Forschung?« fragte ich. Stuhlfort war zehn Jahre älter als ich. Er war ruhig und mild.
»Sehen Sie«, sagte er auf sächsisch, »soll ich Ihnen viel erzählen davon, was einem Historiker in der DDR alles blühen kann? So alt kann die Geschichte gar nicht sein, mit der man sich befaßt, und man verhängt sich doch in einem Fallstrick. Wenn man für sich einigermaßen ein Quentchen von dem auf die Seite bringen will, was Sie hier Freiheit der Wissenschaft nennen, dann muß man sich mit abwegigen Forschungsgebieten beschäftigen; je abwegiger desto besser. Aber abgesehen davon, Herr Collega –«, er sagte wörtlich ›Collega‹, man hörte förmlich sogar das C, »– waren die Majoriani und Olybrii und Julii Nepotes zwar inferior, aber die *Zeit*, diese Zeitenwende, der Umbruch in der abendländischen Geschichte im vierten und fünften Jahrhundert, ist aufregender als die klassische Zeit.«
Wir stritten in Freundschaft ein wenig hin und her. Mich hat seit jeher die goldene Zeit des Altertums einzig fasziniert, und so eigentlich verlischt mit dem Ende der Römischen Republik mein Interesse – genau dort, wo Mommsens Geschichte Roms endet, oder, besser gesagt: wo Mommsen aufgehört hat, an seinem Werk zu arbeiten. Selbstverständlich konnte weder Stuhlfort mich, noch ich Stuhlfort überzeugen.
Er hatte wenig Geld zur Verfügung. Man kennt das ja bei

Gästen aus sozialistischen Ländern. Die Mitarbeiter des Instituts luden reihum möglichst dezent, damit es nicht wie ein Almosen wirkte, Stuhlfort zum Essen ein, ins Haus oder in ein Lokal, je nachdem, ob Familienvater oder Junggeselle. Auch ich tat es. So kam man sich näher. Als Stuhlfort nach sechs Wochen wieder nach Weimar zurückfuhr, tauschten wir die Adressen, ich machte jedoch lange keinen Gebrauch von der seinen.

Ich weiß nicht, warum Goethe ausgerechnet auf mich verfallen ist. Ich habe die ganze Sache auch niemandem anvertraut außer Marianne Schuchardt, und jetzt vertraue ich sie dem Papier hier an. Habe ich je in meinem Leben Gedichte geschrieben? Nein. Es hat Zeiten gegeben, wie ich eingangs erwähnt habe, in denen mir Goethe fast verhaßt war. Ich habe nicht nur nie Gedichte geschrieben, ich hatte nie in meinem Leben literarischen Ehrgeiz. Sicher habe ich während meines Studiums und, ich gebe es zu, auch danach noch das eine oder andere lateinische und griechische Gedicht zu übersetzen versucht. Ich war mit vielen Übersetzungen, die sich in den Latein- und Griechischbüchern der Schule finden, nicht einverstanden, übersetzte für die Schüler selber – Perlen vor die Säue geworfen. Meine Bemühungen, in den Schülern die Liebe zu den alten Sprachen zu wecken, waren immer noch kläglicher gescheitert als meine Bemühungen für die antike Geschichte. Ich rede nicht mehr davon; diese bösen Jahre sind vorbei. Ich räume auch ein, daß ich eine Zeitlang davon geträumt habe, eine Anthologie griechischer Lyrik in neuer Übersetzung herauszugeben – nicht nur geträumt, ich räume noch weiter ein: in meiner Schublade, in einer meiner Schubladen, liegt ein Bündel Manuskripte solcher Übersetzungen. Ein Verlag hatte sich damals sogar interessiert, dann versandete jedoch mein Ehrgeiz. Die Arbeit und der Ärger in der Schule –, und dann gilt doch der Historie mein erstes Interesse und nicht der Philologie, obwohl dem Namen nach Latein und Griechisch meine (und der Schüler) Hauptfächer waren, und Geschichte war Nebenfach. Sollte dieser nun nicht einmal eigenständige, sondern sozusagen sekundäre literarische Ehrgeiz, der noch dazu lange begraben war, der Anlaß für Goethe gewesen sein, sich an mich zu wenden, wenn man so sagen kann? Oder war es *gerade* mein fehlender eigentlicher literarischer Ehrgeiz, daß sich Goethe ...?

War alles nur ein Traum? War auch Marianne Schuchardt ein Traum? Marianne Schuchardt war kein Traum. Ihr Armband, eine Schnur eher, eine umflochtene Schnur, die ein kleines Ornament aus schwarzen und weißen gläsernen Röllchen hält, habe ich hier bei mir. Ich habe es an ihr gesehen. Als ich aus Weimar zurückkam, habe ich es in meiner Jackentasche gefunden. Sie hat es in meine Tasche gesteckt, ohne daß ich es gemerkt habe. Sie war kein Traum.

Es vergingen einige Jahre nach Stuhlforts Besuch in unserem Institut. Ein Briefwechsel kam zwischen uns nie zustande. Ich kann nicht mit jedem Briefe wechseln, der einmal Gast in unserem Institut war. Herr Dr. Stuhlfort, der Kollege ›Collega‹ aus Weimar, verschwand aus meinem aktiven Gedächtnis.

Voriges Jahr aber, im Herbst, genauer gesagt: am 21. September, einem strahlend blauen, sommerwarmen Föhntag, ein Brett von Licht lag über der Stadt, einem Montag, begann etwas auf mich einzustürmen, was ich mir selber nicht erklären kann. Es ging sozusagen Schlag auf Schlag. An

jenem Montag, den 21. September, merkte ich es noch nicht, aber ich merkte es bald. Auf dem Weg vom Institut nach Hause machte ich an diesem Tag gegen vier oder fünf Uhr nachmittags einen Umweg und kehrte in einer Buchhandlung ein, was ich ab und zu tue, wie andere in einer Gastwirtschaft einkehren. Bei den Buchhandlungen ist es wie bei fast allen Geschäftszweigen, ja, wie in nahezu allen Lebensbereichen, daß der Trend zur Zentralisierung geht. Die Leute meinen, wenn sie in einem großen Laden im Zentrum kaufen, bekommen sie etwas Besseres. Das führt zu sinnloser Zirkulation, zu Zeit- und Geldverschwendung, zu erhöhtem Benzinverbrauch, zu mehr Gestank und überhaupt zur Hektik. Mich als Alt-Historiker berührt das nicht, ich registriere es nur. Ich weiß schon, warum mich die Alte Geschichte interessiert. Die Neue und Neuere ist nur eine Manifestation der zunehmenden Dummheit.
Die kleine Buchhandlung in der W.-Straße, durch die mich der kurze Umweg führte, verkauft keine besseren und keine schlechteren Bücher als die Bücher-Supermärkte in der Stadt. Die Auswahl bei der freundlichen Dame, die die kleine Buchhandlung allein betreibt, ist naturgemäß kleiner, weil sie in ihrem Laden nicht so viel Platz hat. Die Dame ist übrigens blond und hat den Vorteil, daß sie auf den gleichen Vornamen hört, einen heute selten gewordenen Vornamen, wie meine Mutter. Die Auswahl ist kleiner – aber auch da habe ich die Erfahrung gemacht, daß nur *etwas* ausgefallenere Bücher auch in den großen Bücher-Magazinen nicht auf Anhieb zu haben sind. So kehre ich ab und zu in der kleinen Buchhandlung ein. Meine Brille lasse ich übrigens auch nicht bei den Groß-Optikern in der Stadt machen, sondern bei einem Optiker, der seinen Laden bei uns im Haus gegenüber hat. Auch das

habe ich nachgeprüft: er hat die gleichen Modelle wie die großen Läden in der Stadt, denn kein Optiker macht mehr seine Brillen und Gläser selber, alle beziehen sie von einigen großen Firmen. Aber ich schweife ab –

Die Buchhändlerin mit dem selten gewordenen Vornamen, den auch meine Mutter führte, hat nur neue Bücher, ein Antiquariat hat sie nicht. Es gibt ein längst vergriffenes Werk, ein Standardwerk über die Zeit, die den Kollegen Stuhlfort interessierte oder, wie ich vermutete, immer noch interessiert, ein grundlegendes Werk über die Spätantike, das wir in unserem Institut natürlich haben, das aber sonst sehr rar ist. Der Verfasser hieß Seeck, und das Werk hat den Titel ›Geschichte des Untergangs der antiken Welt‹, sechs Bände, erschienen – ich könnte jetzt nachschauen, aber das Datum ist ja nicht wichtig, ich schätze deshalb nur – in den ersten beiden Jahrzehnten unseres Jahrhunderts, die einzelnen Bände in größerem zeitlichen Abstand. Stuhlfort kannte das Werk natürlich, benutzte es bei uns. Sein Institut in Weimar hatte es nicht, dort war es mit anderen Beständen im Krieg verbrannt.

Das menschliche Gedächtnis ist, wie ich schon gesagt habe, merkwürdig eingerichtet, und es ist nicht zu ergründen, was es warum speichert und was es durch das Sieb fallen läßt. Dr. Stuhlfort kam eines Tages voll Freude und mit einem großen Paket ins Institut, packte sofort aus und zeigte herum: er hatte in einem Antiquariat Seecks ›Geschichte des Untergangs der antiken Welt‹ gefunden, allerdings nur fünf der sechs Bände, weshalb es so billig angeboten worden war, daß selbst Stuhlfort mit seinen begrenzten Mitteln es kaufen konnte.

»Besser fünf Bände als gar keinen«, sagte er, mit Recht natürlich. Das Gedächtnis ist merkwürdig: ich merkte es mir – oder, so kommt es mir jetzt vor: *es* merkte sich in mir, daß der vierte Band fehlte.

»Die Chance«, sagte ich, »daß Sie den vierten Band irgendwo finden, ist sehr gering.«

»Gleich Null«, sagte er, »macht nichts.« Glücklich packte er seine fünf Bände, nachdem er sie herumgezeigt hatte, wieder ein.

An jenem 21. September, viele Jahre danach, als ich in der kleinen Buchhandlung in der W.-Straße eingekehrt war und in einem Buch blätterte, während die Buchhändlerin mit dem Vornamen meiner Mutter andere Kunden bediente, fiel mir erst Dr. Stuhlfort ein, dann sein zufälliger Fund und dann der fehlende vierte Band, und ich sagte nebenher zur Buchhändlerin: »Ich weiß, daß Sie kein Antiquariat haben, aber, was ja sein könnte, wenn Ihnen einmal irgendwelche historischen Werke angeboten werden sollten, sagen Sie es mir.«

»Komisch«, sagte sie, »am vorigen Freitag hat ein Kunde ein Buch dagelassen, ich weiß eigentlich auch nicht, was ich damit anfangen soll – O. Seeck ›Geschichte des Untergangs der antiken Welt‹, *Band vier*.«

Ich kaufte den Band und schickte ihn mit einem kurzen Brief an Dr. Stuhlfort nach Weimar. Nach zwei Monaten kam ein herzlicher Dankesbrief von ihm. Es war nicht so, daß der Weimarer Kollege aus überwältigtem Gefühl – obwohl solches Gefühl aus seinem Brief sprach – so spät geantwortet hätte. Er schrieb mir noch am gleichen Tag, als er meine Sendung erhielt. Mein Paket brauchte fast zwei Monate. Offenbar war die Zensur der dortigen Behörden unschlüssig, ob sie dieses Werk durchgehen lassen solle. Mag sein, daß die zensierenden Herren jenes offenbar überaus verwundbaren und empfindlichen Staates, sich nicht im

Klaren darüber befanden, ob nicht etwa Seecks Buch und dieser Titel als eine Anspielung auf die befürchtete Zukunft des sozialistischen Systems zu verstehen sei. Es ist ein schwieriges Werk, die Herren von der Zensur haben lange daran gelesen. Sie haben das Werk dann endlich durchgehen lassen. Sie können beruhigt sein: die grandiose Abenddämmerung der antiken Kultur mit dem Bankrott der verordneten Glückseligkeit vergleichen zu wollen, hieße den letzteren zu viel Ehre anzutun.

Wie er mir nur immer danken könne, schrieb Stuhlfort. Er bezweifle, daß er mir einen Gegendienst erweisen könne. Er könne mir zwar gern eine prachtvoll illustrierte Ausgabe der Reden und Aufsätze eines Herrn namens Lenin zukommen lassen, aber daran sei ich wohl nicht interessiert. Er habe auch daran gedacht, mir ein paar schöne Stücke Meißner Porzellan zu schicken, habe dann jedoch erfahren, daß die ganze Produktion der altehrwürdigen Manufaktur ohnedies in den Westen exportiert werde und in München eher erhältlich sei als in Weimar. Wie könne er mir nur immer danken? Höchstens in einem könne er sich erkenntlich zeigen: er habe mit dem Chef seines Institutes gesprochen. Ich würde, falls ich wolle, eingeladen, in Weimar einen Vortrag zu halten, das Thema solle ich vorschlagen. Käme ich nach Weimar, wäre ich sein Gast.

Ich bin viel gereist in meinem Leben. Die Stätten, deren Geschichte mich interessiert, habe ich alle besucht, zum Teil schon in der Studienzeit. In der Referendarzeit und auch, als ich ein junger Lehrer war, habe ich mir dadurch Geld dazuverdient, daß ich für ein Unternehmen, das auf wissenschaftlich fundierte Bildungsreisen spezialisiert ist, den Reiseführer machte. So lernte ich nach und nach die Stätten ganz Arcadiens, die Landstriche der frühen Kulturen kennen, erfrischte mich an den Brunnen, aus denen meine Helden getrunken. Nach Norden zu reisen, wäre mir nie eingefallen. Alles, was diesseits der Alpen und nördlich und östlich davon ist, ist, alt-historisch gesehen, Provinz. Nach Weimar? Nicht im Traum hatte ich je daran gedacht.

Es kam das Goethe-Jahr. Die störenden Aspekte daran überwogen in meinen Augen. Gewiß hatte sich meine kindisch-trotzige Ablehnung des Olympiers längst verwachsen, aber für lange Jahre wich dieser Trotz nur der Ansicht, daß – für den Althistoriker – Goethe nichts anderes ist als die Antike aus zweiter, wenn nicht dritter Hand. Aber das Goethe-Jahr hatte auch Vorzüge, muß ich zugeben. Es erschien neben zahlreichen überflüssigen Publikationen eine kommentierte Ausgabe der ›Italienischen Reise‹, noch dazu in einem Verlag, der mir einmal die Ehre erwiesen hat, einen Aufsatz von mir zur Quellenlage bei Thukydides in einem Sammelband zur Alten Geschichte abzudrucken. Die Buchhändlerin, die blonde, die den Namen meiner Mutter trägt, zeigte mir den Band und fragte, ob ich nicht auch einen Tribut zum Goethe-Jahr leisten wolle? Ich kaufte den Band und nahm ihn mit, als ich im Herbst vor – ja: vor *Ausbruch* des Goethe-Jahres wieder einmal nach Venedig, Rom, Neapel und Palermo fuhr.
Ein eigenartiges Netz geheimnisvoller Fäden, schien mir, webe mich ein. Venedig – Rom – Neapel – Palermo: die Route Goethes. Bei mir war sie zufällig, das heißt, unser Institut steht in lebhaften Wechselbeziehungen zu entsprechenden Forschungsstätten an den genannten Orten. Ich hatte dienstliche Geschäfte dort. Die Reihenfolge stand nicht fest, aber die Orte standen fest. Ich wählte Goethes Reihenfolge. Ich las die ›Italienische Reise‹, während ich

fuhr. Ich wurde hineingezogen. Schon in Rom – ich gestehe: ich war auf dieser Reise *auch* zweimal in Rom, das schon absichtlich – schon bei meinem ersten Aufenthalt in Rom, der freilich weit kürzer war als der Goethes, kaufte ich mir bei Herder auf der Piazza Montecitorio die Reclam-Hefte ›Iphigenie‹ und ›Tasso‹, die Werke, die Goethe während seiner Reise schrieb. Ich wurde hineingezogen. Muß man fünfzig Jahre alt werden, um die sinnliche Musik dieser schwebenden, ja, es ist nicht anders zu sagen, süßen, herb-süßen Sprache zu verstehen, dieser Sprache, die sich in geistiger Melodie so unvergleichlich und unwidersprechlich in sich selbst rundet – ›ründet‹ hätte ich fast geschrieben –? Muß man fünfzig Jahre alt werden, um das in Liebe genießen zu können? Goethe selber war keine vierzig, als er das schrieb, oder knapp vierzig.

Ist Goethe deswegen auf mich verfallen? Brauchte er einen Bekehrten? Oder legte er auf eine Bekehrung keinen Wert, erinnerte er sich dort, wo sein Geist jetzt schwebt, an einen Satz, den er selber in seinen letzten Jahren, 1828, schrieb, den ich in den ›Biographischen Einzelheiten‹ gefunden habe – man sieht, wie ich mich mit Goethe beschäftige, ich, der Althistoriker, nein: wie *mich* Goethe beschäftigt, ich lese jetzt sogar diese Paralipomena zu ›Dichtung und Wahrheit‹ – gelegentlich seines ›Aufenthalts in Dornburg im Sommer 1828‹ schrieb er: »Man hat einen Octavband herausgegeben: *Goethe in den wohlwollenden Zeugnissen der Mitlebenden.* Nun würde ich raten, ein Gegenstück zu besorgen: *Goethe in den mißwollenden Zeugnissen der Mitlebenden.* Die dabei zu übernehmende Arbeit würde den Gegnern leicht werden und zur Unterhaltung dienen …«

Hatte ich nicht in jener kindischen Zeit die mißwollenden

Zeugnisse der Mitlebenden und darüber hinaus der Nachwelt gesammelt? Erinnerte sich Goethe daran? »Mir selbst würde«, schrieb er weiter in jenem Text, »ein solches Unternommene bei dem Rückblick auf mein eigenes Leben höchst interessant sein …«

Ein entfernter Verwandter von mir, mit dem ich aber trotz der Verwandtschaft auf leidlich freundschaftlichem Fuße stehe, plante im März oder April des Goethe-Jahres eine Pilgerfahrt nach Weimar. Anders als ich, war jener Verwandte, ein Jurist, immer schon im Licht der Kenntnis Goethes gewandelt, doch er war auch, wenngleich vor vielen Jahren, Mitarbeiter des Bundesnachrichtendienstes gewesen, und obgleich er, wie er mir bei dieser Gelegenheit sagte, die mir auch wie ein Faden in dem gläsernen Netz erschien, nur in der Rechtsabteilung dieses Dienstes gearbeitet hatte und seine Beschäftigung darin bestand, bei Streitigkeiten mit gekündigten Sekretärinnen und Hausmeistern arbeitsrechtliche Gutachten zu fertigen, und obgleich dies, wie gesagt, alles viele Jahre zurücklag, wurde ihm die Reise zu seinem Leidwesen verboten. Das heißt, so erzählte er mir, seine ehemalige Dienststelle habe Wind von seinem Plan bekommen, und es habe ihn einer besucht, der ihm erschreckende Fälle erzählt habe von ehemaligen Mitarbeitern des Geheimdienstes, die, obwohl sie nichts mehr mitteilen konnten, was ›die da drüben‹ nicht ohnehin wissen, dort in der DDR gefangengenommen und festgehalten würden. Er riet dringend ab.

Mein entfernter Verwandter, Jurist und ehemaliger Schreibtisch-Spion, wolle sich, sagte er, den unbestreitbaren Argumenten beugen und die Reise sein lassen. Aber es sei doch schade um seine mühevollen Reisevorbereitungen. Er hätte alle Formulare für die nötigen Anträge schon gesammelt, das Reisebüro hätte alle Unterlagen schon liegen, von der Hotelreservierung bis zur Fahrkarte, sogar einen Reiseführer habe er schon gekauft. Ob *ich* denn nicht fahren wolle? Ich brauche praktisch nur statt seines Namens meinen einsetzen zu lassen. Den Reiseführer schenke er mir.

Ich hatte – geheimdienstlich gesehen – ein astreines Gewissen. Außerdem hatte ich, was mein Vetter gar nicht wußte, die Einladung von Dr. Stuhlfort und seinem Institut. Ich setzte meinen Namen ein, ich schrieb am 16. Februar an Stuhlfort, daß ich einen Vortrag über ›Die angebliche Adoption Octaviani Augusti durch Julius Cäsar‹ halten wolle, und ich fuhr.

Ich fuhr nach Weimar. Es sagt sich leichter, als es hingeschrieben ist. Ich fuhr im Mai. Der Frühling ließ auf sich warten in dem Jahr. Es war kalt. Dr. Stuhlfort hatte sehr rasch geantwortet, daß er und der Direktor des Institutes sich freuten, wenn ich käme, und das Thema des Vortrags sei hochinteressant.

Jeder weiß, daß es nicht einfach ist, nach Weimar zu fahren. Weimar ist weit, sehr weit weg. Von wo aus gesehen ist Weimar weit weg? Von überall aus gesehen. Vielleicht von Ilmenau aus gesehen nicht, aber sonst von überall aus. Weimar gibt es nicht mehr, so wie es alle anderen Städte nicht mehr gibt. Rom gibt es nicht mehr, Byzanz gibt es nicht mehr, Weimar gibt es nicht mehr. Es gibt nur noch größere und kleinere auswechselbare Gebäudekonglomerate, durchschnitten von autogerechten Verkehrsadern, in denen einzelne charakteristische Elemente, museal konservierte Sehenswürdigkeiten stehen, manchmal mehr, manchmal weniger. Das Haus am Frauenplan in Weimar – der Tower in London, das Colosseum in Rom. Es sind Edelsteine, denen man die Fassung genommen hat. In Rom und in Athen leben für mich, den Althistoriker, die musealen Bauwerke dennoch, weil ich meinen Tacitus und meinen Herodot wie einen Bildschirm vor den Augen habe, der mir den Schlick der Allerweltsgestalten, die um die Monumente der Alten Welt angeschwemmt sind, wegfiltert. In Weimar war mir das nicht möglich. Selbst in Weimar haben sie autogerechte Straßen, obwohl sie – für unser Gefühl – so gut wie gar keine Autos haben.

»Sie sehen« – sagte mir Direktor Riese, der Chef von Stuhlforts Institut; wir standen am Fenster des Direktorzimmers; es erinnerte mich in seiner Einrichtung an das Direktorat jener Schule, von der ich erzählt habe; auch das Goethe-Bild hing hier, überall in Weimar hängt ein Goethe-Bild; wir schauten zum Fenster hinaus auf die Straße – »Sie sehen«, sagte Direktor Riese, »daß dem sozialistischen System gegenüber dem kapitalistischen der Vorzug zu geben ist: man findet im sozialistischen System immer einen Parkplatz.« Trotzdem bauen sie noch *autogerecht.* Ich hatte einen Parkplatz nicht nötig, ich war mit dem Zug gekommen. Man fährt lange, um 2 Uhr 25 ab Hauptbahnhof über Landshut, Regensburg, Hof, alles noch geläufig, aber dann wird es exotisch: 13 Uhr 31 in Hof an, 13 Uhr 59 ab, eine Viertelstunde später ist man in Gutenfürst ›*Halt* nur zum Aussteigen‹, die Volkspolizisten kontrollieren ewig die Dokumente. Ich habe ein gutes Gewissen, dennoch gibt es Schwierigkeiten: die Volkspolizisten sammeln schweigend die Reisepässe und Dokumente, die Buchung der Reisebüros, die Zahlungsbestätigung, das Geld für den Mindestumtausch ein, verschwinden damit in einem häßlichen Gebäude. Bilden wir uns das nur ein, oder sind das alles wirklich Drohgesten? Im nächsten Waggon sitzt ein Mann, ich kenne ihn nicht, der heißt ähnlich wie ich – man braucht nur zwei Vokale zu vertauschen und ein ›h‹ wegzulassen. Der Mann hat auf dem Paßbild einen Bart, einen Schnurrbart, und in Wirklichkeit nicht mehr. Er hatte sich die kapitalistische Freiheit genommen, ihn abzurasieren. Die Volkspolizisten verwechseln die Dokumente und kommen zu mir. Ich habe auch keinen Bart.

»Na ja«, sagt der Volkspolizist, »wenn es umgekehrt wäre, wäre es einfacher: Sie müßten sich eben den Bart wegrasieren. Aber ... hm ... wir können natürlich nicht so lang warten, bis Ihr Schnurrbart wieder gewachsen ist.«

Der Irrtum klärt sich auf, die Volkspolizisten entschuldigen sich und gehen zu dem Mann im hinteren Waggon. Ich wage es nicht, mitzugehen, vielleicht ist das verboten, wird das als Kritik am sozialistischen System ausgelegt, wenn man Amtshandlungen beobachtet, die einen nichts angehen.

Später, als wir dennoch pünktlich um 14 Uhr 56 weiterfahren, gehe ich nach hinten zu dem Mann und erkundige mich. Ein unerwarteter Zug von Menschlichkeit und unbürokratischer Haltung: einer der Volkspolizisten hatte eine kleine, schwarze Kleiderbürste bei sich gehabt. Die mußte sich der Mann unter die Nase halten, dann verglichen die Polizisten das Paßbild mit dem Mann.

»Er ist es, danke«, hatte dann der eine Volkspolizist gesagt.

Plauen im Vogtland, Reichenbach, Krimmitschau, Altenburg – unvertraute Namen, wie aus einer Versenkung aufgetaucht, Namen, die man mit keinem Lebenden verbindet, die den Geruch der Geschichte haben, Leipzig an 18 Uhr 06, umsteigen; Namen, die nach Luther, Johann Sebastian Bach, Schmalkaldischem Krieg klingen, Namen, die mit einem Firnis überzogen sind, der gelblich und stock-

fleckig geworden ist. Leben hier Menschen? Es leben hier Menschen. Was wäre, wenn der Sozialismus, die Planwirtschaft, der Ostblock, die inhumanen Diktaturen verschwänden? Gute zwei Stunden Aufenthalt in Leipzig. Ich frage einen Volkspolizisten, lege ihm meine Reiseroute dar, zeige ungefragt meinen Paß vor: ob es erlaubt sei, die zwei Stunden zu einem Rundgang durch Leipzig zu benützen? Der Volkspolizist verzieht keine Miene und sagt: »Sie sind in einem freien Land.« Daß das ein Volkspolizist sagen kann: »Sie sind in einem freien Land«, und keine Miene dabei verzieht, läßt auf harten Drill schließen.
Leipzig gibt es auch nicht mehr, ich habe es nicht anders erwartet. Ab Leipzig 20 Uhr 16 über Weißenfels, Naumburg, Appolda nach Weimar, an Weimar 21 Uhr 33, ich bin fast genau zwölf Stunden unterwegs.
Das Hotel kann man sich nicht aussuchen, es wird einem zugewiesen. Man kann jedoch, hatte mein Vetter im Reisebüro erfahren, Wünsche hinsichtlich des Quartiers äußern. Er hatte gewünscht: ›Hotel Einheit‹, das klinge so komisch, wie eine Zigarrenmarke zu 30 Pfennig das Stück. Es wurde ihm, also mir, ›Interhotel Elephant‹ zugewiesen. ›Elephant‹ mit ph, denn das Haus ist bereits 1561 erwähnt, stand schon zur Goethe-Zeit und ist heute völlig renoviert. »Zum sozialistischen Aufbau gehört auch die ständige Erweiterung einer niveauvollen gastronomischen Versorgung«, sagte die Dame am Empfang. Aber das Niveau, daß um 22 Uhr einem hungrig ankommenden Gast noch etwas Warmes zum Essen gerichtet werden kann, ist noch nicht erreicht. Immerhin entschuldigt sich die Dame am Empfang.
Ich hatte erwartet, daß Stuhlfort am Bahnhof wäre. Ich hatte ihm Tag und Stunde meiner Ankunft geschrieben. Ich habe ein schlechtes Personengedächtnis; ich versuchte auf

der ganzen Fahrt, mir Stuhlforts Physiognomie ins Gedächtnis zu rufen, aber es gelang mir nicht. Ich mußte mich also darauf verlassen, daß die Erinnerung an sein Gesicht wiederkäme, wenn ich ihn sähe, oder aber, daß er ein besseres Personengedächtnis habe als ich. Ich stand auf dem Bahnsteig, nachdem ich aus dem Zug ausgestiegen war, und schaute um mich. Es war niemand da, in dem ich Stuhlfort erkennen hätte mögen, es waren überhaupt wenig Leute da. Als sich die wenigen auch verlaufen hatten und nur noch ein Bahnbeamter – mißtrauisch, meinte ich, mit dem Blick auf mich – hin und her ging und tat, als habe er Dienstliches zu verrichten, nahm ich meinen Koffer und ging hinaus auf den Bahnhofsvorplatz. Ein einziges Taxi war da. Der Taxifahrer machte die Tür auf, als habe er auf mich gewartet.

»Wohin?« fragte er auf sächsisch. Sächsisch ist eine so spezifische Sprache, daß man sie auch dann unfehlbar erkennt, wenn nur ein Wort, etwa das kleine Wort *wohin* gesagt wird.

»Elephant«, sagte ich. Der Taxifahrer stieg auch ein und fuhr los.

»Woher wußten Sie, daß ich ein Taxi will?«

»Einer aus dem Westen geht doch nicht zu Fuß«, sagte er.

»Woher wissen Sie, daß ich aus dem Westen bin? Haben wir schon andere Gesichter?«

»Ins Gesicht schau' ich nicht, ich achte auf die Füße.«

»Die Füße?«

»Besser gesagt: die Schuhe. Da kennt man's sofort. Verkaufen Sie Westmark? Ich gebe Ihnen vierhundertfünfzig Ost für hundert West.«

Ich dachte daran, was mir mein Vetter über Devisenbestimmungen und Provokation gesagt hatte.

»Ich bin«, sagte ich, »offizieller Gast des Instituts für Vor- und Frühgeschichte.«
»Dann eben nicht«, sagte der Taxifahrer. Da waren wir schon am Hotel. Der Taxifahrer verlangte nur, daß ich wenigstens den Fahrpreis in Westmark zahle.
»Das ist aber verboten«, sagte ich.
»Es ist doch finster«, sagte er.
»Die Devisenbestimmungen gelten, soviel ich weiß, unabhängig von den Lichtverhältnissen?« Darauf antwortete der Taxifahrer mit dem erfrischenden Satz: »Wenn alle nur das täten, was erlaubt ist, wäre die Republik schon pleite.« Da das wahrscheinlich nicht nur für sozialistische Gemeinwesen gilt, gab ich ihm den Fahrpreis in Westmark, und er trug mir daraufhin den Koffer bis an die Rezeption.
Während der kurzen Taxifahrt hatte ich immer auch an Dr. Stuhlfort gedacht: hatte ich ihn vielleicht doch übersehen? Das Gefühl, eine Unhöflichkeit begangen zu haben, beschlich mich, die größte denkbare Unhöflichkeit: einen Menschen nicht zu erkennen. Ich tröstete mich damit, daß, wenn es so war, er der gleichen Unhöflichkeit schuldig war.
Ich fragte die Dame am Empfang, ob eine Nachricht für mich vorliege. Die Dame verneinte, ebenfalls auf sächsisch. Am nächsten Morgen stellte sich heraus, daß doch eine Nachricht da gewesen war, man hatte sie leider ins falsche Schlüsselfach gelegt. Das sagte mir die Dame – eine andere Dame –, die am Morgen am Empfang saß. Ich streckte die Hand aus. Sie sagte: »Ich schicke einen Pagen.«
Der kam an den Frühstückstisch, gab mir ein verschlossenes Kuvert und sagte: »Das ist eben für Sie abgegeben worden.«
Ich habe das Gefühl, die Ideologie, die wie eine große Käseglocke über die ganzen Länder des Sozialismus gestülpt

ist, verbiegt die Einzelnen: sie lügen selbst dort, wo es nicht notwendig ist. Ist dort die Wahrheit verdächtig? Ich kannte damals schon einige andere sozialistische Länder, südlichere, in denen Stätten meines historischen Interesses lagen: Jugoslawien, Rumänien, Bulgarien. Auch dort habe ich das festgestellt.

Ich frühstückte. Was würde passieren, wenn das sozialistische System, die bankrotten Planwirtschaften und Diktaturen, plötzlich verschwänden, wenn auf ihrer Stelle in den Ländern das aufgerichtet würde, was wir eine westliche Demokratie nennen und die kapitalistische Wirtschaft? Ob das schon einmal jemand durchgerechnet hat? Die Sowjetunion als kapitalistische Konkurrenz für die USA auf dem Weltmarkt? Das wäre nicht auszudenken. In ein paar Jahrzehnten könnten die USA als Wirtschaftsmacht einpacken, wenn die produktiven Kräfte der schlauen und auch nicht faulen Russen in die eigennützigen Bahnen des Kapitalismus freigelassen würden. Haben die Amerikaner, so gesehen, überhaupt ein Interesse daran, daß der Kommunismus eingeht? Wer weiß – vielleicht sind die Broker der Wallstreet die wahren Freunde des Kommunismus in Rußland. Sie stützen den Kreml, weil sonst ihre Kurse ins Abgrundtiefe stürzen –

Das ist alles gar nicht so abwegig. Als Historiker weiß ich, daß immer wieder in der Geschichte Dinge unerklärlich sind, und ich weiß auch längst: sie sind nicht unerklärlich, weil irgend etwas Mystisches seine Hand im Spiel hat, nein, sie sind unerklärlich, weil die Täter geschwiegen haben, weil die Zeugen tot sind und weil man keine Urkunden angefertigt hat. Zurückbleibt der rätselhafte Vorgang – blinde Stellen in der Geschichte: Warum ist Attila vor Rom umgekehrt? Warum hat Hitler die Engländer in Dünkirchen entkommen lassen? Den wahren – meist schmutzigen – Mechanismus, der dahintersteckt, werden wir nie erfahren. Ich bin sicher, daß es sich so mit den Brokern der Wallstreet und dem Kreml verhält. Ich halte es im Ernst nicht für ausgeschlossen, daß Breschnew von Texaco bezahlt wird. Ich kann es ruhig schreiben, man wird es mir nicht glauben, und sowohl Breschnew als auch die Herren von Texaco würden es leugnen.

In der Nachricht, die für mich abgegeben worden war, stand, daß Herr Dr. Stuhlfort leider verhindert sei – verhindert woran? – und daß Herr Direktor Riese meinen Besuch erwarte. So ging ich, was ich im Übrigen ohnedies getan hätte, an dem Vormittag zu dem Institut, in dem Stuhlfort arbeitete. Es war nicht weit vom Hotel entfernt, ich ging zu Fuß. Direktor Riese empfing mich freundlich. Ich erfuhr, daß Herr Dr. Stuhlfort unvorhergesehenerweise hätte verreisen müssen.

»Eine Studienfahrt in die Mongolische Volksrepublik, Sie verstehen, Herr Kollege, bitte nehmen Sie Platz. Einen Wodka?«

»Gern.«

»Völkerfreundschaft, Sie verstehen, eine wissenschaftliche Delegation. Voriges Jahr waren die mongolischen Althistoriker hier, also nicht hier bei uns in Weimar, dazu ist unser Institut zu unbedeutend, aber hier in der DDR. In diesem Jahr ist der Gegenbesuch angesagt. Ein Kollege aus Rostock, der eigentlich mitfahren sollte, ist erkrankt, kann auch sein, seine Frau hat ein Kind bekommen … man erfährt ja nie den richtigen Grund.«

»Das Gefühl habe ich auch.«

»Wie meinen Sie? So. Ja. Kollege aus Rostock, Fuchs heißt

er. Sie kennen ihn nicht? Nein? Nein. Fuchs aus Rostock – und da wurde Dr. Stuhlfort der Delegation zugeteilt, in letzter Minute. Er hätte nicht fahren müssen, so ist das auch wieder nicht, auch bei uns nicht – aber, Sie verstehen, wenn man einmal die Gelegenheit hat, in die Mongolische Volksrepublik zu fahren … wie oft hat man diese Gelegenheit?«

»Selten.«

»Eben. Selten. Da hat Herr Dr. Stuhlfort die Gelegenheit ergriffen. Er läßt Sie sehr herzlich grüßen. *Sehr* herzlich.«

»Den Seeck hat er schon behalten dürfen?«

»Den *was*?«

»Den Seeck, den vierten Band, den ich –«

»Ja, ja. Natürlich. Richtig, er hat mir davon erzählt. Warum soll er ihn nicht haben behalten dürfen? Selbstverständlich, gehört ja ihm. Noch einen Wodka?«

Dann erfuhr ich, daß mein Vortrag leider auch nicht stattfinden könne.

»Dummerweise ist der Saal an dem vorgesehenen Abend besetzt. Ein Irrtum. Stuhlfort hat dort gemeldet: Freitag, der 13., dabei ist der Donnerstag der 13., und die haben … leider. Es ist schade, wir wären alle sehr neugierig gewesen.«

»Haben Sie nur einen Saal in Weimar?«

»Nein, nein. Nur: die einen Säle sind zu groß, während die anderen, wie soll ich das sagen – während die anderen zu klein sind. Aber vielleicht können Sie Ihr Manuskript hier lassen? Die Kollegen hier sind sehr neugierig. Ich auch. Oder wollten Sie ohne Manuskript sprechen?«

Ich war weit davon entfernt, meine Ansicht der Problematik der testamentarischen Adoption Octaviani Augusti durch Julius Cäsar der Deutschen Demokratischen Republik aufdrängen zu wollen, aber es juckte mich doch, den Direktor Riese, der im übrigen ein harmloser Mann zu sein schien, ein wenig in seiner Verlegenheit zappeln zu lassen. Ich sagte: »Dann halte ich eben den Vortrag einen Tag früher oder einen Tag später … oder am Vormittag … oder hier in Ihrem Institut …?«

Er wand sich von Ausrede zu Ausrede, und als ich endlich vorschlug, daß man hier im Institut meinen Vortrag photokopieren und vervielfältigen und an die Interessenten verteilen solle, war Direktor Riese so erleichtert, daß er sagte: »Wissen Sie was, da, nehmen Sie die ganze Wodkaflasche mit, sie ist noch fast voll.« Dann trat er ans Fenster, rieb sich die Hände und sagte jenen Satz: »Sie sehen, daß dem sozialistischen System vor dem kapitalistischen der Vorzug zu geben ist: man findet hier immer einen Parkplatz.«

Ich blieb, wie vorgesehen, zehn Tage in Weimar. Nach zwei Tagen konnte ich bereits an den Schuhen meine westlichen – kann man sagen ›Landsleute‹? – erkennen, lernte sie von den Einwohnern Weimars und den östlichen Touristen unterscheiden. Marianne Schuchardt hatte, obwohl sie klein war, flache, blaue Schuhe an. Sie wohnte auch im ›Interhotel Elephant‹. Vom ›Elephant‹ zum Haus am Frauenplan sind es keine zweihundert Meter. Wir gingen den Weg in den Tagen oft. Marianne Schuchardt war Journalistin. Sie arbeitete für eine eher kleine Zeitung in Oldenburg. Sie schrieb einen Bericht für die Sonntagsbeilage ihrer Zeitung: ›Im Goethejahr in Weimar‹.

Ich bin ungeübt in solchen Dingen – ich sage das nicht zur moralischen Entschuldigung, ich sage das, weil ich hinzufügen will: und ich bin erst recht ungeübt, solche Dinge zu schildern. Ich bin Althistoriker, habe nur noch wenig Haare, vor einigen Jahren habe ich mit meiner Frau die Silberne Hochzeit gefeiert, unsere Kinder studieren und machen uns in begrenztem Umfang Freude. Es gibt Kongresse, bei denen auch Kolleginnen anwesend sind. Es gibt nicht viele Althistorikerinnen, vielleicht schrecken die Frauen vor der Bezeichnung zurück; es gibt überhaupt wenig Historikerinnen, habe ich festgestellt, ich weiß nicht, warum. Vielleicht, weil Frauen zu pragmatisch sind und wenig Sinn dafür haben, was vergangen und in der Tiefe der Jahre versunken ist, aber ein paar Althistorikerinnen gibt es doch, auf zwanzig Althistoriker eine Althistorikerin, und von den Althistorikerinnen sind allenfalls ein Viertel als Frauen anziehend – ich sage das ohne Wertung, vor allem ohne wissenschaftliche Wertung –, und wenn so eine der seltenen anziehenden Althistorikerinnen auf Kongressen auftaucht, geht natürlich der Hahnenkampf los, nicht bei den Vorträgen natürlich, spätestens jedoch beim ersten geselligen Weinabend, und am zweiten Tag schon fehlt nachmittags bei einem angeblich oder tatsächlich weniger bedeutenden Vortrag die anziehende Althistorikerin im Saal, und ein Althistoriker und ein paar andere Althistoriker sind ganz unaufmerksam und nervös, und bald gibt es spitze Bemerkungen und alles mögliche, und ich kenne Fälle, wo diese Hahnenkämpfe auf wissenschaftlichem Gebiet weitergeführt wurden – ich könnte Romane erzählen. Ich habe mich nie daran beteiligt. Ich war immer darauf bedacht, zu denen zu gehören, die dezent, aber lächelnd, auf das unwissenschaftliche Randtreiben bei solchen Kongressen hinübergeblickt haben, und es ist mir nie schwergefallen, und ich bin immer lieber mit einem interessanten Kollegen ein Bier trinken gegangen, und meine Frau hätte immer –

was sie natürlich nie getan hat – einen Detektiv hinter mir herschicken können, der alle meine Schritte überwacht. Wir hatten ein paar hübsche Kolleginnen im Lehrerkollegium, als ich noch an der Schule war, wir haben im Institut eine Sekretärin, die ein Photomodell abgeben könnte – ich hatte nie das Bedürfnis, einen Finger zu rühren. Ich bin ungeübt, und ich bin ungeübt, solche Dinge zu schildern.

Marianne Schuchardts Zimmer im ›Elephant‹ lag im ersten Stock zum Hof hinaus, meins im zweiten Stock zum Markt hin. Gehörte es auch zu dem Netz aus gläsernen Fäden, das mich einzuspinnen anfing, als ich Stuhlforts vierten Band entdeckte, daß neben der Tür zu Mariannes Zimmer ein unverschlossener Durchgang zu einer Nebentreppe lag, die oben auf dem Korridor direkt gegenüber meiner Zimmertüre mündete?

Nein, Marianne Schuchardt war kein Traum. War das andere ein Traum? War Goethe ein Traum? Daß ich meinen Vortrag nicht zu halten brauchte, daß Dr. Stuhlfort nicht in Weimar, sondern in der fernen Mongolei war, enthob mich aller Pflichten bei diesem Aufenthalt und beschränkte mich auf eine Woche zum Touristen.

Marianne Schuchardt, jung noch, aber von einer inneren Ruhe, die mir eine erstaunliche Reife verriet, war Journalistin weniger aus Überzeugung als aus Verlegenheit. Sie erzählte mir viel aus ihrem Leben. Ich war nicht der erste Mann in diesem ihren Leben, obwohl sie erst dreiundzwanzig Jahre alt war, freilich – ich höre meine Studenten lachen, wenn sie das läsen, ›obwohl sie erst dreiundzwanzig Jahre alt war‹. Die jungen Leute, ich bin schon so alt, daß ich von den ›jungen Leuten‹ rede, die jungen Leute machen ihre Erfahrungen, wie man das so nennt, viel früher, habe ich mir sagen lassen, weiß es von meinen Kindern. Ich

war nicht der erste Mann in ihrem Leben, bei weitem nicht, sie war sogar schon einmal verheiratet.
»Irrtümlich«, sagte sie, »für zwei Jahre. Wir haben uns in Freundschaft getrennt. Er hat Martin geheißen.«
Wir gingen durch den Park an der Ilm, der jetzt natürlich Goethe-Park heißt – Goethe ist überall –, über die Naturbrücke zu Goethes Gartenhaus, das sich Goethe schon bald in den ersten Jahren seines Aufenthaltes in Weimar gekauft hatte. Damals lag das Haus weit draußen vor der Stadt.
»Weimar hatte damals«, sagte ich, »neuntausend Einwohner, wenn ich mich nicht irre, jedenfalls nicht viel mehr. Eine Kleinstadt, kleiner als vielleicht Pfaffenhofen an der anderen Ilm. Kennen Sie Pfaffenhofen? Nein. Ein paar Kilometer nördlich von München. Meine Frau stammt dort her. Hopfengegend, reiche Landwirtschaft. Neuntausend Einwohner und darin Goethe, Schiller, Herder, von den anderen: Eckermann, Kanzler von Müller ganz zu schweigen. Man muß sich das vergegenwärtigen, was das für eine Kraft war, eine solche Versammlung bedeutender Männer – nicht nur Männer, auch Frauen, Frau von Stein, Corona Schröter nicht zu vergessen, was für ein ungeheuer strahlender Geistes-Radium-Kern das gewesen sein muß auf so kleinem Raum. Heute sind Geister von weit geringerem Rang, die wir als die großen Zeitgenossen verehren, in dünn-suppige Millionenstädte eingerührt. Ein verdünntes Zeitalter.«
Marianne Schuchardt hatte auch anderes früher erfahren als ich: Goethe nämlich. Daß sie von ihrer Zeitung beauftragt worden war, den Goethe-Artikel zu schreiben, war kein Zufall. Ihr Weg zu Goethe war weit kürzer gewesen als meiner. Wir redeten aber nicht über Goethe.

»Vier Konstellationen«, sagte Marianne Schuchardt, »gibt es im Leben einer Frau, drei kenne ich, die vierte noch nicht.«
»Vier Konstellationen?«
Sie lachte: »Er unverheiratet – wobei ich andere, feste Bindungen der Einfachheit halber unter den Begriff Ehe einreihe – sie unverheiratet. Das«, sie schaute mich an, sie hatte fast schwarze Augen, »das kenne ich.«
»Das denke ich mir nach dem, was Sie mir erzählt haben.«
»Er verheiratet – sie verheiratet –«
»Miteinander?«
»Auch. Ach so – so meinen Sie – ja, das wäre dann Unterkonstellation a) und Unterkonstellation b) –«
»Sie kennen beide Unterkonstellationen?«
Sie sagte nichts. Wir gingen ein paar Schritte weiter. Dann fuhr sie fort, »Sie verheiratet – er unverheiratet. Es schockiert Sie hoffentlich nicht, daß ich das auch kenne?«
»Sie waren ja nur irrtümlich verheiratet«, sagte ich; ein matter Scherz, zugegebenermaßen.
»Vierte Konstellation: sie unverheiratet, nicht mehr verheiratet, kommt aufs gleiche heraus – er verheiratet.«
»Die kennen Sie noch nicht?«
Es war ein Dienstag, ein Werktag, in einer Jahreszeit außerhalb der Saison in Weimar. Der Rummel um die Goethe-Feier im März und die Neueröffnung des Erweiterungsbaues des Goethe-Museums war vorbei, die Sommer-Touristen waren noch längst nicht da. Der Park war fast leer, nur ein paar Kinder spielten auf einer Wiese, und unten an der Ilm saß ein alter Mann und stopfte, soweit ich sehen konnte, seine Schuhe mit Gras aus. Warum er das tat, werde ich nie erfahren. Auch unter anderen Umständen wäre ich nicht hingegangen und hätte ihn gefragt. Wir

waren fast allein unter den hohen Bäumen neben Goethes Gartenhaus.
»Ich werde diese Tage nie vergessen«, sagte sie, »und trotzdem werde ich dir nicht schreiben, wenn wir wieder zurück sind, und du wirst mir nicht schreiben, und wir werden nicht telephonieren, und wir werden uns nicht sehen, aber ich werde diese Tage nicht vergessen. Die vierte Konstellation ertrage ich nicht – auf die Dauer.«
An dem Abend benützte sie das erste Mal die Stiege, die von der Tür neben ihrem Zimmer zum Korridor vor meiner Tür führte.
»Ich bin nicht stolz genug«, sagte sie, »wenn du willst: nicht emanzipiert genug, um zu leugnen, daß ich nicht ohne …«
»… nicht ohne …?«
»… nicht ohne wenigstens einen Funken von Hoffnung leben kann. Den kannst du mir nicht geben, – willst es vielleicht nicht. Wir werden uns nicht wiedersehen.«

Im neuen Museum hängt das Goethe-Porträt von Stieler, das, dessen Reproduktion mich, während ich Plinius übersetzte, angeschaut hatte. Mag sein, ich weiß es nicht, es ist nur eine Kopie des berühmten Bildes. Auf was für absurde Ideen die Fremdenverkehrsexperten kommen oder die Museumsleute, ich weiß nicht wer – oder war das schon der Traum? Hinter dem Goethe-Bild steht ein Lautsprecher, und da läuft ein Tonband, und ein Schauspieler mit getragener Stimme rezitierte Goethe-Verse und Abschnitte aus ›Dichtung und Wahrheit‹.
Man sagt so leichthin, dies und das sei ein Traum gewesen, wenn man etwas besonders Schönes meint. Marianne Schuchardt war ein Traum und war kein Traum. Sie war in meinen Träumen und hat neben mir geträumt. War Goethe

ein Traum? Ich wollte, da ich nun in Weimar war, dem großen Olympier nicht geradewegs ins Haus laufen, nicht bei ihm mit der Tür ins Haus fallen. So spiralig, wie ich mich ihm im Leben genähert hatte, so spiralig quasi wollte ich mich in Weimar den Stätten seines irdischen Wirkens nähern. Das war kein vorgefaßter Plan von mir, ich tat das unwillkürlich, merkte es selber erst, als mir gegenwärtig wurde, daß ich – nach und nach die Jakobskirche, die alte Stadtkirche St. Peter und Paul (die sie albernerweise jetzt Herderkirche nennen, als ob Herder ein Heiliger wäre), das Bertuchhaus und die anderen, fast hätte ich gesagt, *weltlichen* Stätten besuchend – dem eigentlichen Kreis der Goethe-Monumente mich näherte, wie die Katze den sprichwörtlichen Brei umschlich. Das Haus am Frauenplan und das Goethe-Nationalmuseum besuchte ich schon mit Marianne Schuchardt. Sie kannte das Stieler-Bild natürlich auch. Stimmt das überhaupt mit dem Lautsprecher hinter dem Bild? Habe ich das auch nur geträumt? Stimmt das mit dem Lautsprecher und der salbungsvollen, ja unangenehmen, fast öligen Stimme eines Schauspielers, der zwar ›West-östlicher Divan‹ rezitierte? Habe ich geträumt, daß sich diese Stimme plötzlich veränderte?

Marianne Schuchardt war bei mir, so oder so – ob es ein Traum gewesen ist oder nicht. Die Stimme hätte sich nicht verändert, das weiß ich, wenn sie nicht bei mir gewesen wäre. Die Stimme veränderte sich unmerklich, so als ob ganz, ganz langsam von einem geschickten Tontechniker die zweite Stimme unter die erste gelegt worden wäre, dann die zweite Stimme sacht lauter und gleichzeitig die erste ebenso sacht leiser gedreht, so daß die Lautstärke insgesamt nicht schwankte. Niemand, der heute lebt, kennt Goethes Stimme. Ich wußte, daß es Goethes Stimme ist.

Ich lege keinen Wert darauf, durch scharfes Nachdenken herauszubringen, ob und wenn ja, wieviel davon Traum war und wieviel nicht. Marianne Schuchardt war bei mir, ob es Traum war oder Wirklichkeit, sie war nahe bei mir; wenn es Traum war, vielleicht noch näher.

Die Stimmen bedeutender Leute, die unsere Zeitgenossen sind, kennen wir aus dem Radio oder dem Fernsehen, die sind uns geläufig. Die Stimmen bedeutender Leute, die vor unserer Zeit gelebt haben, aber noch nicht so lange tot sind, daß ihre Stimme nicht dann und wann auf Tonbändern oder Schallplatten konserviert worden wäre, können wir von solchen Dokumenten hören, und dann, wenn wir es das erste Mal tun, erschrecken wir oft. Wenn wir so eine Stimme hören, merken wir, daß wir eine ungewisse, unausgesprochene und wohl auch nicht zu nennende Vorstellung von der Stimme des betreffenden bedeutenden Menschen hatten, und meist wird diese Vorstellung enttäuscht. Ich habe einmal den ›Hamlet‹-Monolog gehört, gesprochen von dem angeblich unsterblichen Josef Kainz: angeblich sage ich, weil es – auch über die natürlich nach heutigen Begriffen miserable Tonqualität hinaus – ein unausstehliches über extreme Höhenunterschiede hinschwingendes Gequake war; oder die scharf näselnde, arrogante und wesenlose Stimme Thomas Manns.

Goethes Stimme war tiefer, als ich – wäre ich danach gefragt worden oder hätte ich mich auch nur selber gefragt – sie mir vorgestellt hatte, keine Spur brüchig, ein wenig rauh zwar, aber doch im ganzen Ton mild, die Stimme eines alten Mannes, der sein Leben lang gewohnt war, seine Wörter im Geist wie auch im Mund zu drehen und zu wenden, bis sie zu seiner Zufriedenheit gedrechselt ausflössen. Es war ein langes Gedicht. Ich weiß nicht, ob die anderen –

wenigen – Besucher im Museum zuhörten, ob Marianne Schuchardt zuhörte, ob sie überhaupt diese zweite Stimme, die so hinter der ersten Stimme hervorkam, *hörte*? ›Abschied vom Leben‹ hieß das Gedicht. War das Goethes letztes Gedicht, das Gedicht, das er in die Luft schrieb? Ein großes W sei erkennbar gewesen, sonst nichts, sagte der Sekretär Goethes – oder war es der Kammerdiener Friedrich gewesen? Hieß der Sekretär nicht Schuchardt?

Das Gedicht war von ergreifender Schönheit, kurze und lange Zeilen, die sich aber reimten, flossen in ruhigem Maß, so zwingend schön, wie das Wasser nicht anders kann, als im richtigen, urewig vorgegebenen Bett abwärts zu fließen, und die ruhelose Welt spiegelt sich in dem ruhig und doch ständig sich bewegenden Spiegel des göttlichen Elements. Warum hat Goethe sich nicht einen Menschen mit besserem Gedächtnis ausgesucht? Ich erkannte, daß ich mir dieses Gedicht merken müsse – aber er sagte es nur einmal. Warum sagte er es nur einmal? Ich war nicht darauf vorbereitet, mitzuschreiben. Vielleicht, hätte ich auch nur eine Minute Zeit gehabt, mich zu sammeln und zu fassen, ich hätte meine längst verschütteten Schulkenntnisse in Stenographie aus ihrer Tiefe heraufgepreßt und sie mir für ein paar fliegende Augenblicke zu Diensten gezwungen. So versuchte ich, hilflos dastehend, den Sinn der Verse zu erhaschen, gleichzeitig zu rekapitulieren und rekapitulierend die nächsten, die schon erklangen, gleichzeitig zu hören. Es war nicht möglich. Als Goethes Stimme, nachdem sie ›Abschied vom Leben‹ gesprochen hatte, zurücksank, wie sie gekommen war, hinter die Schauspielerstimme – für immer? – zurücksank, stand ich mit einer von Sekunde zu Sekunde schneller zerfallenden Erinnerung an dieses Gedicht da, und als mir Marianne Schuchardt, die ich rasch bat, einen Zettel und einen Bleistift zuschob, konnte ich nur noch vier Zeilen des Gedichts festhalten:

So füg' ich Brot zu Brot
Und Wein zu Wein.
...
Und will mit denen, die ich liebe
Glücklich sein
...

Miteinander aus Weimar wegfahren – Marianne und ich – konnten wir nicht. Erstens hatte sie dort noch für einen Tag zu tun, während ich spätestens am Sonntag zurückkehren mußte, zweitens fuhren wir in zwei verschiedene Richtungen. Sie sagte: »Du bist älter, da macht es mir weniger aus, noch einen Tag in der leeren Stadt zu bleiben.« Sie sagte nicht: allein in Weimar, sie sagte: in der leeren Stadt bleiben.

Ich fuhr kurz nach acht Uhr nachhause – diesmal über Erfurt, Eisenach, Bebra – in einem Zug, der schrecklich überfüllt war, ich bekam erst in Gotha einen Sitzplatz. In Bebra betrat ich sozusagen wieder bekanntes Gebiet, verließ dieses mit einem leichten Schleier der Unerklärbarkeit bedeckte Land, das nur noch in unserer historischen Erinnerung wirklich deutsch ist. Ich hatte dort übrigens die ganze Zeit ein merkwürdiges Gefühl: nicht der Sozialismus, nicht die Tatsache, daß die DDR nicht viel mehr als eine Art russische Kolonie ist mit ein paar Millionen Staatsgefangener, die verpflichtet sind, sich selber zu bewachen, nicht das bewirkte die Fremdartigkeit für mich, sondern die Sprache, vielmehr die für mich immer wieder verblüffende Tatsache, daß die Leute dort deutsch sprechen. Nein: sie sprechen nicht wirklich deutsch, hatte ich das Gefühl,

sie sprechen im Original nicht das Deutsch, das wir sprechen, es war nur deutsch synchronisiert. Liegt das daran, daß fast vierzig Jahre lang die Gedanken, auch die unpolitischen, der Menschen dort in eine andere Bahn gelenkt wurden? Die Gedanken, die Gefühle, die Vorstellungen? Wenn das so ist, dann ist das alles wohl unwiederbringlich fremd und für immer ein anderes Land.
Wohin kehrte Goethe zurück? Er hat einmal gesagt, er glaube an ein Weiterleben der Seele, denn er habe ein Recht darauf. War das ein Wunschtraum oder tiefere Einsicht in die den meisten anderen verborgenen Geheimnisse? Ich habe Goethe enttäuscht. Er hat mir sein letztes Gedicht anvertraut, und ich habe mir nur vier fragmentarische Zeilen von – schätze ich im nachhinein – vierzig oder fünfzig gemerkt. Wer kennt schon die Zusammenhänge. Ich setze Goethes Wort vom Weiterleben der Seele als tiefere Einsicht voraus; wer kennt aber schon die Gesetze und Mechanismen, nach denen dieses Weiterleben vor sich geht, ob und wie es mit den Lebenden dieser Erde zusammenhängt? Vielleicht war es den Manen des großen Olympiers nicht anders möglich, als mir, ausgerechnet nur mir das Gedicht mitzuteilen, mir, der ich nur fähig war, die vier kleinen Zeilen dem winzigen Zeitraum zu entreißen, in dem dieses Gedicht, so stelle ich mir das vor, aus Äonen kommend und in Äonen verschwindend die Welt streifte und für einen Augenblick aufleuchtete wie eine Sternschnuppe. Vielleicht war der Moment, in dem ich mit Marianne Schuchardt – die den Vornamen jener Frau trägt, die in Goethes Leben vielleicht die größte Rolle gespielt hat, und den Familiennamen des zwar untergeordneten Mannes, des Sekretärs, des letzten Menschen, der Goethe lebend gesehen – war dieser Moment ein Schnittpunkt der

geheimen Möglichkeiten? Es war ja alles ein Traum – nur: wer weiß, ob nicht der Traum ein Schnittpunkt jener geheimen Möglichkeiten ist? Daß Traum und Tod Brüder sind, ist eine alte Metapher. Wenn aber der Tod der endgültige Schlaf ist, ist dann nicht vielleicht das Weiterleben der Seele ein endgültiger Traum? – *endgültiger* Traum? Wenn die Seele nicht stirbt, ist sie auch nie geboren worden? Ist unser Leben nur der Traum eines vergangenen Todes?

In Bebra mußte ich umsteigen. Der eigentliche Anschlußzug um 11 Uhr 07 geht nur werktags. Ich mußte warten. Es machte mir nichts aus. Der Mantel von Marianne Schuchardts Gegenwart reichte noch bis hierher. Ich saß und dachte, ich brauchte nicht einmal zu lesen, damit die Zeit bis zur Abfahrt des Zuges endlich verging.

Daheim lag eine Karte von Dr. Stuhlfort aus der Mongolei. Es sei sehr schön dort, schrieb er, die Querverbindungen der mongolischen Geschichte zum Untergang des Weströmischen Reiches seien naturgemäß eher dürftig, sonst sei jedoch alles recht interessant. *Man kehre,* der Satz war unterstrichen, *von einer langen Reise als ein anderer zurück.*

Die Frau seines Lebens

Vor einigen Jahren hatte ich das Glück, für den Kulturfonds des Europarates ein Gutachten ausarbeiten zu dürfen, welche Arbeit mich für einige Zeit nach Rom führte, genauer gesagt: nach Tivoli, dem großartigen alten Tibur, das mit seinen Ruinen an den Kaiser Hadrian erinnert. Aber nicht diese verfallenen Monumente waren der Gegenstand meiner Arbeit, sondern das andere Bauwerk, das Tivoli weltberühmt gemacht hat: die Villa d'Este und ihr Park mit den Wasserspielen. Franz Liszt hat sie in einem Klavierstück besungen, einer virtuosen Studie mit dem Titel ›Les jeux d'eaux à la Villa d'Este‹, dem vierten Stück des letzten Bandes der ›Années de Pèlerinage‹, das zu bekannt ist, zu oft gespielt, als daß man noch merkte, wie kühn und seiner Zeit vorausgreifend Liszt da geschrieben hat. Franz Liszt hat hier einige Jahre gewohnt, woran eine kleine Tafel – von patriotischen Ungarn angebracht – im Vorhof der Villa erinnert; 1869 ist er aus seiner Wohnung am Monte Mario in die größere Stille Tivolis heraufgezogen. Weniger bekannt sind die beiden anderen Klavierstücke, in denen Liszt seine Impressionen aus Tivoli verarbeitet hat. Beide heißen ›Aux cyprès de la Villa d'Este‹, das zweite davon beginnt wie das ›Tristan‹-Vorspiel Wagners oder fast so, jedenfalls erinnern die Eingangstakte an den berühmten und rätselhaften ›Tristan‹-Akkord, der die bis dahin geltende Harmonielehre umgeworfen hat. Die Stücke sind 1869 und 1877 geschrieben, nach dem ›Tristan‹

Wagners, aber man hat herausgefunden, daß Liszt wiederum mehr als zehn Jahre vor dem ›Tristan‹ jene enigmatische Harmonienfolge in der Klavierbegleitung eines Liedes verwendet hat. Aber das alles hatte nichts mit meinem Gutachten zu tun, meine Arbeit hatte ungleich konkretere Dinge zum Gegenstand.

Franz Liszt war übrigens in Tivoli Gast jenes seltsamen Prinzen Gustav Adolf von Hohenlohe-Schillingsfürst, der trotz seines nahezu fanfarisch protestantischen Vornamens Kardinal der römischen Kirche, später Bischof von Albano und Erzpriester von Santa Maria Maggiore war. Kardinal Gustav Adolf war an Kunst, Politik und Aeronautik interessiert. Er war der jüngste Bruder des späteren Reichskanzlers Chlodwig Fürst Hohenlohe und sollte nach Bismarcks Willen preußischer Gesandter am Vatikan werden, was am Einspruch des Papstes scheiterte. Als junger Monsignore lernte Prinz Hohenlohe – das war 1856 – einen ebenfalls jungen Schweizer Maler kennen, der sich in Rom damit durchfrettete, daß er nach Postkarten romantische Ansichten für amerikanische Touristen malte.

Den Monsignore und den Maler verband eine verrückte Leidenschaft: das Fliegen. Der Maler konstruierte – lang vor Otto Lilienthal – einen Flugapparat, und der Monsignore erwirkte bei Papst Pius IX. die Erlaubnis, daß er in der großen Halle der päpstlichen Reitschule ausprobiert werden durfte. Über das Ergebnis dieser Flugversuche ist nichts bekannt, nur, daß die damals immer noch mächtige Inquisition Wind davon bekam und einen Haftbefehl gegen den hexerischen Maler erwirkte, der aus Rom fliehen mußte. Der Maler hieß Arnold Böcklin. Die Flugleidenschaft verließ Böcklin zeitlebens nicht. Noch 1886, als der nun schon berühmte Böcklin nach Berlin zu einem Vortrag eingeladen wurde, sprach der Meister zur Enttäuschung des herbeigeeilten kunstsinnigen Publikums nicht über seine Bilder oder die Stanzen Raffaels oder über die Malerei überhaupt, sondern über ›die Lösung des Flugproblems‹. Otto Lilienthal baute seinen ersten Segelgleiter fünf Jahre später. Er finanzierte, was heute niemand mehr weiß, seine Flugversuche aus der Herstellung des von ihm erfundenen Steinbaukastens für Kinder.

So ketten sich die Dinge in der Kulturgeschichte aneinander, aber auch das war nicht meine Aufgabe in dem Gutachten, wenngleich ich mit ›Steinen‹ der Sache schon näher komme. Eines muß ich doch noch erwähnen: ein anderer Bruder des Kardinals Hohenlohe, Prinz Constantin von Hohenlohe-Schillingsfürst, heiratete die älteste Tochter jener Prinzessin Carolyne von Sayn-Wittgenstein, geborene Iwanowska, deretwegen Franz Liszt nach Rom gekommen war: um ihre Ehescheidung zu betreiben, was jedoch nicht gelang. Fünfzehn Jahre bemühten sich die beiden bei den vatikanischen Behörden, alles umsonst. Dann ließ sich Liszt zum Abbé weihen. Hernach starb Carolynes Mann, der Weg zur Ehe wäre frei gewesen, wenn nicht Liszt inzwischen die niederen Weihen erhalten hätte. So webt alles hin und her, wie der ›Tristan‹-Akkord, hat aber immer noch nichts mit meinem Auftrag zu tun, und mein Auftrag hat nichts mit der Geschichte zu tun, die ich hier erzählen will, nur insofern, als ich in Tivoli arbeitete, aber – weil ich das Nützliche mit dem Angenehmen verbinden wollte – nicht in Tivoli, sondern in Rom wohnte. Ich fuhr etwa jeden zweiten oder dritten Tag mit dem Omnibus, der an der Piazza del Cinquecento vor dem Bahnhof Termini abfährt, nach Tivoli hinauf, was ungefähr fünfzig Minuten in Anspruch nimmt.

Der alte Mann fiel mir schon bei der ersten Fahrt auf. Der Omnibus stand stinkend, ratternd, abfahrbereit und umweltverschmutzend im Schatten einiger verstaubter Bäume. Der Fahrer plauderte noch mit ein paar anderen Fahrern seitwärts an einem kleinen Kiosk, warf aber schon seine Zigarette weg und drückte mit einer drehenden Bewegung des Fußes die Glut aus. Ich stieg ein. Der alte Mann in einem dunkelbraunen Anzug saß schon auf einem der hinteren Sitze. Die abgeschabten Sitze des Omnibusses, das einerseits grelle, andererseits durch die schmutzigen, wohl höchstens einmal im Jahr gewaschenen Scheiben in eine Art Staubgrell gefilterte Licht rückten alles, was im Omnibus war, in eine schäbige Dimension. Aber auch dies berücksichtigt, war der Anzug des Alten abgetragen. Wenn einer, dachte ich mir, bei so einer Hitze einen dunkelbraunen Anzug aus sichtlich schwerem Stoff trägt, dann hat er keinen anderen. Darin mochte ich mich vielleicht täuschen. Nur uns Nordlingen erscheint die Hitze als Feind, dem man mit Netzhemden und kurzen Hosen begegnet. In Rom habe ich oft Leute, namentlich alte Herren, gesehen, die der Hitze als willkommenem Gast in korrekter Kleidung entgegentreten. Vielleicht gehörte der Alte dazu, denn er trug zu seinem abgewetzten, aber sauberen und keineswegs speckigen Anzug eine Weste, die er ja fortlassen hätte können, wenn es ihm zu heiß gewesen wäre, und seltsamerweise einen tadellosen braunen Homburg. Das alles fiel mir aber erst in zweiter Linie auf, in erster Linie: die Freundlichkeit des alten Gesichtes.

Der Alte – oder besser gebührt ihm die Anrede: der alte Herr – saß während der ganzen Fahrt, freundlich um sich blickend, in dem Omnibus, stand, obwohl einige weit Jüngere saßen, auf, als der Bus nach einigen Haltestellen auf

der staubigen, hitzeglühenden, von Autowrack-Halden und weiter draußen von den schluchtengleichen Travertinbrüchen gesäumten Via Tiburtina ziemlich voll wurde und auch eine Nonne einstieg, die hinkte und an einem Stock ging, stand auf, um der Nonne seinen Platz anzubieten. Der alte Herr stand dann da, er war größer als die meisten Römer sonst, blickte freundlich, aber auch – ich erfuhr später, daß ich mich in dieser Beobachtung nicht getäuscht hatte – spähend über die Köpfe der Passagiere.
In Tivoli an der Endstation stieg er aus. Ich wandte mich hinunter zur Villa d'Este. Die Villa und die Wasserspiele wurden im sechzehnten Jahrhundert errichtet. Jetzt schreiben wir das zwanzigste Jahrhundert. In den vierhundert Jahren hat das Wasser, das zwar nicht Jahr und Tag, aber doch zu den meisten Zeiten läuft, alles verändert, was ihm erreichbar ist. Das zu untersuchen, war, ich will mich dabei jedoch keineswegs aufhalten, mein Auftrag. Es drehte sich dabei nicht um die eigentlichen unterirdischen oder im Mauerwerk liegenden Wasserleitungen, die selbstverständlich immer wieder mit langen, biegsamen Drähten gereinigt und ab und zu ersetzt werden müssen, sondern um das, grob gesprochen, Moos, das sich an allen Steinen angesammelt hat, und das zwar malerisch wirkt, aber die plastischen Kunstwerke, aus denen die Wasser hervorquellen, zum Teil bis zur Unkenntlichkeit verdeckt, was sicher so nicht von den Erbauern dieses weltberühmten Gartenkunstwerks gewollt war. Es ist letzten Endes eine Frage des Geschmacks: ob wir die sozusagen reine Gestalt eines Kunstwerkes dokumentarisch erhalten oder wiedererhalten wollen oder ob uns der Sekundäreffekt dessen, was die Zeit dazwischen hinzugefügt hat, besser behagt. Soll das Kolosseum wieder aufgebaut, sollen die Fresken in der Sistina gereinigt wer-

den? Die Fresken in der Sistina werden inzwischen in der Tat gereinigt, und an Stelle der gewohnten mystischen Dunkelheit treten erschreckend fremdartige Farben hervor. Das Kleid mancher Sibylle erinnert nicht mehr an die Zwischentöne der Unterwelt, sondern eher an das Pistazien- oder Erdbeer-Gelato, das draußen am Kiosk verkauft wird. Man wird sich daran gewöhnen müssen. Manche Kulturhistoriker fürchten sich vor dem Moment, da das ›Jüngste Gericht‹ in der Sistina gereinigt ist. Wahrscheinlich werden ganze Berge kunsthistorischer Deutungen Makulatur. Ist ihnen auch wieder zu gönnen.
Meine seltene wissenschaftliche Fächerverbindung Botanik/Kunstgeschichte und die Tatsache, daß ich auch Bauingenieur bin, hat den Kulturfonds veranlaßt, mich damit zu beauftragen, ein Gutachten zu erstellen und gegebenenfalls vorzuschlagen, wie die wasserspeienden Skulpturen im Garten der Villa d'Este vom Moos der Jahrhunderte befreit werden sollen und können. Man wundert sich, wofür alles noch Geld ausgegeben wird. Ich sage nichts dazu, denn mir hat das einen angenehmen Aufenthalt in Rom und in Tivoli gebracht, und wenn auch nicht die Bekanntschaft mit jenem freundlichen alten Herrn, so doch die Bekanntschaft mit seiner merkwürdigen Geschichte.
Ich muß nun einräumen, daß ich den alten Herrn bei der ersten Fahrt nach Tivoli hinauf vielleicht nicht so genau beobachtet, wie ich es hier geschildert habe, sicher jedoch bei der zweiten Fahrt, denn ich sah ihn wieder, als ich gegen fünf Uhr abends zurück nach Rom fuhr. Wieder saß er schon im Omnibus, der, im Leerlauf rüttelnd und Gestank und Ruß von sich strömend, an der Endstation stand. Der Fahrer kam eben von einer Cafeteria herüber, als ich einstieg.

Ich sah den alten Herrn fast in jedem Omnibus, wobei ich nicht immer denselben Kurs zu einer bestimmten Uhrzeit nahm. Manchmal fuhr ich erst gegen Mittag hinauf, manchmal sogar erst nachmittags, es kam vor, daß ich mittags schon wieder nach Rom fuhr oder erst den letzten Kurs in der Nacht nahm. Immer sah ich den alten Herrn, immer trug er den dunkelbraunen Anzug mit Weste und den braunen Homburg. Einmal, als das Wetter unsicher war, trug er einen gerollten Mantel unter dem Arm. Nie sprach er mit jemandem, nie las er Zeitung oder ein Buch, immer blickte er freundlich. Nicht immer saß er in dem Omnibus, in dem ich fuhr. Eines Tages – er ging mir schon ab – sah ich ihn zufällig, und zwar im Gegenkurs, der gerade auf der anderen Seite der Straße hielt. Manchmal stieg er an der Endstation – in Rom oder in Tivoli – ein, wenn ich ausstieg, oder umgekehrt.
»Er ist ein Ausländer«, sagte der Omnibusfahrer und machte eine wischende Handbewegung vor der Stirn. »Doch wer weiß, wie unsereins im Alter wird.« Das war etwa in der vierten Woche meines Aufenthaltes in Rom und meiner Fahrten nach Tivoli. Die Polizeigewerkschaft exerzierte einen Warnstreik, und die erste Ampel auf der Via Tiburtina stadtwärts, in Höhe von Pietralata, mitten in der ungepflegten roten Vorstadtwüste, war eine Stunde lang auf Stop gestellt. Das Verkehrschaos war selbst für römische Begriffe ungeheuer. Nach einigen Minuten begannen Taxifahrer und Lastwagen bei Rot über die Kreuzung zu fahren, nach einer Viertelstunde war alles weit und breit mit einem Teppich aus siedendem und flimmerndem Blech auf Rädern bedeckt, kein Fahrzeug kam mehr vorwärts oder rückwärts, es entstand eine Stimmung, gemischt aus danteskem Inferno und fatalistischem Volks-

fest. Ein Polizist stand anfangs, stoisch auf das Chaos blickend, an einem Zeitungsstand, verdrückte sich allerdings zur Vorsicht bald. Der Omnibusfahrer bewahrte große Ruhe. Er stellte ausnahmsweise den Motor ab, stieg aus und ging in eine Bar, die in einem der großen roten Häuser war, von denen man nicht weiß, ob sie noch Bauruinen oder schon im Verfall begriffen sind. Die Passagiere – es waren auf dieser Fahrt nicht viele – verschwanden nach und nach. Einige, sah ich, nahmen ein Taxi, kamen aber wohl auch nicht viel weiter. Einige machten sich zu Fuß auf den Weg. Der alte Herr war nicht in diesem Omnibus, er war oben in Tivoli ausgestiegen, als ich einstieg. Ich ging auch in die Bar und kam mit dem Omnibusfahrer ins Gespräch.

»Ich selber«, sagte er mir, »habe nie mit dem verrückten Alten gesprochen, aber ein älterer Fahrer, der schon viel länger auf dieser Strecke fährt. Desiderio heißt er. Nicht der Alte – wie der heißt, weiß man nicht. Der Fahrer heißt Desiderio.«

Ich lud den Omnibusfahrer zu einem weiteren Kaffee ein und auch zu einer Grappa, da erzählte er, daß der Alte – *il pazzo* – schon länger ständig auf der Strecke hin- und herfahre zwischen Rom und Tivoli, als der älteste Fahrer, nämlich Desiderio, den Kurs befahre. Früher, habe Desiderio erfahren, sei hier gar kein Omnibus gegangen, früher habe es eine Straßenbahn zwischen Rom und Tivoli gegeben, das sei viele Jahre her, vielleicht dreißig Jahre. Und auch da sei der Alte immer hin- und hergefahren, damals mit der Straßenbahn. Wovon er lebe? Das habe man natürlich nicht herausgefunden, das heißt: doch, einmal habe ihn ein anderer Fahrer, ein gewisser Lorenzo – der mit dem halben rechten Ohr –, auf der Piazza del Popolo gesehen, wie er

Lose für die Lotteria di Monza verkauft habe. Das sei spät abends gewesen, nach dem letzten Kurs nach Tivoli. Aber davon, sagte der Fahrer und schüttelte den Kopf, kann er nicht leben. Von den paar Losen, die er verkauft, wenn er sein Geschäft nur in späten Abendstunden betreibt. Ja – er sei ein Ausländer. Was für ein Ausländer? Das habe Desiderio nicht gefragt. Jedenfalls kann er Italienisch – na ja, wenn er schon länger als dreißig Jahre hier zwischen Rom und Tivoli hin- und herfährt ... obwohl, davon allein lernt man nicht Italienisch. Warum er da hin- und herfährt? Um *sie* wiederzutreffen. Der Fahrer lachte und schaute durch das große Fenster hinaus, die Autos und Lastwagen standen nach wie vor hoffnungslos verkeilt um den Omnibus herum, und inzwischen war selbst das, was als Bürgersteig in diesem Viertel galt, voll mit Autos. Ein mit Travertinblöcken beladener Lastzug war bis zwischen die Tische vor dem Café gefahren, kam dann jedoch nicht weiter, weil der Zeitungskiosk im Weg stand. Der Auspuff des Lastzuges stank direkt in die Ventilation des Cafés, bis der Wirt nach längerem Palaver den Lastwagenfahrer dazu bewegen konnte, den Motor abzustellen.

»Ja ... um *sie* wieder zu treffen. Damals, vor mehr als dreißig Jahren, vor vierzig Jahren vielleicht, im Krieg – vielleicht ist der Alte ein ehemaliger deutscher Soldat oder auch ein amerikanischer – hat er – das hat er jedenfalls dem Desiderio erzählt, allerdings mit Tränen in den Augen – ein junges Mädchen in der Trambahn getroffen, ein junges, dunkelhaariges Mädchen in einer weißen Bluse mit weiten Ärmeln und einem schwarzen Rock. Ja. Und wie das Mädchen ausgestiegen war, kam es ihm plötzlich, daß es – ja, wie soll man sagen, ich weiß nicht, wie sich der Alte ausgedrückt hat, Desiderio wüßte es besser – daß es die Frau seines Lebens ist. Er wollte ihr nach, doch die Trambahn war schon weitergefahren. Der Alte – der damals natürlich noch nicht alt war – ist bei der nächsten Haltestelle ausgestiegen, oder sogar vorher schon bei einer Gelegenheit, wo die Bahn langsamer fuhr, ist abgesprungen und zurückgelaufen, aber das Mädchen war natürlich nicht mehr da. Dann ist er am nächsten Tag zur selben Zeit die Strecke gefahren – und am übernächsten Tag auch, und dann ist er immer gefahren, wochenlang, Monate, im Sommer und im Winter, die ganzen Jahre. Dann ist die Trambahn eingestellt und durch eine Omnibuslinie ersetzt worden … dann ist er mit dem Omnibus gefahren, hin und her, und her und hin.«

Der Fahrer schaute wieder hinaus. Es rührte sich nichts. Der Fahrer lachte, weil ein kleiner Lieferwagen versuchte, zwischen dem Travertinlastzug und der Fensterscheibe des Cafés durchzukommen, obwohl man da nicht einmal ein Fahrrad durchschieben konnte. Der Zeitungshändler vom Kiosk schimpfte wild auf einen Tanklasterfahrer ein, der auf der anderen Seite das kleine Häuschen fast eindrückte.

»Her und hin, her und hin«, sagte der Fahrer und fügte sachlich hinzu, als ob es für die Geschichte wichtig sei – aber vielleicht ist das wichtig vom omnibusfahrerischen Gesichtspunkt aus: »Er hat natürlich eine Monatskarte. *So* verrückt ist er auch wieder nicht.«

Nach zwei Stunden machte ich mich auch zu Fuß auf den Weg. Es war dämmrig geworden und etwas kühler. Tosende und gellende Hupsignale zerrissen die Luft, die Via Tiburtina ist kein schöner Spazierweg, aber was blieb mir anderes übrig. Als ich schon nahe am Campo Verano war, löste sich langsam das Chaos. Ich nahm ein Taxi.

Ich blieb noch etwa zwei Wochen und sah den alten Herrn oft. Ich überlegte hin und wieder, ob ich ihn ansprechen solle, aber ich schämte mich, daß ich sein Geheimnis kannte. Einmal grüßte ich ihn, er grüßte freundlich zurück. Wahrscheinlich, überlegte ich, würde er *sie* überhaupt nicht mehr erkennen, selbst wenn es der Zufall mit sich brächte, daß sie im selben Omnibus fahre. Oder: vielleicht ist sie im selben Omnibus gefahren, und er hat sie nicht erkannt? Oder ist die Seele, wenn man das fertigbringt, wie der alte Herr da, ist die Seele dann so stark, daß man *sie* jedenfalls wiedererkennt, selbst wenn *sie* inzwischen eine alte Frau geworden ist? Oder ist dies gar keine Seelenstärke mehr, wäre es die eigentliche Seelenstärke, mit dem Hin- und Herfahren aufzuhören?
In der Reihe der hundert Brunnen, die abwechselnd aus steinernen Lilien, Obelisken und kleinen Barken bestehen, habe ich einen Obelisken vom Moos und von den Flechten befreit. Es war nicht einmal sehr viel Mühe. Jetzt steht dieser kleine Obelisk wie nackt da unter seinen ganzen grün bekleideten Genossen. Mit der Zeit aber wird auch ihn das Moos wieder überziehen, denn ich bin sicher, daß man meinem Gutachten, in dem ich vorschlage, das Grünzeug abzukratzen und aus kunsthistorischen Gründen den ursprünglichen Zustand wiederherzustellen, nicht folgen wird. Die Kosten – ich habe sie errechnet – wären nicht hoch, aber mein Gutachten, hat man mir gesagt, war so teuer, daß der diesbezügliche Etat erschöpft ist. Wer weiß, wofür es gut ist.

Die letzte Attacke

I

Mit dem Ende der Wintersaison 1964/65 stellte das unrentabel gewordene Berghotel ›Adlerhof‹ in den Berchtesgadener Alpen seinen Betrieb ein. Die örtliche Zeitung widmete dem ehemals berühmten Hotel einen Nachruf. Das Haus war eines der ersten Berghotels gewesen, ein im Stil der Gründerzeit erbauter Komplex, halb maurische Moschee, halb Trutzburg. Die ersten Schneeschuhläufer – damals noch englische Lords oder Bankierssöhne aus Frankfurt oder Amsterdam – waren dort abgestiegen. Das Hotel war mit der Geschichte des Fremdenverkehrs jener Region unlösbar verbunden. In der maßvoll rustikalen Eingangshalle hatten Prinzessinnen und Konsuln den Zofen und Grooms die Leinen ihrer Windspiele in die Hand gedrückt, bevor sie ihre Handschuhe auszogen, um in das Anmeldebuch der Rezeption ihre erlauchten Namen einzutragen. Diese Bücher – einige Konvoluten – spiegeln die Geschichte fast eines Jahrhunderts; sie werden im Heimatmuseum der nächsten Kreisstadt aufbewahrt.

Der Chefportier war immer ein Gentleman; im Grünen Salon oder im Wintergarten des ›Adlerhofes‹ gedient zu haben, und sei es nur eine Saison, galt als hinreichendes Zeugnis für jede Vertrauensstellung in der Gastronomie.

Aber, schrieb das Blatt, die Zeit sei über das Hotel hinweggegangen. Modernisierungen seien versucht worden,

doch um das zu erreichen, was heutige Touristen an Komfort erwarten, hätte man das ganze alte Haus umkrempeln müssen. Die heutigen Skifahrer begnügen sich für die Nacht mit Löchern, verlangen jedoch Schwimmbad, Sauna und Kegelbahn und nicht einen maurischen Wintergarten mit Blick auf die Gletscher, vor dem ein Kellner den Tee serviert und die *Times*. Es sei, schrieb das Blatt, billiger gewesen, ein neues Hotel zu bauen, als das alte umzugestalten.
Mit Beginn der Wintersaison 1968/69 eröffnete – auch diesem Ereignis widmete die örtliche Zeitung einen ausführlichen Artikel – das in über zweijähriger Bauzeit errichtete neue Hotel ›Adlerhof‹ seine Pforten: ein Hotel im Alpenstil, mit Schwimmbad, Kegelbahn und Sauna, mit halbgotischen Madonnen in indirekt beleuchteten Nischen an Rauhputzwänden, mit Schmiedeeisen und Kuhglocken, mit Ochsenjoch und Zirbentäfelung, praktisch, hygienisch und mit alpengrün gekleideten Kellnern, der Oberkellner sowie der Portier mit Talerketten geschmückt. Stilvoll, schrieb das Blatt.
Vom alten Hotel ›Adlerhof‹ – das etwa fünfzig Meter neben dem neuen gestanden hatte – lag zu dieser Zeit kein Stein mehr auf dem anderen. Die Abbruchkosten hatte die Gesellschaft, der das alte Hotel gehörte und die das neue baute, gespart. Sie hatte ein Abkommen mit der Bundeswehr getroffen. Nach Räumung des Hotels und unter den gehörigen Sicherungsvorkehrungen wurde das alte Haus am 2. August 1965 von einer Abteilung der Gebirgsartillerie im Rahmen eines Bergmanövers beschossen und nach etwas über einstündigem Feuer dem Erdboden gleichgemacht.
Im Herbst 1965, bei den Applanierungsarbeiten im

Zuge des Neubaus, wurde unter den Trümmern des Hotels eine verkohlte Leiche gefunden.

II

Die Ermittlungen der Staatsanwaltschaft und der Kriminalpolizei im Zusammenhang mit der Leiche in der Ruine des zerschossenen Berghotels ›Adlerhof‹ gestalteten sich mehr als schwierig, das heißt: es war wenig zu ermitteln, es war kein Anhaltspunkt, kein Ansatz da. Dabei war klar, daß die Sache kaum mit rechten Dingen zugegangen sein konnte. Selbstverständlich hatte längst vor der Beschießung des Hotels das Personal das Haus verlassen. Mitte März war, nach der Abreise der spärlichen letzten Gäste, der Betrieb eingestellt worden. Noch im Lauf dieses Monats war das Mobiliar und überhaupt alles Inventar, soweit es irgend von einem Wert war, abtransportiert worden. Eine Anzahl alter Möbelstücke, auch abgetretene Teppiche und unansehnliche Vorhänge, waren im Haus belassen worden, aber diese Dinge wurden – schon unter Aufsicht der Bundeswehr – von einigen Altwarenhändlern oder sonstigen Interessenten abgeräumt, die nichts dafür zahlen, nur für den Transport sorgen mußten. Der Geschäftsführer des Hotels und der zuständige Offizier der Bundeswehr erinnerten sich an ergötzliche – wie der Offizier vermerkte – und an Plündereien gemahnende Szenen und daran, wie sich die Trödler um den alten Plunder, den sie gratis haben konnten, prügelten. Die meisten Altwarenhändler kamen mit dem Auto, zwei oder drei mit einem Pferdefuhrwerk. Ein buckliges Trödlerpaar kam zu Fuß – berichtete der Offizier dem Staatsanwalt –, ergatterte ein ziemlich schweres, durchge-

sessenes, meergrünes Plüschsofa mit goldenen Troddeln und trug es zu Tal. Es sei sehr komisch gewesen: der Mann, der vorn ging, habe auf dem linken, die Frau auf dem rechten Bein gehinkt. Das Sofa habe geschwankt wie ein Schiff, als es mit den Trödlern im Wald bergab verschwand. Außerdem habe es bald danach zu regnen angefangen …
Auch der Staatsanwalt fand diese Schilderung des Offiziers belustigend. Für die Ermittlungen förderlich war sie nicht. Nach dem Abzug der Trödler war das alte Haus leer. Auch das wurde überprüft. Einige Tage vor Beginn des Manövers – also Ende Juli – wurde das Haus nochmals besichtigt, wiederum leer befunden, sodann wurde bis zur Beschießung ein Cordon von Wachen in einer Entfernung von zwei- bis dreihundert Metern um den Platz gezogen. Bei Beginn des Manövers wurde dann ohnedies die ganze Berghöhe abgeriegelt. Daß irgend jemand unbefugt in dieser Zeit in das Hotel gelangt sei, war ausgeschlossen. Natürlich wurde die Möglichkeit erwogen, daß eine Leiche heimlich ins Haus geschleppt worden wäre. (Von einem der Trödler? Um einen Mord, anderswo begangen, zu vertuschen?) Aber dies wäre ja bei der letzten, sorgfältigen Besichtigung, bei der jedes, wirklich jedes Zimmer, jede Kammer, jedes Kellerloch überprüft worden war, nicht verborgen geblieben.
Assessor R., der Witzbold der Staatsanwaltschaft, warf eine Theorie in die Debatte: früher habe es in Bayern die weitverbreitete Sitte gegeben, beim Bau größerer Anwesen schikanöse oder sonst mißliebige Poliere einzumauern … Die Theorie wurde nicht ernsthaft weiter in Erwägung gezogen.
Erschwert wurden die Ermittlungen nicht zuletzt dadurch, daß die Leiche erst einige Wochen nach der Zerstörung des Hauses gefunden wurde, daß sie völlig verkohlt war, und

daß es zu der Zeit keinerlei auf den Fall passende Vermißtenanzeige gegeben hatte. Die Obduktion – die auch sehr schwierig war – ergab nur, daß es sich bei dem Toten um einen Mann mittlerer Größe und eher vorgerückten Alters gehandelt hatte. Einige Reste von Textilfäden wurden chemisch analysiert, außerdem wurden einige Messingknöpfe in der Nähe der Leiche entdeckt. Auch das brachte die Ermittlungen nicht weiter.

Da bis zum Fund der Leiche schon eine Menge Schutt weggeschaufelt und weggebaggert, auch schon abgefahren und mit anderem Schutt untrennbar vermischt war, war es nicht ausgeschlossen, daß dadurch Spuren zerstört worden waren.

Ein Gegenstand allerdings, ein längliches, verbogenes und zerschmolzenes Ding aus Metall, gab einen Hauch von Anhaltspunkt: ein zerstörtes Ding, das – nach materialkundlichen Ermittlungen des Landeskriminalamtes – einmal ein Säbel gewesen war.

III

Nicht die Staatsanwaltschaft, auch nicht die Kriminalpolizei, sondern ein gar nicht mit dem Fall befaßter Amtsgerichtsdirektor in Traunstein – dem zuständigen Bezirk – gab den ersten Anstoß zur Aufklärung des Falles. Der Amtsgerichtsdirektor, er hieß Knöller, war, obwohl oder vielleicht gerade weil er selber nie Soldat gewesen war, ein ausgezeichneter Militärhistoriker. Namentlich interessierten ihn die Schicksale militärischer Verbände. Aber auch die Benennung, der Standort und die Adjustierung aller Regimenter der deutschen und österreichisch-ungarischen Heere waren ihm geläufig. Dennoch wäre es auch zu diesem Anstoß nicht gekommen, wenn nicht außerdem der Amtsgerichtsdirektor Knöller und der in dem Fall der Leiche vom Hotel ›Adlerhof‹ federführende Erste Staatsanwalt Dr. Walther einem losen Kreis von Schafkopfspielern angehört hätten, der sich jede Woche am Mittwochnachmittag von vier bis sieben Uhr im Café ›Lobendanck‹ am Stadtplatz traf.

Während des Mischens der Karten erkundigte sich Knöller eher beiläufig, wohl eigentlich ohne größeres wirkliches Interesse und vielleicht nur, um eine gewisse Anteilnahme an der Arbeit des Kollegen zu zeigen, nach dem Fortgang der Ermittlungen in dem ›Adlerhof‹-Fall. Nach dem darauffolgenden Spiel – einem Solo, das der erwähnte Assessor R., ein gefürchteter Schafkopfer, mit drei Laufenden nebst einem voreilig von Knöller gegebenen Stoß gewann – beim neuerlichen Mischen gab Erster Staatsanwalt Dr. Walther das oben geschilderte Ermittlungsergebnis in dürren Worten, dürr wie das Ergebnis, bekannt. Auch das mit dem Säbel erwähnte Dr. Walther.

Das folgende Spiel verloren Amtsgerichtsdirektor Knöller und Assessor R., allerdings knapp und nur – wie R. mit gebührendem Respekt zu vermerken sich erlaubte –, weil Knöller nach dem dritten Stich Farbe nachgespielt hat, anstatt seinen Laub-Unter vorzulegen. Es kostete Knöller und R. je zwanzig Pfennige, weil geklopft worden war.

Nun war Direktor Knöller am Mischen. »Das mit dem Säbel«, sagte er und gab aus, »interessiert mich.«

»Hm«, sagte Dr. Walther, der links neben Knöller und also *vorn* saß, »hm«, sagte er, musterte die ersten vier Karten, »dann kommen Sie morgen zu mir. Ich zeige Ihnen die Asservaten. – Ich spiele mit der Schellen-As.« (Dr. Walther, ein für Traunsteiner Verhältnisse grandseigneurhafter Beamter, pflegte sich gewählt auszudrücken: Schellen-As sagte er, nicht Schellen-Sau.)

IV

Am nächsten Tag besuchte, wie vereinbart, der Amtsgerichtsdirektor Knöller den Ersten Staatsanwalt Dr. Walther in dessen Dienstzimmer. Dr. Walther hatte die Asservate und die diversen Befunde der Gerichtsmedizin und des Landeskriminalamts schon vorbereitet. Die medizinischen Ausführungen interessierten Knöller wenig, schob sie samt den naturgemäß wenig ansprechenden Photographien der verkohlten Leiche beiseite und nahm das Wrack des Säbels, das in einem durchsichtigen Plastiksack stak, in die Hand.

»Darf ich?« fragte Knöller.

»Selbstredend«, sagte Dr. Walther. »Es waren keinerlei Fingerspuren dran.«

»Säbelhiebe auf dem Schädel? Ist da irgend etwas festgestellt worden?«

»Der Schädel war zertrümmert. Ob das von den herunterstürzenden Plafondbrocken gekommen ist oder von einem Säbelhieb –«

»– kann kein Gerichtsmediziner der Welt nachprüfen«, vollendete Knöller den Satz und nickte. »Ein österreichischer Infanteriesäbel«, sagte Knöller dann.

»Ach«, sagte Dr. Walther, »das ist interessant. Kämpft das österreichische Bundesheer noch mit Säbeln? Also, ich meine –«

»Nein«, sagte Knöller, »nicht von heute; ein *alter* Säbel, k. u. k.«

»Recht viel wird uns das wahrscheinlich auch nicht weiterbringen. Aber immerhin – wie alt ist so ein Säbel?«

»Auswendig weiß ich das nicht; ich müßte erst daheim nachschauen. Jedenfalls aus dem Ersten Weltkrieg. Und das«, sagte Knöller und schüttete aus einem anderen, kleineren Plastiksack die verschmorten Messingknöpfe auf die Hand, »das sind Uniformknöpfe. Darf ich den Bericht der Analyse sehen, den das Landeskriminalamt –?«

»Bitte«, sagte Dr. Walther und reichte Knöller einen schmalen Aktenhefter. Knöller las, hielt winzige, farbige Faserspuren – in Cellophan eingeschweißte Anlagen zum Bericht – gegen das Fenster, blätterte, las weiter, legte dann den Bericht zur Seite und sagte: »*Hechtgrau, rosenrote* Egalisierung, *gelbe* Knöpfe. Sagt Ihnen das nichts?«

»Ehrlich gesagt, nein«, sagte Dr. Walther.

»Das berühmte Hechtgrau«, sagte Knöller in einem schon nahezu schwärmerischen Ton, »das zumindest seinerzeit so berühmte Hechtgrau. Nicht eigentlich ein Grau, eher schon ein Graublau oder Blaugrau. Hechtgrau! Die einheitliche Farbe der k. u. k. Infanterie seit 1909 –«

»Hochinteressant«, sagte Dr. Walther. »Aber diese Farbe dürfte doch wohl –«

»Kein Zufall«, rief Knöller, »isoliert vielleicht ja, aber sehen Sie: das Asservat ... das war die Egalisierung, also die Kragenaufschläge und die Messingknöpfe ... und schließlich und endlich der Säbel. Kein Zweifel: der Tote hat eine kaiserlich und königliche österreichisch-ungarische Infanterieuniform getragen.«

»Das wäre allerdings in der Tat recht merkwürdig«, sagte Dr. Walther.

»Die genaueren Einzelheiten sage ich Ihnen morgen«, sagte Knöller in steigender Begeisterung. »Ich muß nur daheim nachschauen. Auswendig weiß ich's nicht ganz genau. Vier Regimenter haben rosenrote Aufschläge getragen, nehme ich an, vier ...«

»Hochinteressant«, sagte Dr. Walther.

V

Nicht erst am nächsten Tag, noch am gleichen Nachmittag kam Amtsgerichtsdirektor Knöller – unter dem Arm ein Paket alter Bücher, darunter ein in Packpapier eingeschlagenes Konvolut – wieder zu Dr. Walther. Knöller hatte sich das Mittagessen versagt und war schnell heimgefahren (er wohnte etwas außerhalb), um den angerissenen Dingen auf den Grund zu gehen.

»Das«, sagte Knöller und schlug eines der Bücher auf, »ist das so berühmte ›Farbenkastl‹ der k. u. k. Infanterie. Von oben nach unten: Hosen und Knöpfe, von rechts nach links: die Farben. Die Zahlen in den Kästchen, die sich so ergeben, beziehen sich auf die 102 Infanterieregimenter. Es war natürlich nicht einfach«, dozierte Knöller, »für 102 Infanterieregimenter verschiedene Egalisierungsfarben zu finden. 102 verschiedene Farben gibt es gar nicht. Also hat man Farbschattierungen einführen müssen. So wurde Gelb – sehen Sie hier – eingeteilt in *Schwefel-*, *Kaiser-* und *Orange*gelb, Grün in *Meer-*, *Apfel-*, *Meergras-*, *Papagei-*, *Gras-* und *Stahl*grün. Es bedurfte schon eines geübten Auges – der Kaiser soll es gehabt haben –, um Meergrün, Grasgrün und Meergrasgrün voneinander zu unterscheiden. Man hat«, sprach Knöller mit beruhigendem Ton, »vernünftigerweise allerdings etwa meer- und meergrasgrün adjustierte Regimenter, also farblich benachbarte, geographisch weit voneinander entfernt stationiert. Zum Beispiel: Meergrün ...« Knöller fuhr in der betreffenden Rubrik seines ›Farbenkastls‹ mit dem Finger nach unten »– Nummer 87 ...«, dann schlug er ein anderes Buch auf, »das ist der Schematismus der Infanterieregimenter ... 87 ... 87 ... 87 ...«, er blätterte, »hier: k. u. k. Infanterieregiment No. 87 ›Freiherr von Succovaty‹, errichtet 1883, Stab und zwei Bataillone in Pola, die beiden anderen in Cilli und Skutari, also im Süden der Monarchie, dann – sehen wir, wer noch Meergrün getragen hat – aha – 21 ...«, wieder blätterte er, »k. u. k. Infanterieregiment No. 21 ›Graf von Abensperg und Traun‹, errichtet 1833, Stab und zwei Bataillone in Kuttenberg und Časlau ..., also im Norden der Monarchie.«

»Hochinteressant«, sagte Dr. Walther.

»Ja«, sagte Knöller feurig. »Und denken Sie sich: es gibt heute noch Leute, die wissen das alles auswendig.«

»Erstaunlich.«

Knöller bemerkte die Ironie in Dr. Walthers Stimme nicht und fuhr unbeirrt und begeistert fort: »Von Rot gab es die meisten Nuancen. Sehen Sie: *Scharlach-*, *Amarant-*, *Krebs-*, *Krapp-*, *Bordeaux-* usw., und hier *Rosenrot*.«

»Aber woher wissen Sie, daß das Rot, das diese paar Fäden mühsam erkennen lassen, Ihr ärarisches k. u. k. Rosenrot ist?«

»Ja!« lachte Knöller verschmitzt und band den Konvolut auf, den er dabei hatte. »Ein Fund, um den mich viele Sammler beneiden. In einer Trödlerei in St. Pölten. Der Trödler hat es für den Nachlaß eines Textilvertreters gehalten. Aber es ist das authentische Musterbuch der Heeresschneiderei Wiener-Neustadt! Hier –«, Knöller nahm das Farbmuster ›Rosenrot‹ heraus und hielt es neben das Präparat des Landeskriminalamts. »Was sagen Sie jetzt?«

»Hochinteressant«, sagte Dr. Walther und dachte – sagte es aber nicht –, daß schon bald danach, damals, die ganzen Meergrasgrün, Hechtgrau und Lichtblau von anderen Nuancen: vorwiegend Durchfallbraun, Uringelb, Rußschwarz und namentlich Hämoglobinrot überspült worden waren.

»Nun«, dozierte Knöller weiter, »hat es also vier Infanterieregimenter mit rosenroter Egalisierung gegeben: 5 – ›Freiherr von Klobučar‹; 6 – ›Carol I. König von Rumänien‹; 13 – ›Jung-Starhemberg‹ und 97 – ›Freiherr von Waldstätten‹. No. 6 und No. 97 fallen weg, denn die hatten Silberknöpfe, wie sie am ›Farbenkastl‹ unschwer erkennen können.«

»Unschwer«, nickte Dr. Walther.

»Bleiben No. 5 und 13. – Man müßte wissen«, sagte Amtsgerichtsdirektor Knöller, »welche Hosen!«

»Ich verstehe nicht?«

»Die Hosen! Ob der Tote die österreichischen Pantalons getragen hat – dann wäre es das Regiment Nr. 13 – oder die bestickte, enge sogenannte Ungarische Hose – dann wäre es No. 5.«

»Das wird sich wohl nie mehr feststellen lassen.«

Knöller nickte bedauernd und klappte seine Nachschlagewerke zu.

»Glauben Sie, daß sich ein Angehöriger dieses Regiments –«, Dr. Walther rechnete – »von 1918 bis 1965 ... siebenundvierzig Jahre lang im Keller des Hotels ›Adlerhof‹ in Berchtesgaden verschanzt gehalten hat? Meines Wissens hat die k. u. k. Armee *nicht* in der Gegend von Berchtesgaden operiert, jedenfalls nicht im Ersten Weltkrieg.«

»Ausgeschlossen«, sagte Knöller.

»Da wird uns also das ganze schöne Rosenrot und Hechtgrau nichts bringen«, sagte Dr. Walther nicht ohne einen

leisen – und wie er schnell danach zugeben mußte: ungerechten – Unterton des Vorwurfs.
»Ich habe nur gesagt, was ich weiß«, sagte Knöller beleidigt. »Schließlich: besser als gar nichts.«
»Selbstverständlich«, beeilte sich Dr. Walther zu versichern, »da haben Sie ganz recht. Besser als gar nichts.«
Er sollte bald erfahren, daß die Erkenntnisse Knöllers weit besser als gar nichts waren.

Die Sache mit der Uniform und der genaue Sachverhalt, soweit bekannt, wurden rundum allen Polizeidienststellen mitgeteilt, gelangten auch zu den Instanzen der Bundeswehr, die – weil ja ein Zusammenhang mit einem Manöver bestand – in die Ermittlungen eingeschaltet waren.
Der Oberstleutnant – er hieß Semmelknie –, der für die Sicherheitsvorkehrungen bei der Beschießung des ehemaligen Hotels verantwortlich gewesen war und wegen der Leiche zahllose Berichte und Rapporte hatte schreiben müssen, las die Mitteilung von der k. u. k. Uniform mit großer Aufmerksamkeit.
Abgesehen von den lästigen Ermittlungen der Polizei, hatte Oberstleutnant Semmelknie einen raumgreifenden Anpfiff seitens des Divisionskommandeurs wegen der Leiche im Hotel erdulden müssen. Der Anpfiff gipfelte in dem Befehl: »Entweder Sie bekommen binnen vierundzwanzig Stunden heraus, wer der Kretin war, den Sie da niedermähen haben lassen, oder –«
Was die Alternative war, verschluckte der Divisionskommandeur. Oberstleutnant Semmelknie zog es vor, nicht danach zu fragen, raffte seine Akten zusammen, salutierte und ging hinaus. Er herrschte nun seinerseits alle Soldaten

an, die damals Posten geschoben hatten, und vergatterte sie, ihre Spatzenhirne zusammenzunehmen und angestrengt nachzudenken, ob nicht irgend jemand in der Nacht vor der Beschießung das Hotel betreten hatte. Niemand. Absolut niemand. Auch nicht der Versuch. Keine Maus.

Dem ersten der Berichte, die Oberstleutnant Semmelknie vorlegte und in dem er die Aussagen der Wachtposten zusammenfaßte und darlegte, wie minutiös die Sicherheitsbestimmungen gerade in diesem Fall eingehalten worden waren, konnte der Divisionskommandeur nichts anderes als ein unwilliges Brummen entgegensetzen.

Nun, nachdem der Oberstleutnant das mit der alten Uniform gelesen hatte, rührte sich der Ärger in seiner Seele wieder, und er wendete seine Gedanken hin und her. Ein Bild, das dem Dossier beigegeben war, ließ ihn nicht los. Das Bild war die Kopie einer Darstellung, die Amtsgerichtsdirektor Knöller aus seinen privaten Materialien zur Verfügung gestellt hatte: ein k. u. k. Infanterieoffizier in vorschriftsmäßiger Kleidung, flott, ein Bein vors andere gestellt, den Säbel lässig in beiden Händen, ein schmales, kleines Schnurrbärtchen im Gesicht, die Uniform unter Aufsicht Knöllers koloriert: Hechtgrau mit rosenroten Aufschlägen. Ein – sozusagen idealer – Hauptmann der k. u. k. Infanterie. (Das Ganze zweimal: einmal mit österreichischen Pantalons, einmal mit ungarischen Hosen.)

Oberstleutnant Semmelknie suchte die Liste mit den Soldaten, die damals Wache geschoben hatten, heraus. Schon am nächsten Tag machte er sich auf den Weg zu der Einheit, der die Mehrzahl dieser Soldaten angehörte. Einen nach dem anderen ließ er kommen, einem nach dem anderen zeigte er dieses Bild. Daß es ausgerechnet der dreizehnte Soldat war, der angesichts dieses Bildes stutzig

wurde, berührte Semmelknie eigenartig. Er vermerkte dieses Detail später in seinem Aufsehen erregenden Bericht jedoch nicht.
»Ach so –«, sagte der dreizehnte Soldat. Es handelte sich um einen Wehrpflichtigen namens Kassian.
»Was: ach so?«
»Der da –«
»Wieso? Kennen Sie so einen?«
»Kennen nicht. Aber gesehen habe ich ihn schon.«
Der Oberstleutnant sprang auf. »Wo? Wann?«
Der Soldat Kassian rückte nach mehreren strengen Ermahnungen und nach der Zusicherung, daß die Sache für ihn glimpflicher ausgehen würde, wenn er gleich alles sage, mit seinem Wissen heraus. Die Ausgangssperre, die er später bekam, wurde übrigens versüßt durch sein Drittel Anteil an den fünftausend Mark Belohnung, die die Polizei inzwischen für Hinweise zur Klärung des Falles ausgesetzt hatte.
Ein Mann in so einer Uniform sei, rapportierte Kassian, in der fraglichen Nacht an ihm vorbeigegangen. Er, Kassian, habe den Unbekannten vorschriftsmäßig angehalten, der fremde Offizier in der merkwürdigen Uniform habe ihn jedoch derart fachmännisch – »... ich möchte sagen«, sagte Kassian, »routiniert ...« – angeschnauzt, vollkommen offiziersmäßig, wenngleich mit fremdem Akzent, daß er – Kassian – den Fremden auch ohne Parole habe passieren lassen. Er habe den Offizier für einen ausländischen Manövergast gehalten, für ein hohes Tier, einen Militärattaché oder so.
»Und wo ist der hin?«
»Im Dunkeln verschwunden.«
»In Richtung Hotel?«
»Jawohl, Herr Oberstleutnant.«

Warum Kassian am nächsten Tag diesen Vorfall nicht gemeldet habe? Er habe nicht mehr daran gedacht. Auch später bei den Vernehmungen hätten alle immer nur von Zivilisten gesprochen, die sich da eventuell herumgetrieben hätten. Von einem Militärattaché sei nie die Rede gewesen.

VI

In München, im eher übelbeleumundeten Stadtteil Untergiesing in der Pilgersheimer Straße auf Nummer 11, befindet sich eine von der katholischen Kirche betriebene Sozialeinrichtung, die offiziell ›Männerübernachtungsheim‹, im Volksmund, jedenfalls in den einschlägigen Kreisen, aber schlicht das ›Pilgersheim‹ heißt. Es ist Zufall, daß sich dieses traurige Haus, das für viele oft die letzte Rettung vor dem Erfrieren ist, in der Pilgersheimer Straße befindet, ausgerechnet in der Straße mit diesem Namen, und dennoch ist die abgeschliffene Bezeichnung ›Pilgersheim‹ nicht ohne tiefen Sinn. *Wohnen* dürfen die bedauernswürdigen Pilger dort nicht, nur schlafen. Um acht Uhr früh werden sie von der mit Recht – es geht nicht anders bei solchen Dingen – strengen Hausleitung aus dem Haus geschickt – und ab und zu geworfen –, dann pilgern sie durch die Stadt, ziellos wie durch ihr ganzes Leben, pilgern ab und zu, eher selten und fast immer vergeblich zum Arbeitsamt oder pilgern zur Großmarkthalle, wo sie hoffen, für eine Stunde oder zwei beim Abladen von Obst oder Gemüse ein paar Mark zu verdienen, pilgern zu den mildtätigen Stellen, wo gratis Essen verteilt wird, pilgern zu ihren Stamm-Bettelplätzen, pilgern sehr häufig von Stehausschank zu Stehausschank, und nicht selten führt ihre Pilgerreise über den

Schnellrichter im Polizeipräsidium und die ebenfalls in Giesing gelegene Justizvollzugsanstalt – weil in der Stadelheimer Straße gelegen ›St. Adelheim‹ genannt – nach einigen Tagen oder Wochen zum ›Pilgersheim‹ zurück.
Ein paar gibt es im ›Pilgersheim‹, die genießen ein bescheidenes Privileg: während die normalen Pilgersheimer ihren Besitz, meist ein weder hechtgraues noch rosenrotes, sondern eher abfallolives Bündel oder einen Rucksack und ein paar Plastiktüten mitnehmen müssen, wenn sie in der Früh das Haus verlassen, dürfen einige, die sich durch brave Führung, relative Ordnung, womöglich Sauberkeit und Pünktlichkeit hervorgetan haben, ihre Habseligkeiten über Tag in einem Spind verwahren.
Lotzi gehörte zu ihnen.
Lotzi, erzählte der Leiter des Heimes der Polizei – ein katholischer Geistlicher – habe man sogar darüber hinaus die noch seltenere Vorzugsbehandlung angedeihen lassen, daß er sich mit der Adresse des Heimes polizeilich melden habe dürfen. Lotzi, der in Kreisen der Stammbewohner des ›Pilgersheimes‹ auch ›der Oberst‹ genannt wurde, sei ein ruhiger, sehr sauberer, aber verschlossener, alter Mann gewesen, der – auch weil er sich nie an den Besäufnissen beteiligte – deswegen bei manchen Kameraden als hochmütig galt. Lotzi – mit wirklichem Namen Łoczwadowski Michael – sei Ende Juli oder Anfang August verschwunden, sagte der Geistliche, genau wann, könne er nicht sagen; Buch geführt werde nicht, und sei bis heute, und jetzt haben wir Dezember, nicht wieder aufgetaucht. Ab und zu sei Lotzi auch früher schon ein paar Tage weggeblieben. Aber so lange nicht. »Als ich das«, sagte der Geistliche, »mit der Uniform in dem polizeilichen Aufruf in der Zeitung gelesen habe, ist mir sofort Lotzi eingefal-

len. An und für sich war Lotzi sehr wortkarg, aber einmal hat er mir doch erzählt, was in der verschnürten Schachtel war, die er in seinem Spind verwahrt hatte. Lotzi war für unsere Verhältnisse in ›Pilgersheim‹ geradezu penibel auf seine Garderobe bedacht, wenn man von den uralten Klamotten, die er hatte, überhaupt so reden kann. Einen großen Teil seiner ganz kleinen Rente gab er für Zwirn und Flicken und Knöpfe aus. Oft saß er da und flickte seine Sachen. Bügelte sogar. Das Bügeleisen hat er sich ausgeliehen. Die altmodische Formulierung: ›ärmlich, aber sauber‹ hat voll auf ihn zugetroffen. In der Schachtel hatte er eine tadellose Uniform, eine uralte, aber picobello gestriegelte und geschniegelte Uniform mit Tschako, Stiefel, Koppel, Säbel und ich weiß nicht was. Fragen Sie mich nicht, was es für eine Uniform war. Menschenskind, Lotzi, sagte ich oft zu ihm, da laufen Sie bei so einem Wetter in zerrissenen Schuhen herum. Ziehen Sie doch die tadellosen Stiefel an. – Nein, sagte er, wer weiß, wozu ich die noch brauchen werde. Hie und da verdiente er sich übrigens ein paar Mark, wenn er polnisch dolmetschen konnte. Nur wann braucht schon irgend jemand einen polnischen Dolmetscher.«
Der Spind Lotzis wurde von der Polizei geöffnet. Die verschnürte Schachtel fehlte.

VII

Michael Łoczwadowski, geboren 1890 in Krakau, Beruf: Oberst a. D., polizeilich gemeldet seit 1953 in München, zuletzt in der Pilgersheimer Straße 11, vorher wohnhaft in der ›Familienpension Frieda‹ in der Kaiserstraße in Schwa-

bing, 1953 aus den Vereinigten Staaten nach München zugezogen.
Über die amerikanische Vergangenheit Łoczwadowskis konnte mangels irgendwelcher näherer Angaben nichts in Erfahrung gebracht werden. Die ›Familienpension Frieda‹ gab es nicht mehr. Die Tochter ihrer verstorbenen Inhaberin konnte jedoch ausfindig gemacht werden. Sie erinnerte sich dunkel an den ›Herrn Oberst‹, einen Polen, der aus Amerika gekommen war und in der Familienpension ein ruhiges und bescheidenes Leben geführt hatte. Ob er etwas und wenn ja, was er tat, hatte man nie erfahren.
»Eine für damalige Begriffe nicht unerhebliche Summe aus dem Lastenausgleich oder so etwas hat er gehabt«, sagte die Tochter der Pensionsinhaberin, »aber er hat wohl von der Substanz gelebt. Am Dienstag und am Donnerstag hat er mit der Mutter immer Rommé gespielt. Die letzte Monatsmiete – war das 1958 oder 1959? – konnte er nicht mehr zahlen. Er hat meiner Mutter dafür zwei alte Bilder gegeben. Dann ist er ausgezogen. Ich habe die Bilder nach dem Tod meiner Mutter verkauft mit dem ganzen anderen Plunder aus der Pension. Sie können sich gar nicht vorstellen, was das für Zeug war. Uhren unter einem Glassturz. Samttischdecken mit Quasten. Zimmerlinden. Und eben die Bilder vom Herrn Oberst. An den Namen hätte ich mich nicht mehr erinnert. Aber Łoczwadowski oder so stimmt schon. Seine Eltern sind es gewesen, auf den Bildern. An das Bild mit dem Vater erinnere ich mich: in Uniform und mit einem Schnauzbart so groß wie ein Handfeger.«
Auch an die alte Uniform konnte sich die Tochter der verstorbenen Pensionswirtin erinnern. Schon damals habe er die Uniform, auch die Stiefel, den Tschako und den Säbel immer sorgfältig verwahrt gehabt – in einem Lederkoffer,

in einem sehr altmodischen Koffer aus ganz dickem Leder mit Messingbeschlägen. Der Koffer sei förmlich ein Wertstück gewesen, wahrscheinlich mehr wert als die dummen, alten, nachgedunkelten Bilder. Die Mutter hätte lieber den Koffer gehabt. Der Oberst habe geschwankt, habe sich aber dann doch lieber – wenngleich auch das schweren Herzens, könne man ja verstehen – von den Bildern getrennt, nicht vom Koffer. Wahrscheinlich habe er aber dann später den Koffer auch noch verkaufen müssen, in der Not. Daß der ›Herr Oberst‹ die Uniform jemals getragen habe, daran konnte sich die Tochter nicht erinnern. Hergezeigt habe er sie einmal. – Hechtgrau? Kann sein, Hechtgrau. Einzelheiten wisse sie nicht mehr, aber das, daß der Oberst gesagt hat: das sei seine Leutnants –, kann auch sein Oberleutnantsuniform aus dem Ersten Weltkrieg. Sie sei mehr als ein Andenken. Das sei seine Heimat.

VIII

Oberst a. D. Michael Łoczwadowski hatte einen Fremdenpaß gehabt. Seine Staatsangehörigkeit war, wie sich aus den Unterlagen des Paß- und des Ausländeramtes ergab, ungeklärt. Er wurde als ›staatenlos‹ geführt. Der Paß war bei den wenigen Habseligkeiten, die im Spind des Heimes in der Pilgersheimer Straße sichergestellt wurden, nicht dabei. Falls es sich bei dem Toten des Hotels ›Adlerhof‹ um den ehemaligen polnischen Oberst und noch ehemaligeren k. u. k. Leutnant oder Oberleutnant Łoczwadowski gehandelt hat, war also anzunehmen, daß er seinen Paß mitgenommen hat und daß er mit verbrannt ist.
Ein Paßbild war allerdings bei den Unterlagen des Auslän-

deramtes: ein langes, etwas unregelmäßiges, zerfurchtes Gesicht mit einer Adlernase.
Auf die Veröffentlichung des Bildes und eine neuerliche Beschreibung aller Umstände in den Zeitungen meldete sich ein Mann namens Vorländer bei der Polizei.
Er habe, sagte Herr Vorländer, wohl die Aufrufe mit dem Hinweis auf die komische Uniform nicht gelesen, sonst hätte er sich schon früher gemeldet. Auf das nun abgedruckte Bild hin erkenne er den Mann wieder, aber besonders gut erinnere er sich an die Uniform. Er habe schon fragen wollen: Gehen Sie im August auf einen Maskenball? Das sei ihm schon auf der Zunge gelegen, aber er habe es dann doch nicht gefragt, um den Mann nicht zu beleidigen.
Um das vorwegzunehmen: auf äußerst dringende Veranlassung des Amtsgerichtsdirektors Knöller wurde Herr Vorländer bald nach seiner Vernehmung ein zweites Mal vernommen. Bei der ersten Vernehmung war für Knöllers Begriffe nicht genau genug nach den Einzelheiten der Uniform gefragt worden. Das wurde das zweite Mal nachgeholt. Vorländer erinnerte sich gut: die Hose war *nicht* bestickt.
»Also!« sagte Knöller befriedigt, als sei der Fall damit geklärt, »österreichische, respektive cisleithanische Pantalons. Dann ist es klar: k. u. k. Infanterieregiment No. 13 ›Jung-Starhemberg‹.«
»Hochinteressant«, sagte Dr. Walther.
Es sei ihm aufgefallen, sagte Herr Vorländer, daß sich der Anhalter vorgestellt habe. Er sei viel beruflich unterwegs (Vertreter in Baumaschinen), immer allein, und er nehme zu seiner Unterhaltung gern Anhalter mit. Er habe schon unzählige Anhalter mitgenommen, aber daß einer, bevor er einstieg, sich vorgestellt habe, das sei ihm noch nie passiert.

Den Namen des alten Mannes allerdings habe er nicht behalten, weil er ihn gar nicht verstanden habe.
Die ganze Sache, gab Herr Vorländer zu Protokoll, sei ihm natürlich äußerst merkwürdig vorgekommen. An und für sich nehme man als erfahrener Autofahrer selbstverständlich keine offensichtlichen Narren mit. »Wer weiß, was so einer macht im Auto, ob er nicht einen Anfall kriegt oder weiß der Himmel was bei sich hat, das entweder verboten ist oder noch im günstigsten Fall zu stinken anfängt.« Nein, so Spinner nehme er nicht mit, doch der Alte in seiner Uniform am Straßenrand habe *so* komisch ausgeschaut, daß er – Vorländer – quasi automatisch gebremst habe, und als er gemerkt habe, daß das nur ein Narr sein könne, habe der Narr schon gemerkt gehabt, daß er – Vorländer – gebremst habe, habe so bittend und erwartungsvoll geschaut, daß er sich vor sich selber geniert habe, weiterzufahren. Dann sei der Alte an das Auto herangetreten, habe sich mit einer knappen Verbeugung vorgestellt – was Vorländer, wie gesagt, noch nie passiert sei in all den Jahren –, und dann sei es zu spät gewesen, abzuwinken, ohne daß der Alte gekränkt gewesen wäre.
»So *direkt* ins Gesicht hinein beleidigen«, berichtete Herr Vorländer, »kann ich niemanden.«
»Gestatten – Łoczwadowski, Oberst Michael Łoczwadowski, erlauben Sie die Frage: Wie weit belieben Sie zu fahren?«
Er habe mit Akzent gesprochen, mit so einem angenehmen, rauhen Akzent. Er – Vorländer – kenne sich zwar im Bereich Baumaschinen aus, nicht aber bei Sprachen. Was für ein Akzent das war? Das könne er nicht sagen. »Es gibt einen Schauspieler, ich kann mich jetzt an den Namen nicht erinnern, der erzählt jüdische Witze mit dem Akzent.«

»Bis Berchtesgaden«, sagte Vorländer.
»Erlauben Sie, daß ich Ihnen Gesellschaft leiste? Bis Berchtesgaden?« fragte der Alte.
Das habe er wörtlich gesagt; nicht: Nehmen Sie mich mit? Oder sowas, oder gar nichts, nur fragend geschaut wie die meisten Anhalter, braucht man ja nichts fragen, ist ja eh klar, was sie wollen, sondern: »Darf ich Ihnen Gesellschaft leisten?«
Am Rand der Straße stand hinter einem Busch eine mit Spagat zugebundene Schachtel.
»Steigen Sie ein –«, sagte Vorländer. »Gehört die Schachtel dort Ihnen?«
»N – nein«, sagte Łoczwadowski zögernd und stieg, den Säbel klemmte er zwischen die Beine, in das Auto ein. Im Auto nahm er den Tschako ab und hängte ihn wie auf einen Kleiderhaken über den Griff des Säbels
Abgesehen von seinem Äußeren, erzählte Herr Vorländer, sei der Unterhaltungswert des Offiziers gleich Null gewesen. Trotz einiger Anläufe von seiner – Vorländers – Seite, sei ein Gespräch nicht zustande gekommen.
»Recht warm jetzt«, sagte Vorländer.
»Jawohl«, sagte der Alte.
»Das tut ganz gut, nach dem ganzen Regen in den letzten Wochen«, sagte Vorländer.
»Ihrer Meinung«, sagte der Alte.
Im Übrigen habe sich der Alte völlig korrekt verhalten, habe weder einen Anfall bekommen noch gestunken. In Berchtesgaden, bevor man in den Ortsbereich kam, habe der Alte gebeten, aussteigen zu dürfen. Er – Vorländer – habe angehalten. Der Alte sei ausgestiegen, habe die Haken zusammengeschlagen, salutiert und gesagt: »Erlaube mir verbindlichst zu danken.«

Im Rückspiegel habe Vorländer dann gesehen, daß der Alte eine kleine Landkarte aus einer Tasche seiner Uniformbluse gezogen, sie entfaltet und studiert, sich dabei umgesehen habe. Offenbar habe er begonnen, sich im Gelände zu orientieren.
Er – Vorländer – habe nach längerem Nachdenken über den kuriosen Fall angenommen, daß es sich bei dem Offizier um irgendeinen ausländischen Militärbeobachter der Manöver gehandelt habe, der seinen Transport oder was verpaßt und kein inländisches Geld dabei gehabt hat und deswegen – was ihm ja sichtlich peinlich war – per Anhalter schauen mußte, daß er zu den Manövern käme. Daß es sich um einen Spion handeln könne, habe er – Vorländer – schon auch überlegt, den Gedanken jedoch sofort verworfen. Ein Spion wird sich ja nicht gerade anziehen wie ein bunter Hund.
Der spagatverschnürte, weiße Karton, von dem Herr Vorländer gesprochen hatte, wurde – durchweicht – an der angegebenen Stelle gefunden. Er enthielt Kleidungsstücke. Der Heimleiter des ›Pilgersheimes‹ identifizierte sie mit Sicherheit als die, die Lotzi getragen hatte.

IX

Michael Łoczwadowski, Oberleutnant im k. u. k. Infanteriereregiment No. 13 ›Jung-Starhemberg‹, stieg – der Weg war für den alten Mann in der unbequemen und ungewohnten Uniform eher beschwerlich – an den letzten Häusern des Ortes vorbei die Berglehne hinauf. Ab und zu begegnete ihm ein sonntäglicher Spaziergänger. Łoczwadowski achtete nicht darauf. Wenn aber – was nicht oft vor-

kam – ein militärisches Fahrzeug herannahte, trat er hinter einen Busch oder hinter einen Stadel und wartete, bis es außer Sichtweite war.
Die kleine Landkarte brauchte er nicht mehr zu Rate zu ziehen. Er hatte sich einmal den Weg eingeprägt, und das behielt er.
Als ein kleiner Steig von der geteerten Straße abzweigte, folgte Łoczwadowski diesem Steig, der ihn bald in den Wald führte. Auf einer Bank ruhte er aus, nahm den Tschako ab, wischte mit dem ärarischen Taschentuch innen über den Mützenrand und legte den Tschako mit der Öffnung nach oben neben sich. Den Säbel legte er über die Knie und schaute ins Tal. Ein leichter Wind kam auf, fuhr in die Bäume und schüttelte sie. Łoczwadowski empfand den Luftzug als kühlend und angenehm.
Es war eines zum anderen gekommen, und rückschauend erschien Łoczwadowski die Entwicklung als folgerichtig und vielleicht sogar vorbestimmt. Gibt es eine Vorherbestimmung? Glaubte der Oberst an Gott? Łoczwadowski war katholisch, er glaubte an Gott in der quasi dienstpragmatischen Form, wie ihn die k. u. k. Armee für ihre Angehörigen römisch-katholischer Konfession vorschrieb. Der kürzeste und schlüssigste Extrakt dieses Glaubens war das Kommando: Helm ab zum Gebet.
Łoczwadowski konnte sich Gott nicht anders als einen höchsten, allerdings gütigen und etwas weltfernen Generalstabschef vorstellen (in flaschengrüner Uniform, versteht sich), als eine Art Über-Radetzky. Es gibt – nicht, daß sich Łoczwadowski Gedanken darüber gemacht hätte, das ist nur die Umgrenzung der Seelenwelt des alten Offiziers, zu der er gekommen wäre, wenn er darüber nachgedacht hätte – es gibt den Gott der französischen Armee, der

ähnelt natürlich Napoleon, hält die Tricolore und reitet bleich über die elysischen Felder, hinter ihm der Knochenmann, der die Marseillaise bläst und die alten Krieger aus ihren Gräbern weckt; es gibt den Gott der britischen Armee, Her Majesty's Own God, eine Art Lord Nelson mit einerseits heroischen Zügen, anderseits verhaltenem Club-Charakter; dann gibt es den bekannten preußischen Gott, hat ihn zumindest gegeben, der finster am Rhein saß und im wesentlichen damit beschäftigt war, das Eisen wachsen zu lassen. Der k. u. k Gott in flaschengrüner Generalstabsuniform war eher ein gemütlicher Herr, sofern alle Vorschriften genau befolgt und keine unangenehmen Turbulenzen verursacht wurden. In seiner Freizeit spielte er wahrscheinlich Tarock oder Preferenzeln.

Als Łoczwadowski vor etwas mehr als einer Woche so wie jetzt über dem Tal (nur nicht in Uniform natürlich) auf einer Bank in den Isaranlagen in der Nähe der Maximilianskirche gesessen war, im Regen, und in die durchweichte ›Abendzeitung‹, die irgend jemand auf der Bank liegengelassen hatte, ohne sie anzufassen hineinschaute, achtlos und gedankenlos auf die Zeitung schaute und die Notiz über die bevorstehende Beschießung des Hotels ›Adlerhof‹ las, war ihm klar – nach dem, was vorhergegangen war an dem Vormittag –, daß diese Notiz eine Art Gestellungsbefehl des Alten Herrn in Flaschengrün war, die letzte Einberufung zur Großen Armee.

Natürlich waren damals, in den Jahren vor dem Ersten Weltkrieg und dann erst recht im Krieg, die panslawistischen Gedanken und Feuerfunken auch in den Offizierskasinos der galizischen Regimenter umgegangen. Im Gegensatz aber zu den kroatischen oder gar den tschechischen Soldaten zündeten diese Funken bei den Polen kaum jemals. Das beschämende Verhalten des Infanterieregiments No. 11, des Prager Hausregiments, das mit ›klingendem Spiel‹, mit allen Fahnen geschlossen zu den Russen überlief, wiederholte sich bei den polnischen Regimentern im ganzen Krieg nie. Die Polen hatten sich im Schoß der habsburgischen Monarchie immer wohl gefühlt, und die Proklamation einer selbständigen polnischen Republik wurde zwar nicht ablehnend, aber mit recht gemischten Gefühlen begrüßt.

Dennoch trat Łoczwadowski, dem als Berufsoffizier auch gar nicht viel anderes übrigblieb, in die neue polnische Armee über, wurde im gleichen Rang als Oberleutnant übernommen und durfte die ›Große Silberne‹ mit dem Bild Kaiser Franz Josephs auch auf der neuen Uniform tragen. 1939, als die Deutschen – für einen Großteil der Polen hieß das: die Preußen – und die Russen gemeinsam über Polen herfielen, war Łoczwadowski Oberst, wehrte sich, so gut es ging, wie dieses ganze tapfere Volk, floh nach dem Zusammenbruch des polnischen Widerstandes mit vielen seiner Kameraden über die noch freie Südgrenze nach Rumänien, später nach Frankreich, nach Amerika.

Ein politischer Kopf war Łoczwadowski nie gewesen. Auf eine derartige Ausbildung hatte die k. u. k. Kadettenanstalt keinen Wert gelegt. In Amerika verfolgte Łoczwadowski die Nachrichten in den Zeitungen und wunderte sich nur, daß man 1945 nicht die Gelegenheit ergriff, in dem ganzen Durcheinander die alte Habsburger Monarchie wieder aufzurichten, um Ordnung und Geborgenheit neu herzustellen. Zur polnischen Legion hatte sich Łoczwadowski wohl gemeldet, da war er jedoch schon gesundheitlich recht angeschlagen gewesen. Man hatte ihn nicht gerade abgelehnt, aber eigentlich auch nicht genommen. Die Alliierten legten

keinen Wert auf marode alte Offiziere. Manchmal hatte man den Eindruck, sie legten keinen Wert auf die Polen überhaupt. Nach dem Krieg kehrte Łozwadowski nach Europa zurück. Das kommunistische – russische, sagte der Oberst – Polen kam für ihn nicht in Frage. Am liebsten wäre er nach Wien gezogen oder nach Graz, aber in Österreich bekam er keine Rente, wohl aber in der neuen Bundesrepublik. So ging er nach München.
Den Koffer mit seiner alten österreichischen Uniform hatte er mit ein paar anderen Sachen nicht nur über die polnisch-rumänische Grenze weg, sondern auch über die ganze schwere Zeit hin gerettet.
Heute vormittag war er in die Stadt gegangen. Trotz des kalten Regens hatte er geschwitzt. In der Passage vom ›Loden-Frey‹ hatte er sich müde an einen der Pfeiler gelehnt. Wenn er sonst müde war von seinen ziellosen Spaziergängen durch die Stadt, setzte er sich immer auf eine Parkbank, die waren heute jedoch alle triefend naß. Also lehnte er sich an einen Pfeiler. Er nahm seinen Hut ab, wischte sich die Stirn mit dem Taschentuch. Er schloß die Augen für einen Moment. Als er sie wieder öffnete, sah er, daß ein Passant ein Markstück in den zufällig wie einen Topf hingehaltenen Hut geworfen hatte.
Łoczwadowski nahm das Markstück aus dem Hut. Es kam ihm vor, als glühe es. An einem anderen Pfeiler der Passage saß ein einbeiniger Greis und verkaufte selbstgezeichnete Postkarten. Der Alte war dem Obersten schon oft aufgefallen, weil er immer an dieser Stelle saß und sommers wie winters eine dicke lederne, pelzgefütterte Fliegermütze trug. Den straffen Kinngurt der Mütze hatte der Alte umgeschnallt, die Brille hatte er auf die Stirn geschoben. Die schneidigen Kameraden vom k. u. k. Fliegercorps hatten

solche Mützen gehabt. Einen hatte er einmal auf einem seiner letzten Urlaube in Wien näher kennengelernt: Gottfried, Freiherr von Banfield. Er sei, hatte er später gehört, bei der Niederschlagung der Insurrektion von Cattaro mit seinem Aeroplan abgestürzt und umgekommen.
Łoczwadowski warf dem Alten in der Fliegermütze das heiße Markstück zu. Der Alte dankte und hielt dem Oberst eine Handvoll Postkarten hin zur Auswahl. Łoczwadowski nahm aber keine, rannte hinaus in den Regen.
Noch zielloser als sonst lief er durch die Stadt, wagte nicht stehenzubleiben. Das Schlimmste ist, dachte er immer wieder, daß die Zeit nicht vergeht. An der Maximilianskirche setzte er sich, obwohl in andauerndem Regen, auf eine Anlagenbank. Die Turmuhr der Kirche zeigte dreiviertel Vier. Erst um fünf Uhr durfte man ins ›Pilgersheim‹.
Da sah Łoczwadowski seinen Einberufungsbefehl in der durchnäßten ›Abendzeitung‹, die jemand hier liegengelassen hatte.

X

Der k. u. k. Oberleutnant Łoczwadowski setzte seinen Tschako wieder auf und stieg durch den Wald weiter hinauf, bis er das Hochplateau erreichte, auf dem das Hotel stand. Sein geübtes Auge machte die Wachtposten aus. Er prägte sich ein, wo sie standen, dann suchte er sich einen Heustadel, in den er nicht ohne Mühe kletterte, um sich für ein paar Stunden hinzulegen. »Herr Oberleutnant«, hörte er seinen Burschen sagen, »legen Sie sich aufs Heu. Ich setz' mich vor den Stadel. Ich wecke Sie. Es geht früh genug los.«
Der Bursche war ein braver Kerl gewesen. Geldzahler

hatte er geheißen, ein galizischer Jude. Später, es könnte um 1930 gewesen sein, hatte er ihn zufällig in Krakau wiedergesehen. Er habe geheiratet, erzählte er freudig, vier Kinder, einen Schusterladen aufgemacht in einem kleinen Nest in der Nähe der Stadt. Er wird es wohl auch nicht überlebt haben, er und seine Familie, dachte Łoczwadowski. Dabei hieß er Siegfried.

Es war wenig Heu in dem Stadel. Łoczwadowski raffte in einer Ecke einige Bündel zusammen und machte es sich bequem. Er gab sich den Befehl: zwei Uhr.

Pünktlich um zwei Uhr wachte er auf, klopfte sich das Heu von der Uniform, schnallte den Säbel wieder um und kletterte hinaus. Es war eine sternklare Nacht. Mit zwei Blicken hatte sich Łoczwadowski orientiert. An der Wache vorbeizukommen, war kein Problem. Den Kommandoton beherrschte er noch.

Das Hotel war nicht verschlossen, die große Eingangstür sogar nur angelehnt.

Łoczwadowski stieg in den ersten Stock hinauf und schaute aus dem Fenster.

Um fünf Uhr krachte die erste Salve. Sie war zwanzig, fünfundzwanzig Meter zu kurz. Sand und Geröll prasselte gegen die Front des Hotels, zertrümmerte ein paar Fensterscheiben. Die nächste Salve war zu weit, sie ging hinter dem Hotel nieder.

»Ihr habt auch zuviel Pulver«, sagte Łoczwadowski und zog den Säbel. »Auf!« schrie er, »es geht los!«

Die Einschläge hagelten. Die ersten Geschosse trafen das Haus. Die Erde dröhnte. Da sprang die große Doppeltür zum Nebenzimmer auf. »Majestät!« schrie Łoczwadowski, »Sie hier? Majestät – bringen Sie sich in Sicherheit –«

»Oberleutnant Łoczwadowski? Oder?« sagte der Kaiser. –

Loczwadowski traten die Tränen in die Augen: der alte Kaiser hatte ihn erkannt, obwohl er ihm nur ein einziges Mal begegnet war, bei den Kaisermanövern 1913. »Zu Befehl, Majestät«, konnte Łoczwadowski sagen und bemühte sich, dem Monarchen seine Rührung nicht anmerken zu lassen.
»Brav, brav«, sagte der Kaiser, klopfte dem Oberleutnant auf die Schulter und ging hinaus. Als die Tür zufiel, wurde die Musik lauter. Die Trompeten züngelten die alte, die süße, die herzbewegende Melodie über dem alles mitreißenden Rhythmus der Bässe: der Radetzkymarsch.
»Jetzt!« schrie Łoczwadowski, »jetzt Leute, kann nichts mehr passieren!« Er wandte sich wieder ans Fenster. »Es lebe Seine Majestät, der Kaiser! Sprung auf, marsch – marsch!«
Die Trompeten gellten auf. Die nächste Salve traf das Hotel voll. Die Mauern barsten, legten sich zur Seite und sanken langsam nach innen.
Die Sonne ging über den Bergen auf. »Sie haben sich brav gehalten«, sagte der auch schon längst pensionierte Gott in Flaschengrün, als sich sein letzter Oberleutnant des k. u. k. Infanterieregiments No. 13 ›Jung-Starhemberg‹ endlich zur Stelle meldete.

Bilanz

So einen Entschluß faßt man nicht spontan. Das heißt: es mag sein, daß hie und da so ein Entschluß spontan gefaßt und auch ausgeführt wird. Bei einem Mann wie Raimund Späth reift so ein Entschluß langsam heran, schleicht sich zunächst ungenannt in das Bewußtsein ein und wächst unheilbar wie der Krebs. Eines Tages ist dann der Entschluß da, ohne daß er eigentlich gefaßt ist. Es ist fast falsch, *Entschluß* zu sagen. Es war keine Aktivität der Gedanken mehr dabei, es war ein Zustand. Es war eben einfach so. Was man allenfalls hätte Entschluß nennen können, also einen datierbaren Einschnitt in Herrn Späths Bewußtsein, war die endgültige Bereitschaft, die bisherige Entwicklung anzuerkennen und den Lauf der Dinge nicht mehr aufzuhalten. Das war an einem Dienstag gewesen. An einem Dienstag – vormittags gegen zehn Uhr – nannte Späth die Dinge, oder vielmehr: das Ding, für sich beim Namen, nannte in Gedanken das Wort. An sich hatte der Dienstag keine Bedeutung für Raimund Späth. Er saß an Dienstagen genauso an seinem alten Schreibtisch wie an allen anderen Wochentagen und oft auch am Sonntag. Aber an den Dienstagen, genauer gesagt an Dienstagvormittagen schrien immer die Schweine. Späth vermied deshalb nach Möglichkeit, am Dienstagvormittag zu Hause zu sein, aber manchmal war es unumgänglich, wenn er dringende Arbeiten erledigen mußte. Raimund Späth war Buchhalter. Er lebte seit dem Krieg in dieser merkwürdigen kleinen Stadt in den Bergen,

in die er, damals noch ein junger Mann, in den Nachkriegswirren verschlagen worden war. Es war eine dunkle, graue und braune Stadt mit hohen Türmen und finsteren Toren. Alles in jener Gegend hatte etwas Gewaltsames: der Wechsel der Jahreszeiten war jedesmal ein Ringen und Toben der Elemente, eine blutige Revolution der Natur. Auch die Jahreszeiten selber, die niederschmetternde Hitze des kurzen Sommers und die unmäßige Kälte des langen Winters, die wie Keulenschläge aufeinanderfolgten, waren wie von einer düsteren, blinden Wut. Einen Frühling gab es fast nicht, der Herbst war kurz, dafür allerdings in manchen Jahren in den finsteren Wäldern um den Ort überirdisch schön, auch wieder fast gewaltsam schön, wenn einsame Bussarde über die flammenfarbenen Moore kreisten. Der Ort war zu den üblichen Ferienzeiten im Winter und im Sommer einige Wochen lang von Fremden überschwemmt, die ein unpassendes, aufgesetztes, hektisches Leben in die Stadt brachten. Außerhalb der Saison war der Ort tot. Die feindseligen Alteingesessenen zogen sich dann in ihre großen steinernen Häuser mit den alten eisernen Schwellen zurück wie Wespen in ihr Nest.
In diesen Ort war Raimund Späth gekommen, als er Ende der Zwanzig war. Heute war er einundfünfzig. Es war nicht zu leugnen, daß er es zu nichts gebracht hatte. Man brachte es hier in den seltensten Fällen zu etwas, wenn man nicht ein Alteingesessener war oder wenigstens eingeheiratet hatte. Späth hatte sich als Buchhalter etabliert, und zwar als quasi Wander-Buchhalter. Er machte für ein paar mittlere und kleinere Läden und Handwerker, bei denen es sich nicht rentierte, einen festen Buchhalter einzustellen, die Bilanzen und für manche auch die Korrespondenzen, was eben so anfiel. Bei manchen seiner Kunden arbeitete er

dort, meistens nahm er die Sachen jedoch mit nach Hause, wo er dann vor seinem alten dunkelbraunen Schreibtisch saß, den er einmal beim Konkurs eines seiner Kunden für seinen ausstehenden Lohn bekommen hatte.

Bald nachdem er in den Ort gekommen war, hatte Späth geheiratet. Auch seine Frau war keine Alteingesessene. Sie war ein paar Jahre älter als er, heute war sie eine Greisin. »Sie ist eine Greisin«, sagte Späth oft zu sich selber, »eine Greisin.«

Kinder hatten sie nicht. Seit langer Zeit – genau gesagt: seit vier Jahren nach ihrer Hochzeit – wohnten sie in dieser Wohnung in einem kleinen Haus, das dicht am Fuß des Hügels stand, der die eigentliche Altstadt trug. Sie hatten zwei Zimmer. Die Fenster beider Zimmer gingen auf die alte, fahlgelbe Quadermauer hinaus, die einen fast burgartigen Bau stützte, der sich gewaltig über dem kleinen Haus erhob. Zwischen dem Haus und der Quadermauer zog sich ein schmaler Weg nach rechts die Mauer hinauf entlang, der bald zur Stiege wurde und in eines der finsteren Tore mündete. Der Weg und die Quadermauer waren die einzigen Ausblicke der Wohnung. Wenn man sich aus dem Fenster beugte und steil nach oben sah, konnte man den Turm der Burg, die Erker und auch den Himmel sehen.

Doch die Wohnung war eben billig. An den engen Ausblick hatte sich Späth gewöhnt, nicht daran gewöhnt hatte er sich, daß am Dienstag immer die Schweine schrien. In der alten Burg nämlich war ein Metzger, der nicht im Schlachthof, sondern im eigenen Haus schlachtete. Die Schlachträume gingen hinten hinaus und hatten ihre Fenster ziemlich genau über dem kleinen Haus mit Späths Wohnung. Dieser Metzger schlachtete jeden Dienstag. Späth hatte es nie gesehen, aber die Geräusche waren so

deutlich, so plastisch, daß er sich alles genau vorstellen konnte. Die Schweine, die wohl ihr Schicksal ahnten, wurden in den heißen, dampfenden, gekachelten Raum getrieben. Die Metzgergesellen sangen und schrien dabei, trieben vermutlich rohe Späße mit den Tieren, die, sobald das erste abgeschlachtet wurde, gräßlich zu schreien anfingen. Kälber und Rinder blökten offenbar nur ganz kurz, und dann war es vorbei. Schweine aber schrien. Es war ein hohes, quiekendes, irgendwie würdeloses Schreien, das leider manchmal sehr menschlich klang. Dann kamen die dumpfen, satten, schmatzenden Schläge. Manchmal entkam, schien's, den Metzgern ein Schwein. Es raste dann wohl verzweifelt im Schlachtraum herum. Es war jedesmal eine große Gaudi für die Metzger, die johlend das Schwein wieder fingen. Immer weniger Schweine schrien, zum Schluß nur noch eins, dann noch ein satter, saftiger Schlag, und es war vorbei bis zum nächsten Dienstag.
Anfangs war dieser Dienstagvormittag Raimund Späth auf die Nerven gegangen. Er konnte dann nicht arbeiten, ging außer Haus. Mit der Zeit aber überwand er es, gewöhnen konnte er sich nie daran, und den Schinken kaufte er immer bei einem anderen Metzger, obwohl der Schinken des Metzgers in der Burg als der beste galt.
Raimund Späth hatte es zu nichts gebracht. Nicht, daß er nicht fleißig gewesen wäre, es waren eben die Möglichkeiten beschränkt. Es gab außer ihm noch zwei oder drei freie Buchhalter in dem Ort. Die Kunden wurden aber nicht mehr. Es war nicht zu übersehen, daß Späth vor einigen Jahren das volle Maß seiner Möglichkeiten ausgeschöpft hatte. Mehr würde er nicht erreichen. Es zeichnete sich eher ein Abwärtstrend ab, denn die mittleren Unternehmen wuchsen, stellten feste Buchhalter an, und Späth war

ja auch nicht mehr der Jüngste. Er versuchte, seinen Tätigkeitsbereich geographisch zu erweitern. Er mußte sich deswegen ein Motorrad, später wegen seines Nierenleidens statt dessen ein kleines Auto anschaffen, und das schluckte fast mehr, als die Arbeit in den Nachbargemeinden brachte. Als es einmal ganz schlecht aussah – das war vor zwei Jahren gewesen, als Späth binnen eines Monats vier Kunden verloren hatte –, ließ er sich von einem kleinen Winkeladvokaten, einem seiner ältesten Kunden, der nebenbei auch ein wenig Grundstücke makelte und – meist halbseriöse – Geschäfte vermittelte, dazu verleiten, ›Steuermanipulationen‹ mitzumachen. Der Winkeladvokat war auf ein gewisses System gekommen, wie man Steuerrückvergütungen erschwindeln konnte; das konnte er jedoch nicht ohne seinen Buchhalter verwirklichen. Er bot also dem Buchhalter die Beteiligung an dem angeblich harmlosen und völlig ungefährlichen Schwindel an. Raimund Späth stand vor der Wahl, entweder das illegale Geschäft mitzumachen oder in dem Monat den fünften Kunden zu verlieren. Er hätte dann wohl auch das Auto hergeben müssen, hätte die Arbeit bei den Kunden außen nicht mehr machen können; das Fernsehgerät und eine etwas voreilig angeschaffte Sitzgarnitur in gestreiftem Kunstleder waren noch abzuzahlen … Späth konnte nicht anders, als die Beteiligung an des Winkeladvokaten Manipulationen zu akzeptieren. Er konnte nicht anders, aber kriminell war es, streng genommen, doch.

Vielleicht war das damals der heimliche Anfang des Entschlusses, denn Späth gewöhnte sich an den Gedanken, daß er Mitwisser und sogar Gehilfe eines gar nicht so arg kleinen Betruges war, fast noch weniger als an das Geschrei der Schweine am Dienstagvormittag, zumal die Ausbeute aus

dem Schwindel für Späth eher kärglich war. Der Winkeladvokat hielt ihn kurz, denn leider konnte Späth nicht verbergen, daß er mehr Angst hatte als sein schäbiger Kunde.
Zwei Jahre ging der Schwindel gut. Er ging auch noch dieses Jahr gut, aber Späth, der ja in mehrere Betriebe Einblick hatte und dadurch auch einen besseren Überblick über das Gebaren des Finanzamtes, bemerkte so um den 1. März herum – vorsichtige Anfragen bestätigten seine Beobachtung – daß die Revisoren nur Firmen, die mit G anfingen, überprüften. Sie machten also heuer nicht Stichproben wie sonst, sondern hatten sich eine zwar zufällige, aber fest umrissene Gruppe herausgegriffen. Späths Winkeladvokat hieß Grillhuber (*Dr.* Grillhuber ließ er sich nicht ungern nennen, obwohl er keinen »Doktor« hatte). Es wäre vielleicht noch Zeit gewesen, wenn schon nicht den ganzen Schwindel, so doch seinen Umfang durch neuerliche Manipulationen zu vertuschen. Aber Raimund Späth wollte nicht mehr.

Irmgard war Verkäuferin in einem kleinen Papier- und Zeitungsladen (nebst Leihbücherei), den Späth ›buchhalterisch‹ – merkwürdigerweise wird das Wort unter Buchhaltern in jenem Landstrich auf der dritten Silbe betont – betreute. Späth kannte – als Bearbeiter ihrer Lohnunterlagen – selbstverständlich ihre Daten. Sie war genau in dem Monat geboren, in dem er in die Stadt gekommen war. Ein Vierteljahr, nachdem Späth sie zum ersten Mal gesehen hatte, sagte er ihr das. Irmgard schien nicht beeindruckt. Späth bereute es sofort, so etwas offensichtlich Plumpes gesagt zu haben.
»Ich meine nur«, sagte er, und machte wohl alles nur schlimmer, weil er bis über die Glatze rot dabei wurde, »ich meine nur: was für ein Zufall.«

Späth glaubte sich nicht zu täuschen, als er das nächste Mal, das er in den Laden kam, Irmgard und die andere Verkäuferin hinter seinem Rücken kichern hörte. Ein Mann von einundfünfzig Jahren, auch wenn er nur Buchhalter, klein, glatzköpfig und kurzsichtig ist, kann verliebt sein wie ein Zwanzigjähriger. Aber wehe, wenn er es zeigt. Die Zwanzigjährigen balzen auf der Straße herum, und alles lächelt: »San halt a so, die jungen Leut'.« Bei einem Einundfünfzigjährigen heißt es nur: »Der verliebte alte Trottel.« Jahrhunderte der Commedia dell'arte haben davon gelebt, sich über einen alten Mann lustig zu machen, dessen einziges Verbrechen darin bestand, auch verliebt zu sein. Warum? Es scheint, als sei Jungsein ein Verdienst. »Die Menschheit ist ein primitives Volk«, dachte sich Raimund Späth. Es war einer seiner Lieblingssprüche: »›Die Menschheit ist ein primitives Volk.‹ Vielleicht werde ich mir das auf den Grabstein meißeln lassen.«

So kam alles zu allem, und eines Dienstagvormittags, als aus dem düster-fahlgelben Turm die Schweine schrien, faßte Raimund Späth den Entschluß. Das heißt: er stellte fest, daß er den Entschluß gefaßt hatte. Es war ein finsterer Märztag, der Schnee war schon aufgeweicht, aber der Himmel war mit jenen schwefelfarbenen Wolken verhangen, die einen Schneesturm ankündigen, der dann auch bald kam und die Welt in die kalte Enge des tiefen Winters zurücktrieb. Es gibt Momente, in denen auch ein Wander-Buchhalter von einundfünfzig Jahren ›außer sich‹ ist. Raimund Späth sah zwei Gestalten draußen im beginnenden Schneegestöber: ein junges, schlankes Mädchen in hohen engen Stiefeln, wie sie jetzt Mode waren, und einen alten Mann in einem abgetragenen Fischgrätenmuster-Mantel, mit einer abgewetzten Aktentasche und auf dem Kopf einen viel zu breitrandigen,

braunen Hut. Es half nichts, daß der alte Mann den unkleidsamen Hut abnahm, denn die Glatze darunter war noch weniger kleidsam. Irmgard und der Buchhalter Späth. Es war außer jeder Frage, daß er – Späth – keine *Attraktion* für Irmgard war und auch nie werden konnte. Vielleicht war der Moment dieser Erkenntnis der Moment, in dem es sich in Raimund Späth entschied, ›freiwillig aus dem Leben zu scheiden‹, wie es verschämt in bürgerlichem Sprachgebrauch heißt. Da war aber noch eine dritte Gestalt im Schnee: ein kleiner schwarzer Schatten. Der sollte später Bedeutung erlangen.
Raimund Späth entschied sich fürs Erhängen. Als Ort wählte er den Dachboden. Dort war ein geeigneter freier Balken in genügender Höhe. Späth kaufte eine Wäscheleine und nahm einen Hocker mit auf den Dachboden. Er würde auf den Hocker steigen und, nachdem er die zuvor am Balken befestigte Schnur um den Hals geschlungen hatte, den Hocker mit dem Fuß wegstoßen. Die Wäscheleine war, in saubere Schlingen gelegt, in eine Klarsichtfolie verpackt. Späth beließ sie vorerst in der Folie, die Leine sollte nicht staubig werden. Späth wollte sich nicht mit einer staubigen Leine aufhängen, und es war noch einiges zu tun. Er verwahrte die Leine und den Hocker in einer Ecke des Dachbodens und stieg wieder hinunter.

Ein Testament brauchte Späth nicht zu machen, denn erstens hatte er nichts, und zweitens war ja nur seine Frau da, und die war Erbin von Gesetzes wegen. Die Lebensversicherung war in Ordnung. Margarethe Späth würde nicht viel bekommen, aber sie würde nicht verhungern. Sie konnte außerdem nach seinem Tod das eine Zimmer untervermieten. Die Lebensversicherung wurde auch fällig –

Späth las nochmals genau den Versicherungsvertrag durch (auch das Kleingedruckte) – »wenn der Tod des Versicherungsnehmers durch dessen eigene Hand eintritt«. Mit den monatlichen Versicherungsbeiträgen war Späth immer, auch in schlechteren Zeiten, auf dem laufenden geblieben. Das Finanzielle war soweit klar, nur: der neue Herd und das Farbfernsehgerät waren noch nicht abbezahlt. Der Herd war dringend notwendig gewesen, das Farbfernsehgerät hatte Margarethe – kaum daß jenes Gerät, von dem oben die Rede war, bezahlt war – ertrotzt. Margarethe liebte Quiz-Sendungen, und es war ihr unerträglich, daß sie einen bestimmten Quiz-Meister, jetzt, wo das möglich war, nicht in Farbe sehen konnte. Die Begründung Margarethes, das Gerät amortisiere sich dadurch, daß sie bei sämtlichen Fernsehlotterien und ähnlichem mitmache, bestach Raimund nicht, denn Margarethe hatte bislang nicht mehr als einmal einen Kugelschreiber und zweimal eine Großpackung Waschpulver gewonnen. Nichts konnte Raimund Späth aber gegen das Argument Margarethes einwenden: sie habe ja sonst nichts vom Leben. Also wurde das Fernsehgerät gekauft. Für den Herd waren nicht mehr viel Raten zu bezahlen, wohl aber für den Farbfernseher. Auch das, beschloß Raimund, wird er vorher noch bereinigen. Er rechnete nach, zählte die Raten zusammen und kalkulierte den Nachlaß für vorzeitige Ratenzahlung ein: wenn er sein Auto günstig verkaufen konnte, würde er die noch ausstehenden Raten bezahlen können.
Er befestigte einen Anschlag mit Kaufpreis usw. innen am Fenster seines Wagens, rückte auch eine kleine Annonce in das Bezirksblatt ein. Das Wichtigste aber: er wickelte seine Geschäftsbeziehungen zu den Kunden außerhalb der

Stadt – die er ohne Auto nicht mehr bedienen konnte – ab. Es war ihm schmerzlich, doch irgendwie befriedigte ihn dieser ordentliche, saubere Abschied, von dem niemand etwas ahnte. Bei allen auswärtigen Kunden ging die Abwicklung schnell vor sich, nur bei einem war die Jahresbilanz zu erstellen, bei der gewisse Schwierigkeiten auftauchten. Ein anderer Buchhalter hätte unverhältnismäßig lange gebraucht, sich einzuarbeiten. Späth hätte es als unkorrekt betrachtet, diese Bilanz nicht mehr zu erledigen. Am 30. April mußte die Bilanz erstellt sein. Späth setzte also den Termin seines Selbstmordes auf den 1. Mai fest. Dummerweise war gerade dieser Kunde (es war ein allumfassender Lebensmittel- und Landwirtschaftsbedarf-Laden) in einem kleinen Nest, das durch öffentliche Verkehrsmittel außerordentlich ungünstig zu erreichen war. Späth mußte also sein Auto bis Ende April behalten, wodurch sich wiederum die vorzeitige Ratenzahlung für Herd und Farbfernseher verzögerte.

Ausgerechnet beim letzten Mal, als Späth zu dem Laden in das Nest fuhr (so um den 27. April herum), beobachtete ein unvorsichtiger Bauer, der mit seinem Traktor von einem Feldweg in die Straße einbog, den Verkehr nicht sorgsam genug und fuhr Späth an den Wagen. Es war nicht viel passiert, aber immerhin war der rechte vordere Kotflügel von Späths Wagen beschädigt. Der Bauer gab nach einigem Hin und Her (mit leidvollen Ausführungen über die darbende Landwirtschaft) zu, daß er schuld sei, außerdem hatte ein Straßenarbeiter den Unfallhergang gesehen und stellte sich zur Verfügung, Späths Unschuld an dem Unfall zu bezeugen. Da der Schaden nicht sehr hoch war, zahlte die Versicherung des Bauern zwar anstandslos, aber Späth mußte den Wagen, bevor er ihn verkaufte, herrichten las-

sen. Ein, wenn auch unverschuldet eingebeulter Kotflügel drückt den Preis.
Die Reparatur nahm vier Tage in Anspruch, die Versicherung zahlte nach weiteren acht Tagen. Der erste Mai war längst verstrichen.
Raimund Späth ging – am ersten Dienstag vormittag im Mai – auf den Dachboden und kontrollierte den Hocker und die immer noch sauber in Folie verpackte Leine.
1. Juni, sagte sich Späth. Die Sache mit dem Auto war nämlich gar nicht das eigentlich Aufhaltsame. Späth, der seine auswärtigen Kunden ›abgestoßen‹ hatte, mußte für die ›Übergangszeit‹, wie er es nannte – ein tiefer Gedanke, diese Spanne Übergangszeit zu nennen –, einen finanziellen Ausgleich herbeiführen. Er nahm deshalb eine befristete Arbeit in einer größeren Firma an, die gerade verkauft werden sollte, und bei der irgendwelche unvorhergesehenen buchhalterischen (auf der dritten Silbe betont) Bereinigungen vorgenommen werden mußten, für die das fest angestellte Personal nicht ausreichte.
Als der erste Juni herannahte, das Auto verkauft und die noch ausstehenden Raten für Herd und Farbfernseher getilgt waren, stellte sich erstens heraus, daß die befristete ›Übergangs‹-Arbeit schwieriger und langwieriger war, als man, und insbesondere als Späth ursprünglich gemeint hatte. Da Späth sich nicht auf eine gewisse Zeit, sondern bis zur Fertigstellung dieser Arbeit der betreffenden Firma verpflichtet hatte, wurde es schon deswegen auch mit dem 1. Juni nichts. Zweitens verschwand Mitte Juni Herr Winkeladvokat ›Dr.‹ Grillhuber spurlos aus der Stadt. Er hatte wohl von anderer Seite von der drohenden Revision durch das Finanzamt Wind bekommen. Selbstverständlich geriet Späth sofort in den Sog des Ermittlungsverfahrens. Nun

war es Raimund Späth nicht um die Reinheit seines Namens und Andenkens zu tun. Es war ihm völlig klar, daß, wenn es ihm gelungen wäre, vor der Grillhuberschen Revision ›freiwillig aus dem Leben zu scheiden‹, Grillhuber sich auf Kosten des toten Späth herausgeredet hätte. Jetzt aber, da ein Ermittlungsverfahren gegen den flüchtigen Grillhuber und auch gegen ihn, Späth, lief, wäre es Späth unerträglich gewesen, vor Bereinigung der Sache sich umzubringen. Das wäre für das Gefühl Späths etwa so gewesen, als hätte er sich mit einem staubigen Strick aufgehängt. Die Sache ging übrigens ziemlich glimpflich ab. Die Finanzrevisoren, bei denen der bescheidene und harmlose Späth eher beliebt war, gingen – im Grunde auch richtig – von vornherein davon aus, daß Grillhuber der eigentliche Gauner war. Späth brauchte sich fast nicht auf Kosten des verschwundenen Winkeladvokaten herauszureden, dann wurde die Sache, soweit sie Späth betraf, niedergeschlagen. Das war gegen Ende Juli. Mitte Juli aber war – drittens – der ganz große Triumph in Margarethe Späths Leben eingetreten: sie gewann einen Preis.

Margarethe Späth verfolgte nicht nur mit Passion die Quiz-Sendungen im Fernsehen, sie beteiligte sich ebenso gewissenhaft wie leidenschaftlich an allen Wettbewerben, mochten sie geartet sein, wie sie wollten.

»Warte!« hatte Späth gesagt, früher, als er noch mehr mit ihr redete. »Warte! Du gewinnst womöglich ein Akkordeon. Und was dann?«

Margarethe Späth ließ sich nicht abhalten. Auch auf die Gefahr hin, ein Akkordeon zu gewinnen, füllte sie die vorgedruckten, beim Gemischtwarenhändler verteilten oder Zeitschriften beigelegenen oder sonstwie ins Haus gekommenen Reklame-Wettbewerbs-Karten aus und brachte sie unermüdlich zur Post. Abgesehen von dem schon erwähnten Kugelschreiber und den beiden Großpackungen Waschpulver – die auf Fernsehlotterien zurückzuführen waren – verfügte Margarethe Späth über eine bereits recht reichhaltige Sammlung von Trostpreisen in Form von Schlüsselanhängern, nichtrostenden Aschenbechern, Plastik-Einkaufstaschen und Patent-Dosenöffnern, als der Triumph, das ganz große Glück, eintraf. Das heißt: das ganz große Glück, also der erste Preis, wäre eine Reise nach Hongkong (inklusive Rundfahrt mit Dschunke im Hafen) gewesen. Margarethe gewann den zweiten Preis: ein Flug für zwei Personen nach Holland zur Tulpenblüte.

Ein Vertreter der Firma, die das Preisausschreiben veranstaltet hatte, kam ins Haus, brachte Blumen und Glückwünsche, auch eine Fahrkarte in die Hauptstadt, wo Margarethe den eigentlichen Preis im Rahmen einer Feierstunde entgegennehmen durfte. Raimund Späth wollte gleich – er argumentierte: im August blühen auch in Holland keine Tulpen – den Preis in Geld umwandeln lassen, aber erstens ging das nach den Wettbewerbsvorschriften nicht, und dann hätte sich Margarethe nie dazu bereitgefunden. »Wenn du nicht mitfahren willst, fahre ich alleine, und die anderen Gutscheine verfallen eben.« Die Gutscheine und das Flugbillett verfallen zu lassen, wäre Raimunds Natur hart gegen den Strich gegangen. Sie fuhren also, zunächst mit dem Zug in die nächste Stadt mit Flughafen, von dort mit dem Flugzeug nach Amsterdam. Die Tulpen blühten tatsächlich nicht mehr, aber es war dennoch eine große Aufregung. Für die Reise ließ sich Margarethe einen Hut aus weißem Netz, das mit Veilchen und Maiglöckchen bestickt war, machen. Während sie unten den Hut vor der Abreise auf den Kopf drapierte, be-

trachtete Raimund auf dem Dachboden den Hocker und die Leine.
»1. September«, sagte er leise und blies den Staub von der Klarsichtpackung.

Der September war anfangs heiß, ein später, aber vollgültiger Ausläufer des Sommers. Der wolkenlose Himmel war, wie nicht selten im Herbst, tiefblau, von einem düsteren, drückenden Blau: ein transparentes blaues Tuch, das die schwarze Tiefe des Abgrunds durchschimmern ließ. ›Oben‹ und ›Abgrund‹ sind ja keine Widersprüche, wenn man in Kategorien des Alls rechnet. Erst um die Septembermitte schlug das Wetter um. Es wurde regnerisch und bald kalt. Es war diesmal ein Mittwochvormittag, und die Schweine schrien, denn der Metzger hatte am Dienstag ein Firmenjubiläum gefeiert und schlachtete ausnahmsweise am Mittwoch. Raimund Späth saß an seinem Schreibtisch und schaute in den Regen hinaus. Der Wind schlug den Regen gegen die Quadern der Burgmauer, deren Verputz bald eine nicht zu beschreibende Nicht-Farbe aus Fahlgelb und Grautönen annahm. Raimund Späth schaute – zwangsläufig, denn er konnte durch sein Fenster kaum woanders hinschauen – auf die Stelle, wo damals die drei Gestalten erschienen waren. Irmgards und Späths Schemen waren längst verschwunden. Nur der kleine schwarze Schatten war wieder da. Es war eine kleine Katze, die, so gut es ging, in einer Mauerecke saß, in die der Regen nicht so heftig fiel.
Späth stand auf und ging unmittelbar ans Fenster. Nun bemerkte die Katze ihn, legte den Kopf schief und schaute zum Fenster herauf. Wahrscheinlich war die Katze gar nicht so klein, sie war nur abgemagert, völlig durchnäßt und wirkte klein. Raimund Späth nahm seinen Regenschirm,

ging hinunter, ums Haus herum und dorthin, wo die Katze saß. Sie kam ihm bereits entgegen und folgte ihm ins Haus. Am Fuß der Treppe hob Späth die Katze auf und trug sie hinauf.

»Sie heißt Sophia«, sagte er zu seiner Frau.

»Du wirst wohl nicht dieses Vieh in der Wohnung halten wollen?« sagte die Frau.

»Doch«, sagte Späth.

»Das Vieh kommt mir nicht in die Wohnung. Oder ich ziehe aus.«

Späth sagte gar nichts und nahm die Katze mit ins andere Zimmer. Sie legte sich unter den Schreibtisch und begann, sich trocken zu lecken. Es wäre zuviel gesagt, daß Sophia gehorcht hätte, aber immerhin hörte sie auf den Namen. Wie sie früher geheißen und ob sie überhaupt einen Namen gehabt hatte, erfuhr Späth natürlich nie. Übrigens zog Frau Späth nicht aus, wenngleich sie nie aufhörte, wegen der Katze zu giften.

»Vielleicht gewinne ich einen Hund«, sagte sie, »der deine Katze vertreibt«, und füllte verbissen die bunten Reklame-Wettbewerbskarten aus. Sie gewann Tauchsieder, Aluminium-Bestecke und Nähnadelfutterale, einmal sogar ein tiefgefrorenes Huhn; einen Hund gewann sie nicht.

Ende November kaufte Raimund Späth wieder ein Auto, denn eine neue ›Übergangsarbeit‹ fand sich auswärts. Mit einer gewissen Beklemmung bemerkte Späth, daß es mit seiner Buchhalterei bergauf ging, denn einer der anderen freien Buchhalter des Bezirks hatte eine feste Tätigkeit angenommen, und die meisten von dessen Kunden kamen zu Raimund Späth. Späth hatte auch diese ›Übergangs‹-Beschäftigungen angenommen, denn es mußte ja jemand für Sophia sorgen.

Sophia saß – wenn sie nicht einen ihrer Spaziergänge machte – an der rechten hinteren Ecke des alten Schreibtisches. Ihr Schwanz hing über die Tischplatte hinab und verriet durch gelegentliches Zucken die Anteilnahme Sophias an Späths Arbeit. Späth hatte keinen Zweifel daran, daß Sophia die Buchhaltungskunst nach wenigen Wochen bereits erlernt hatte. Sie verfolgte aufmerksam mit den Augen jede Bewegung von Späths Stift. Setzte Späth einen Schlußstrich unter eine besonders saftige Zahlenkolonne, so schnellte der Schwanz, wie von einem unsichtbaren Faden angerissen, in einem Kringel in die Höhe. Mit besonderem Interesse registrierte Sophia Späths Tätigkeit an seiner Rechenmaschine. Die alte Rechenmaschine (sie war zwar ein elektrisches Modell, aber sicher eines der ersten) stand an der linken hinteren Ecke des Schreibtisches. Zuweilen, wenn die Maschine surrte und rasselte, stand Sophia auf und schritt über den Tisch hinüber, drehte ihren Kopf fast um hundertachtzig Grad und beobachtete die glänzenden Tasten.
Zu Kunden in die nähere Umgebung begleitete Sophia Späth. Ging Späth weiter fort, so wartete die Katze bei schönem Wetter auf einem bestimmten Zaunpfosten, bei schlechtem unter einer Bank. Nicht lange, nachdem Späth seinen neuen Wagen gekauft hatte, begann er die Katze mitzunehmen, wenn er fortfuhr. Sie schlief dann – das Fenster blieb einen Spalt offen – auf dem Fahrersitz oder spielte mit einer Glocke, die eigens zu diesem Zweck am Rückspiegel hing. Wenn Späth außer Haus war, blieb die Katze erst dann in der Wohnung, als Margarethe Späth (etwa ein Jahr nach der Tulpenfahrt) ins Krankenhaus eingeliefert wurde. Die Nachricht, daß sie Krebs hatte, erschütterte Späth wenig. Noch einmal kam Frau Späth für

einige Monate aus dem Krankenhaus heraus, dann mußte sie wieder hinein, gewann ihr letztes Spezialküchentuch und verschied.
Manchmal überlegte Raimund Späth, ob er die Katze nicht ›mitnehmen‹ solle. Aber er entschied immer: nein. Er habe, sagte er zu sich, kein Recht, das Leben des Tieres abzukürzen. In Wirklichkeit war es natürlich so, daß aus dem Leben zu scheiden, nachdem er Sophia etwas angetan hatte, Späth der schiere Gipfel an Welt-Unordnung erschienen wäre. Die Katze im Ungewissen zurückzulassen, war für ihn ohne jede Frage ausgeschlossen.
So stieg Späth hie und da, allerdings zunehmend seltener, in den Dachboden hinauf und blies den Staub von der Klarsichtpackung. Die neugierige Sophia, die diese Prozedur immer aus nächster Nähe musterte, mußte meist ziemlich heftig dabei niesen.

Eine Begegnung im Park

Alles ist relativ. Nach einer Aufführung des ›Parsifal‹ im Festspielhaus erscheint der Park hinter dem Schloß besonders ruhig, obwohl da und so spät noch eine Menge Geräusche zu hören sind: das Gurgeln des Wassers, das Schnattern einer verschlafenen Ente, das Rauschen der hohen Bäume im leichten Sommerwind und hie und da Schritte auf dem Kies im Dunkeln. Die Schritte wurden allerdings zunehmend seltener. Ich war schon allein im Park, als ein Mann neben meiner Bank stand, offenbar unschlüssig, ob er mich ansprechen solle oder nicht.

»Kein Platz in keinem Gasthaus«, sagte er dann endlich, ziemlich beiläufig, nachdem er schon zu lange vor der Bank, auf der ich saß, gestanden war, um noch ohne ein Wort weiterzugehen. Er sprach mit österreichischem Akzent.

Ich rückte auf meiner Bank etwas zur Seite, um anzudeuten, daß es mir nicht unangenehm sei, wenn er sich setze.

»Kein einziger Stuhl frei, in ganz Bayreuth nicht«, sagte er und setzte sich. Er war, wie man so sagt, untersetzt und ein klein wenig füllig – deutlich körperhaft, um höflich zu bleiben. Ein Schwan zog auf dem leicht bewegten Wasser vorbei, kostbar weiß im Mondlicht, und schaukelte auf den kleinen Wellen wie die welken Blätter, die auf dem Wasser lagen.

»Jaja«, sagte ich, »das ist hier so zur Festspielzeit. Ich habe schon Knappertsbusch in der ›Eule‹ mit einem umgedrehten Kübel als Sitzgelegenheit vorliebnehmen sehen.«

»Wen, bitte?« fragte er.

»Knappertsbusch.«

»Ah, so.« Ich hatte den Eindruck, er kannte Knappertsbusch nicht.

»Sie sind zum ersten Mal in Bayreuth?« fragte ich nach einer Weile.

»Ja«, sagte er. »Es ist schon ein sehr eigenartiger Eindruck.«

»Das kann man wohl behaupten.«

»Ich möcht ja nicht unbedingt etwas sagen, ich weiß nicht, ob ich legitimiert dafür bin, aber es war schon ein eher sehr merkwürdiger Eindruck für mich.«

»Sie sind kein Wagnerianer?«

»Kein was nicht?«

»Wagnerianer – einer von den Anhängern Wagners …«

»Wagner«, sagte er, »das ist der, der die Oper von heut abends geschrieben hat?«

Ich staunte den Mann an. Er war jung, so Mitte dreißig, hatte eine ziemlich große Nase, und diese Nase kam mir irgendwie bekannt vor. Irgendwo, da war ich ganz sicher, hatte ich diese Nase schon gesehen. Eine verwischte Assoziation, so verwischt, daß ich sie nicht fassen konnte, huschte in meinem Gedächtnis ganz hinten vorüber … Leibhaftig hatte ich dem Mann aber sicherlich nie gegenüber gesessen.

»Ja«, sagte ich etwas verwirrt, »natürlich – Richard Wagner.«

»Und da gibt es«, sagte er, »auch Wagnerianer?«

Ich lachte. »Leben Sie hinter dem Mond?«

Er schaute mich ernst an. Nein, ich lasse es mir nicht nehmen, dachte ich, dieses Gesicht kenne ich.

»Ja«, sagte er langsam, »ja, ich lebe hinter dem Mond, wenn man so sagen will.«
»Verzeihen Sie meine Bemerkung – ich wollte Sie nicht kränken. Ich wußte nicht, daß Sie von so weit her kommen.«
»Ich komme von weit her, das stimmt«, sagte er, »deswegen ist das alles so merkwürdig für mich.«
Er ist ein emigrierter Österreicher, dachte ich, wahrscheinlich 1938 als Kind mit seinen Eltern vor den Nazis geflohen, nach Australien vielleicht oder Neuseeland. Aber woher kenne ich dann sein Gesicht?
»Sind die Leute«, sagte er, »eigentlich glücklich, wenn sie das hören, diese Oper heute abends? Ich möchte nicht unhöflich sein, wissen Sie, ich sage nichts dagegen, es steht mir ja gar nicht zu, und es interessiert mich nur – aus Profession …«
»Sie sind Musiker?«
»Sind die Leute glücklich dabei? Hören Sie das gern?«
Meine Frage, ob er Musiker sei, hatte er absichtlich überhört.
Was war der Mann? Der Mond war zwischen zwei Ästen durchgekommen und beleuchtete unsere Bank. Der Mann war jung und uralt zugleich. Unsinn – vielleicht war er nur müde …
Kein Wunder nach dem ›Parsifal‹, und im Mondlicht sieht ohnedies jeder bleich aus.
»Eine eigenartige Frage«, sagte ich. »Sicher – im gewissen Sinn sind die Menschen glücklich, wenn sie das hören. Es ist eine ganz andere Art von Glück, als jenes, das man vielleicht bei Beethoven empfindet –«
»Bei wem?«
»Bei *Beethoven*«, war er schwerhörig?

»Ah –«, sagte er, »ja, ja, Beethoven … richtig, warten Sie, Louis von Beethoven.«
Ich lachte.
»Warum lachen Sie?« sagte er.
»Weil Sie Louis von Beethoven sagen.«
»Heißt er nicht so?«
»Na ja«, sagte ich, »allgemein sagt man Ludwig van Beethoven – aber mag sein, er hat sich Louis genannt.«
»Was ist aus ihm geworden?«
»Wie bitte?«
»Er ist wohl ein sehr berühmter Komponist geworden?«
In Bayreuth gibt es – nahe dem Festspielhaus – die große Nervenheilanstalt des Regierungsbezirks Oberfranken. Ich rückte etwas von dem Mann ab. Haben die Insassen so spät noch Ausgang? War der Mann entsprungen?
»Ein sehr berühmter Komponist«, sagte ich vorsichtig, »voriges Jahr, zu seinem zweihundertsten Geburtstag, konnte man sich gar nicht genug tun mit Beethoven-Büchern und Beethoven-Feiern …«
»Zweihundertsten Geburtstag?« fragte er.
»Ja doch«, sagte ich.
»Wie die Zeit vergeht …«
Der Mann trug einen Smoking, einen recht elegant geschnittenen Smoking, aber er wirkte irgendwie verkleidet. Wenn ein Indianer einen Smoking trüge, sähe das wohl so aus. Der Smoking war dem Mann ›verpaßt‹ wie eine militärische Uniform. Er fühlte sich in der Kleidung auch sichtlich nicht wohl, suchte Taschen, wo keine waren, knöpfte überall herum und zupfte an allen Enden. Ob die Irren, die ungefährlichen, sanfteren, mit anstaltseigenen Smokings hie und da eine Festspielauf-

führung besuchen dürfen? Vielleicht auf Grund einer Stiftung eines Wagner-Vereins (oder eines Anti-Wagner-Vereins?).

»Ich war überwältigt von der Präzision, mit der das Stück exekutiert worden ist«, sagte er. »Ich habe das Orchester zwar nicht gesehen, aber die Banda, soviel ich im Hören gezählt habe, waren ihrer mindestens vier Corni, drei Trompeten und vier Trombonen, ungezählt die von der Bühnenmusik – und so exakt – beneidenswert.«

»Ja«, sagte ich, »das Orchester ist gut.«

»Nur sehr lang ist das Stück«, sagte er, »sehr lang.«

»Es hat Ihnen also nicht gefallen?«

»Mir steht nicht zu, etwas darüber zu sagen; mich würde nur interessieren: sind die Menschen glücklich, wenn sie das hören?«

»Sie wären – bis auf wenige – sicher unglücklich, wenn sie nur das hören könnten.«

»Man hört auch anderes?«

»Aber doch freilich – allerdings nicht hier.«

»Hier hört man nur Wagner?«

»Ja. Nur Wagner.«

»Warum?«

»Das Festspielhaus wurde von Wagner für seine Bühnenwerke gebaut. Das hat man beibehalten –«

»Woanders wird Wagners Musik nicht gespielt?«

»Doch, doch –«

»Gibt es für alle Compositeurs solche Häuser?«

»Wie bitte? Ach so – nein, nein. Komische Fragen stellen Sie –«

»Ich weiß, entschuldigen Sie –«, er spielte interessiert mit seinen Manschettenknöpfen, knöpfte sie heraus und brachte sie fast nicht wieder hinein.

»Nein, für andere Compositeurs, wie Sie sagen, gibt es keine solchen Häuser.«
»Warum nicht?«
»Die haben keine Zeit oder kein Geld gehabt, solche Häuser zu bauen.«
»Und ihre Musik wird dann wohl nicht so oft gespielt, wie die von Wagner?«
»Das kann man nicht einmal sagen –«
»Tatsächlich?«
»Gewiß – zum Beispiel Beethoven, wie gesagt, den hat man voriges Jahr fast zu oft gehört; auch Bach –«
»Wirklich? Bach? Das freut mich –«
»Ja«, sagte ich, »die ›Matthäus-Passion‹ wird sicher zehnmal so häufig aufgeführt wie der ›Parsifal‹.«
»Bach hat eine ›Matthäus-Passion‹ geschrieben?«
»Entschuldigen Sie«, sagte ich, »ich weiß nicht –«
»Ich kannte die ›Sonaten und Rondos für Kenner und Liebhaber‹, und ›Herrn Professor Gellerts Geistliche Oden und Lieder‹ –«
»Ah! Sie meinen Carl Philipp Emanuel Bach –«
»Ja, aus Berlin –«
»Ich meine Johann Sebastian –«
»Den *alten* Bach?«
»Natürlich. Bach ohne Vornamen ist Johann Sebastian.«
»Interessant. Den kennt man noch?«
»Und wie!«
»Sagen Sie«, er schabte mit seinem Fuß im Kies, »kennt man auch – einen Compositeur – namens …«
»Namens?«
»Wissen Sie«, sagte er dann ganz schnell, »es steht mir natürlich nicht zu, etwas darüber zu sagen, doch am Anfang dieser Oper ist es mir akkurat so vorgekommen, als wäre

alles, das Riesenorchester und die Sänger, die so furchtbar schreien, und der Chor und diese Finsternis auf der Bühne ein einziges Durcheinander. Es hat so schrecklich falsch geklungen; aber wenn man genau hinhört, merkt man doch, daß es Absicht ist, und hie und da hörte ich – verzeihen Sie, ich sollte das wohl überhaupt nicht sagen – quasi eine Insel aus einer mir bekannten Tonwelt … ich weiß nicht, wie ich das sagen soll. Es ist mir so fremd. Und diese Inseln sind, entschuldigens', banal. Aber großartig ist wohl das andere, das ich nicht verstanden habe –«

Der kriegt vom Wagner-Verein mit Sicherheit keine Karte mehr, dachte ich mir, wenn er das in der Anstalt auch seinen Gönnern erzählt.

»Ja nun«, sagte ich, »man kann gegen Wagner natürlich viel sagen –«

»Ich will nichts gegen den Herrn sagen, steht mir nicht zu; wird wohl so gehören die Musik. Nur: die Oper ist schon unmäßig lang.«

»Wagner hat sie nicht als zu lang empfunden.«

»Ob Compositeurs, ob Schreiber und Auteurs, sie halten sich merkwürdigerweise immer was drauf zugute, ihrem Publico an Länge Unheimliches zuzumuten. Komisch – als ob es heldenhaft wäre, eine Oper von sechs Stunden zu schreiben. Höchstens ist es heldenmäßig, eine solche Oper anzuhören.«

»Aber wenn der Meister eben diese Zeit brauchte, das auszudrücken, was ihm vorschwebt –«

»Wenn ihm was Sechsstündiges vorschwebt, soll er's gefälligst nicht fürs Theater schreiben.«

Wie so ein Narr redet, dachte ich mir und schaute in die Bäume hinaus. Nach einer Weile sagte ich:

»Ich glaube –«

Er war verschwunden. Ich schaute herum. Wo der kleine Seitenweg, an dem meine Bank stand, zwischen hohen Büschen in den Hauptweg mündete, sah ich ihn stehen. Ein unheimlicher Mensch, dachte ich, ob man die Polizei verständigen soll? Er stand dort und winkte mir. Ich lief hin. Nach einigen Schritten sah ich, daß das nicht der Mann, sondern eine von der Bank aus merkwürdig menschenähnliche Konstellation zweier Hecken war. Ein Nachtvogel hatte sich auf einen Ast gesetzt, der mir immer noch winkte …

Alles war verstummt. Auch der leichte Sommerwind hatte sich gelegt, und die Bäume rauschten nicht mehr. Da hörte ich auf einmal ganz deutlich, wie Musik erklang. Das war nicht ›Parsifal‹, das war – ich hörte hin – ja, das war es: »Voi, che sapete che cosa è amor …« Es hätte mich nicht gewundert, wenn eine der steinernen Nymphen auf der Insel im Park das gesungen hätte. Die Musik kam aber aus einem der erleuchteten Fenster des Freimaurer-Museums, das direkt am Park steht.

»Donne vedete, s'io l'ho nel cor …«

Ich ging langsam aus dem Park. Die Musik begleitete mich wie ein flatterndes Band.

Die Italienische Eröffnung

Ende März 1915, während in Galizien die großen, mörderischen Schlachten tobten, tauchte im Oberen Vinschgau ein Mann auf, der sich Wagner nannte, zunächst im Hotel ›Post-Hirsch‹ in Spondinig abstieg und im April in Mals ein etwas abgelegenes Haus, die Villa ›Ortlerblick‹, mietete und die Miete dann dem in Bozen lebenden Besitzer, einem pensionierten Oberlandesgerichtsrat, für ein Jahr im voraus bezahlte. An der Tatsache, daß man von der Villa ›Ortlerblick‹ aus den Ortler nicht sehen konnte, stieß sich Herr Wagner nicht, wie er überhaupt das ganze Haus nur flüchtig anschaute – in den ersten Stock stieg er gar nicht hinauf – und den Mietvertrag ohne hinzuschauen unterschrieb.

In Mals war das Militärkommando für das Obere Vinschgau stationiert. Bei Beginn des Krieges waren alle verfügbaren Truppen an die serbische, später an die russische Grenze geworfen worden, auch die Kaiserjägerregimenter. Im Vertrauen auf den Dreibund, selbst noch auf die Erklärung der wohlwollenden Neutralität – streng genommen schon ein Vertragsbruch –, die Italien 1914 abgegeben hatte, war die Grenze Tirols gegen Italien völlig von Truppen entblößt. Erst im April 1915, als der italienische Außenminister Sonnino die Verhandlungen über weitere Neutralität Italiens abgebrochen hatte, verlegte man zur Vorsicht einige wenige Gruppen von Soldaten in die Tiroler Berge, meist leichtverwundete, einigermaßen Genesene aus den Schlachten in Galizien. Chef dieser spärlichen Heeres-

macht im Oberen Vinschgau war ein gewisser Oberleutnant von Hintreger, von Zivilberuf Professor für Mathematik in Innsbruck.
Dem Bürgermeister von Mals – einem alten Mann, über achtzig Jahre alt, eigentlich schon außer Amt, aber, da der junge Bürgermeister zum Militär eingezogen war, reaktiviert – dem Bürgermeister war Herr Wagner verdächtig. Er ließ Ermittlungen anstellen, woher Herr Wagner gekommen sei. Die Ermittlungen wurden so plump geführt, daß sie Herrn Wagner zu Ohren kamen, worauf Herr Wagner sich beim Bürgermeister meldete, einen tadellosen Paß vorzeigte ›und ziemlich scharf, um nicht zu sagen frech‹ (wie der Bürgermeister später zu Protokoll gab) fragte, ob etwas gegen ihn vorliege. Der Bürgermeister mußte verneinen, fragte nur, wie Herr Wagner nach Tirol gekommen sei. Herr Wagner erklärte: über die neutrale Schweiz. (Das stimmte sogar, wie die spätere Untersuchung ergab.) Der Bürgermeister mußte sich bei Herrn Wagner entschuldigen. Danach allerdings, als Herr Wagner gegangen war, meldete er den Vorfall dem Bezirkshauptmann in Meran. Irgendwelche Notiz nahm dort aber von der Meldung niemand.
Oberleutnant von Hintreger saß von in der Früh um neun bis abends um elf Uhr im Extrazimmer des Gasthofes ›Grauer Bär‹ und las Zeitungen. Bei schönem Wetter setzte er sich in den schmalen Vorgarten, trank dort seinen Kaffee, las dort seine Zeitungen und beobachtete die Leute – Weiber, Kinder und alte Männer –, die auf der Straße vorbeigingen. Wenn es ihm allzu langweilig wurde, stand der Oberleutnant auf und ging einmal über den Marktplatz und zurück oder kaufte sich in der schräg gegenüberliegenden Tabaktrafik Zigaretten, die es im April 1915 immerhin noch

ausreichend gab. Jeden dritten Tag fuhr der Offizier mit einem Militärauto – dem einzigen, das im ganzen Bereich seines Kommandos zur Verfügung stand – nach Gomagoi hinein, wo eine Talsperre war. Dort langweilten sich einige halbmarode, von der Ostfront abgezogene Soldaten noch mehr als der Oberleutnant in Mals. Einmal im Lauf dieser Wochen ließ sich von Hintreger die ganzen neunundvierzig Haarnadelkurven der Stilfser Joch-Straße hinauffahren und inspizierte die Grenze. Zwei ältliche Zollbeamte bewachten auf der Tiroler Seite einen Schlagbaum. Drüben lungerten eine Handvoll italienischer Soldaten herum, ein italienischer Offizier grüßte herüber. Drunten im Tal war es warm gewesen, Frühling, hier heroben lag noch Schnee neben der Straße. Das hatte Hintreger nicht bedacht, hatte keinen Mantel mitgenommen. Er fror. Der italienische Offizier drüben war besser gerüstet; er hatte eine Pelzjacke an. Oberleutnant von Hintreger grüßte zurück. Der italienische Offizier machte eine freundliche Geste, die als Einladung gedeutet werden konnte. Als Hintreger Anstalten machte, hinüberzugehen, wollte der eine der Zollbeamten die Schranken öffnen, aber Hintreger winkte ab und ging um die Schranken herum.

Der italienische Offizier – ein Hauptmann – bot Hintreger eine Brissago an. Hintreger dachte: eine Brissago gibt es in Mals nicht mehr. Der Italiener lachte. Man plauderte ein wenig. (Hintreger sprach italienisch.) Der Hauptmann war im Zivilberuf Vermessungsingenieur und stammte aus Parma, einer Stadt, die Hintreger vor einigen Jahren einmal besucht hatte. Das und gewisse Überschneidungen in den Zivilberufen der beiden Offiziere (Hintreger war, wie erwähnt, Mathematiker) ergab Gesprächsstoff für ein paar Minuten, dann entschuldigte sich Hintreger: er friere. Der

Italiener lachte und fragte, ob er ihm eine weitere Brissago mit auf den Weg geben dürfe. Hintreger nahm sie und sagte, er danke, könne sich aber erst nach dem Krieg revanchieren. »Wann wird das sein?« fragte der Italiener. »Militärisches Geheimnis«, sagte Hintreger, salutierte und ging zurück zu seinem Auto.

Auf der Fahrt nach unten überlegte er, ob er nicht die Grenz- und Zollwache oben auf der Paßhöhe verstärken solle. So, wie es jetzt steht, dachte er, hat die österreichisch-ungarische Monarchie auf dem Stilfser Joch dreißig oder vierzig italienischen Soldaten – soviel schätzte er, nach dem, was er gesehen hatte – nur zwei ältliche Zollbeamte entgegenzusetzen. Warum waren soviel Soldaten auf der Paßhöhe? Warum war ein Vermessungsingenieur zum Dienst eingezogen worden? Mobilisierte Italien? Hintreger hatte davon nichts gehört. Aber jeder Staat mobilisiert ›teilweise‹, wenn der Nachbarstaat in einen Krieg verwickelt ist.

Oberleutnant von Hintreger meldete seine Beobachtung an sein vorgesetztes Kommando in Bozen. Gleichzeitig fragte er an, ob er die Hälfte der Besatzung der Talsperre von Gomagoi auf die Paßhöhe verlegen solle. Ein sehr alter, nicht mehr felddiensttauglicher Feldmarschalleutnant telephonierte tags darauf zurück. Der Bursche des Oberleutnants mußte Hintreger rasch aus dem ›Grauen Bären‹ holen. »Was willst d'?« fragte der Feldmarschalleutnant, »da oben ist's doch kalt? Oder nicht?«

»Kalt«, sagte Hintreger.

»Also. Wär' da oben ein Quartier für die Leute, oder eine Unterkunft, oder was?«

»Das Häuschen der Zollbeamten, Herr Feldmarschalleutnant.«

»Ah, Schmarrn«, sagte der Feldmarschalleutnant, »mit Italien führen wir kein' Krieg. Mach keine Sparifankerl.«
»Zu Befehl, Herr Feldmarschalleutnant.«
Hintreger wiederholte – auf Anraten seines Fahrers – die Inspektionsfahrt auf die Paßhöhe nicht. Die Fahrt war für den Motor zu gefährlich. Dafür ordnete Hintreger an, daß von Gomagoi Patrouillen zu Fuß durchgeführt wurden. Die Besatzung der Talsperre war dankbar für die Abwechslung.
Der Bürgermeister hatte trotz allem ein Augenmerk auf Herrn Wagner. Er hielt ihn, und das sagte er auch offen heraus, allerdings nicht in amtlicher Eigenschaft, sondern privatim, und auch das nur im Jägerstürberl des ›Grauen Bären‹, für einen russischen Spion. Wenn man genau hinhöre, erkenne man den fremden Akzent.
»Das ist kein Akzent«, sagte der Apotheker, »das ist bloß Hochdeutsch.« Herr Wagner hatte in der Apotheke einmal Lindenblütentee gekauft.
»Wie heißt er denn mit dem Vornamen?« fragte der Pfarrer.
»Richard«, sagte der Bürgermeister. Das hatte er aus dem Paß des Fremden.
»Da schau her«, sagte der Lehrer, »womöglich aus Bayreuth gebürtig.«
»Richtig!« schrie der Bürgermeister. Er hätte zwar von sich aus nicht mehr sagen können, daß dieser – kompliziert zu lesende – Geburtsort in dem Paß des Fremden verzeichnet war, aber jetzt, wo der Lehrer das erwähne, erinnere er sich an den Namen genau.
Da man aus der Villa ›Ortlerblick‹ schon seit dem Einzug des Fremden Klavierspiel gehört hatte, in letzter Zeit, seit es so warm war, daß man die Fenster offenlassen konnte, sogar besonders deutlich, da das außerdem keine eingängigen, volkstümlichen Weisen, wie sie die Älteren bevorzug-

ten, waren, sondern volle, schwere, oft düstere Klänge – »der spielt mit Händ' und Füß …«, sagte der alte Stoermer-Vater aus Graun, als er einmal mit seinem Ochsenkarren auf dem Weg vom Viehmarkt vorbeikam –, verdichtete sich der Verdacht des Bürgermeisters. Er traute den Russen zu, daß sie einen Spion nicht nur Hochdeutsch, sondern sogar Klavierspielen lernen lassen, um ihn als scheinbar harmlosen Tonsetzer über die Schweiz nach Tirol einzuschmuggeln.

Der Lehrer schaute in dem einzigen damals im Oberen Vinschgau vorhandenen Konversationslexikon nach. (Das gehörte ausgerechnet den Mönchen oben am Marienberg. Der Lehrer mußte den steilen Weg hinaufsteigen. Der Abt versicherte: das Lexikon stehe verschlossen in einem Schrank und sei nicht allgemein, namentlich nicht den Novizen zugänglich.) Im Lexikon, das aus dem Jahr 1880 stammte, war vermerkt, daß Richard Wagner 1813 geboren sei. Auf dem Heimweg rechnete der Lehrer. Selbst der Bürgermeister sah ein: wenn die Russen schon so schlau sind, suchen sie sich einen Komponisten aus, der eher noch am Leben sein kann. »Außerdem«, sagte der Lehrer, »was soll ein Russ' im Oberen Vinschgau spionieren?«

Die Ermittlungen des Bürgermeisters brachten auch zutage, daß der russische Spion Wagner die reichsdeutsche, wöchentlich erscheinende Schachzeitschrift ›Deutsche Schachwoche‹ bezog, die der Abonnent am Postamt behob, da es damals in Mals noch keine Postzustellung durch Briefträger ins Haus gab. Die Schalterbeamtin, die seit Kriegsausbruch den eingezogenen k. u. k. Postoffizial ersetzte, erklärte dem hier persönlich agierenden Bürgermeister, daß die Schachzeitung, wofür die Poststelle in Mals nichts könne, des öfteren mit einigen Tagen Verspätung einträfe; Herr Wagner erwarte die Zeitung offenbar mit Ungeduld, denn es käme nicht selten vor, daß er, wenn sich die Zeitung wieder einmal verspäte, zwei- oder dreimal am Tag zur Poststelle fragen komme. Im übrigen sei für Herrn Wagner keinerlei Post gekommen.

Nicht offiziell, sondern bei Gelegenheit eines Früh- oder, kann auch sein Dämmerschoppens gesprächsweise im Zuge der Diskussion der allgemeinen Weltlage, informierte der Bürgermeister den Oberleutnant von Hintreger auch von diesen Ermittlungen. »Wahrscheinlich sind in den Schachproblemen, die in diesen Zeitungen abgedruckt sind, ganz schlau chiffrierte Nachrichten für den Spion versteckt«, sagte der Bürgermeister, »aber wie soll ich ihm das nachweisen?«

»Oder«, sagte Hintreger, »er spielt nicht nur gern Klavier, sondern auch Schach.«

Außer um seine abonnierte ›Deutsche Schachwoche‹ zu beheben, ging Herr Wagner nur selten in den Ort. Dafür machte er, wie die Bäuerinnen der umliegenden Höfe meldeten, ausgedehnte Spaziergänge, wobei er, wenn er einer Bäuerin oder auch nur einer Magd begegnete, höflich grüßte. Wenn Herr Wagner in den Ort kam, tätigte er seine Einkäufe, redete mit niemandem mehr als nötig und ging bald wieder in seine Villa ›Ortlerblick‹ hinauf. Im ›Grauen Bären‹ war er nur zwei-, dreimal gesehen worden. Eines Tages, in der Woche nach Ostern, aber – ein verspäteter Winterwind blies kalt, oder es war eine Vorahnung auf die Eisheiligen – kehrte Herr Wagner wieder im ›Grauen Bären‹ ein, um sich mit einem Glühwein aufzuwärmen, und wurde von der Kellnerin, weil die eigentliche Gaststube infolge eines Viehmarktes brechend voll – meist alter – Bauern war, in das Extrazimmer verwiesen, wo Oberleutnant

von Hintreger saß und eben alle Zeitungen ausgelesen hatte.
Hintreger stand auf, trat an den Tisch, an dem sich Herr Wagner niedergelassen hatte, grüßte knapp, stellte sich vor, nannte auch seinen Zivilberuf, sagte, daß er – durch eine Indiskretion, die aber vielleicht verzeihlich sei – vom Interesse des Fremden für das Schachspiel erfahren habe und daß er, Hintreger, sich erlaube, den Fremden zu einer Partie Schach einzuladen.
Herr Wagner reagierte überaus freundlich, ja herzlich. Noch am gleichen Tag saßen Wagner und Hintreger bis lange nach Mitternacht in der Villa ›Ortlerblick‹ und spielten Schach. Die Villa hatte auch einen ausgezeichneten Weinkeller, über den der Mieter – er mußte nur eine Liste über die entnommenen Flaschen führen – verfügen durfte. Es verging dann kaum ein Tag, an dem Hintreger nicht zu Herrn Wagner hinaufging. In der folgenden Woche bereits nahm er seinem Gastgeber die neue Schachzeitung mit, die eben eingetroffen war. Hintreger und Wagner spielten eine oder zwei Partien gegeneinander, dann analysierten sie einige der Probleme, die in der Schachzeitung angerissen waren, oder spielten die eine oder andere der dort abgedruckten, berühmten historischen Partien nach, und dann spielten sie wieder ein oder zwei Partien gegeneinander. Herr Wagner bevorzugte die sogenannte Schottische Eröffnung.
»Ich kann Ihnen versichern, Herr Bürgermeister«, sagte Oberleutnant von Hintreger bei der nächsten Gelegenheit im ›Grauen Bären‹, »daß von Chiffren spionischen Inhaltes keine Rede sein kann. Übrigens ist Herr Wagner ein vorzüglicher Schachspieler. Ich kann mich rühmen, in dieser Kunst nicht schlecht zu sein, aber Herr Wagner ist mir

überlegen.« Der Oberleutnant lachte. »Wenn er ein russischer Spion wäre, hätte er doch mindestens einmal die ›Russische Verteidigung‹ angewandt oder wenigstens das ›Lettische Gambit‹ …«
Der Bürgermeister verzog sein faltiges Gesicht. »So«, sagte er dann, »hat er nicht?«
»Nie«, sagte der Oberleutnant.
»Ja dann«, sagte der Bürgermeister.
Für die dienstlichen Belange des Oberleutnants interessiere sich Herr Wagner überhaupt nicht. Er fragte kein einziges Mal mit einem Wort danach, auch wenn Hintreger von sich aus – selbstverständlich nur absolut harmlose – dienstliche Dinge erzählte, hatte es den Anschein, als höre Herr Wagner gar nicht zu.

Als nach dem endgültigen Scheitern der diplomatischen Verhandlungen zwischen Wien und Rom das Königreich Italien am 4. Mai 1915 den Dreibund kündigte, wurde das militärische Leben im Oberen Vinschgau etwas bewegter, obwohl man auf österreichischer Seite damals vom Geheimvertrag Italiens mit Frankreich und England, der schon am 26. April geschlossen worden war, noch nichts wußte. In diesem Geheimvertrag verpflichtete sich Italien, auf seiten der Entente gegen Österreich-Ungarn, das Deutsche Reich und die Türkei in den Krieg einzutreten, wofür alle territorialen Wünsche Italiens erfüllt und Italien bei der künftigen Teilung der Türkei anteilig berücksichtigt werden sollte.
Daß man in Wien davon ›nichts wußte‹, ist nicht ganz richtig. Ein Vertrag, an dessen Ausarbeitung hundert Politiker und Diplomaten beteiligt sind, kann nicht geheim bleiben, auch wenn er zweimal als Geheimvertrag bezeichnet

ist. Am 27. April abends lagen in Wien die ersten Agentenmeldungen vor, allerdings – naturgemäß – ungenau, mit einem Schleier von Klatsch-Charakter behaftet. Die maßgeblichen Kreise in Wien glaubten den Berichten nicht, weil sie sie nicht wahrhaben wollten. Dennoch wurden einige militärische Vorsichtsmaßregeln getroffen, zum Beispiel wurden in Tirol Standschützen, also Landwehrtruppen, ausgehoben, die Ersatz- und Ausbildungstruppen, die schon bisher in Tirol und Istrien gelegen hatten, wurden verstärkt, die Festungen, unter anderen die Talsperre in Gomagoi, in gemäßigte Alarmbereitschaft versetzt. Oberleutnant von Hintreger hatte nun nicht mehr soviel Zeit, im ›Grauen Bären‹ zu sitzen, die Schachpartien mit Herrn Wagner gingen jedoch weiter, wenn auch nicht mehr so ausgedehnt.

Aber als dann vierzehn Tage lang nichts passierte, legte sich – zumindest im Oberen Vinschgau – die Nervosität, zumal das Wetter erheblich besser wurde. Und schönes Wetter stimmt den Menschen immer optimistisch, ob es berechtigt ist oder nicht. Am 22. Mai, einem Samstag, schien Herr Wagner nervös und weniger konzentriert als sonst. Oberleutnant von Hintreger fragte nicht. Es war ausgemacht, nur eine Partie zu spielen.

»Nur *eine* Partie?« hatte Herr Wagner etwas enttäuscht gefragt.

»Bedaure«, sagte Hintreger, »aber ich muß heute noch und auch morgen auf der Paßhöhe des Joches nach dem Rechten sehen – Sie wissen: die Italiener.«

»Ich verstehe«, sagte Herr Wagner, nickte, gab dem Oberleutnant je einen weißen und einen schwarzen Bauern, der Oberleutnant schüttelte sie unter dem Tisch in den hohlen Händen hin und her, bis er selber auch nicht mehr wußte,

welcher Bauer in welcher Hand war, dann hielt er seine Fäuste mit den darin versteckten Bauern Herrn Wagner hin. Herr Wagner zeigte mit einer kleinen Verbeugung auf die linke Hand und zog damit den weißen Bauern.
Bis auf die zwei Bauern, die für das Los verwendet worden waren, standen die Figuren für das Spiel auf dem Brett. Wagner drehte das Brett, so daß die schwarzen Figuren vor Hintreger zu stehen kamen, der gleich seinen Bauern in die Reihe einfügte und nun wartete. In Wagners Reihe fehlte der Königsbauer – die Losfigur –, den Wagner immer noch in der Hand hielt, dann gar nicht mehr auf seinen Platz stellte, sondern zwei Felder davor: einer der gängigsten Eröffnungszüge, auch der der ›Schottischen Partie‹, die Wagner immer bevorzugt hatte. Oberleutnant von Hintreger antwortete ohne viel Nachdenken mit dem spiegelbildlichen Zug seines Königsbauern. Herr Wagner schaute auf: »Sie müssen heute noch auf das Stilfser Joch hinauf?«
»Ja«, sagte Hintreger. »Das Auto tut's nicht mehr so recht. Ich habe hier natürlich die klapprigste Kiste des ganzen ärarischen Motorparks. Ich lasse mich bis auf die halbe Höhe fahren, dort ist ein kleines Gasthaus. Von dort aus gehe ich zu Fuß.«
»Sind viele Italiener auf der Paßhöhe?«
»Vierzig, schätze ich«, sagte Hintreger. Wagner nahm den Springer rechts vom König und setzte ihn im Rösselsprung schräg nach links vor die Bauernreihe. ›Schottische Partie‹, dachte Hintreger, nahm seinen Springer rechts vom König und setzte ihn im Rösselsprung nach links vor die Bauernreihe.
»Vierzig Italiener«, sagte Herr Wagner, »hm, hm …«
Hintreger erwartete, daß Wagner – bei der ›Schottischen Eröffnung‹ bleibend – mit dem Damenbauer zwei Felder

vorrücken würde. Wagners Hand schwebte schon über dem Damenbauer.

»Und Sie, Herr Oberleutnant, inspizieren heute die Paßhöhe des Stilfser Joches?«

»Ja«, sagte Hintreger.

Wagner nahm statt des Damenbauers seinen Königsläufer und führte ihn vier Felder schräg nach vorn.

Hintreger stutzte. Das war nicht mehr die ›Schottische Partie‹. Hintreger schaute Wagner fragend an. Einen Augenblick lang schien Wagner selber über diesen Zug, den er gemacht hatte, erstaunt zu sein.

»›Italienische Eröffnung‹«, sagte er dann, fast wie entschuldigend.

Hintreger, obwohl er sonst, wenn er Schwarz gezogen hatte, äußerstenfalls ein Remis erzielt, nie gewonnen hatte, gewann diese Partie, nachdem Herr Wagner im Mittelspiel hintereinander zwei nahezu unverständliche Fehler gemacht hatte. Oberleutnant von Hintreger wollte schon fragen, ob Herr Wagner heute nicht ganz bei der Sache sei, überlegte dann jedoch, daß ihn das nichts angehe, und verabschiedete sich nach der Partie. Herr Wagner brachte seinen Gast wie immer bis zum Gartentor.

»Morgen ist Sonntag«, sagte Herr Wagner.

»Das spielt für mich im Moment keine Rolle«, sagte Hintreger.

»Kommen Sie morgen?« fragte Wagner.

»Ich glaube nicht«, sagte Hintreger, »erst am Montag wieder. Ich werde heute nacht in der Talsperre in Gomagoi bleiben, von Sonntag auf Montag oben auf der Paßhöhe. Wir heben Stellungen aus, ziehen ein bißchen Stacheldraht.«

»Ach«, sagte Wagner, »schade. Wir haben noch keine Partie

aus der Zeitung durchgespielt, die Sie mir gestern mitgebracht haben. Dabei gewinne ich den Wettbewerb.«
»So?« sagte Hintreger.
»Ja«, sagte Wagner, »ich glaube, ich habe eine Lösung gefunden.« Die Zeitung schrieb alle Monate einen Wettbewerb aus: Man konnte, wenn man ein vorgegebenes Problem löste, ein Freiabonnement gewinnen.
»Ich glaube, herausgebracht zu haben, wie man bei der Danziger Partie das Remis umgeht, ohne daß Weiß es merkt. Aber wir müßten es noch einmal durchspielen.«
»Wann ist denn der Einsendeschluß?«
»Ich müßte am Montagfrüh die Lösung zur Post geben«, sagte Wagner. Hintreger dachte nach: der Stacheldraht kann auch noch nächste Woche gezogen werden, und auch auf dem kalten Stilfser Joch wird, so wie es jetzt aussieht, das Wetter eher besser.
»Gut«, sagte Hintreger, »dann bis morgen: sagen wir – um acht Uhr?«
»Ich freue mich«, sagte Herr Wagner.

Der Sonntag im Tal war heiß, fast schon ein Sommertag. In Gomagoi und in Trafoi gingen die Bauern in die Kirche, die Glocken läuteten. Hintreger reckte in der Talsperre in der engen Kammer seine Glieder und streckte sich. Er hatte in dem Feldbett schlecht geschlafen. Der Bursche brachte eine Aluminiumkanne mit Kaffee und zwei Scheiben Kommisbrot mit Margarine.
»Brauchen Herr Oberleutnant ein heißes Wasser zum Rasieren?« fragte der Bursche. Hintreger rieb sein stacheliges Kinn, schüttelte dann den Kopf. Schließlich ist Krieg, dachte er sich, und zum Rasieren ist abends auch noch Zeit, bevor er zu Herrn Wagner gehen werde.

Die fünfzig Leute aus der Talsperre waren – unter Führung eines Zugführers – um fünf Uhr in der Früh aufgebrochen. Oberleutnant von Hintreger ließ um neun Uhr den Wagen anwerfen, um halb zehn Uhr war man bei dem Gasthaus am Halbweg. Der Fahrer parkte das Auto neben dem Haus; es war wenig Platz, die Straße eng. Unter die Räder legte er Holzkeile. Auf einer kleinen Terrasse, einer Erdaufschüttung eher nur, seitlich des Hauses, stand ein kleines Denkmal: ein Obelisk mit einer Inschrift, die an die Erstbesteigung des Ortler erinnerte. Hintreger setzte sein Fernglas an die Augen und schaute in blauen und schmutzigweißen Furchen und Schrunden der Gletscher hinein, die hier schon sehr nahe dräuten. Wie gegen die Augen geschleudert wirkte das glasige Eis der Gletscher, als der Oberleutnant durch den Feldstecher schaute; fast erschrak er. Aber in den Firnen war alles ruhig, das Wetter war schön. Ein blauer Himmel glänzte. Hintreger schaute in die andere Richtung; dort sah er, einige Kehren der Straße über sich, den Trupp Soldaten langsam bergauf stapfen.
Hintreger setzte das Fernglas ab, ließ es dann auf der Brust baumeln, befahl dem Fahrer, beim Auto zu bleiben, und ging rasch die Straße nach oben. Er wollte sich beeilen, um seine Leute noch vor der Paßhöhe einzuholen.
Es verlief den Tag über alles ruhig. Die Soldaten zogen ein paar Gräben, bauten einen Unterstand, kochten mittags eine Suppe, machten ihre Soldatenwitze, über die der Oberleutnant von Hintreger, der ein eher ernster Mensch war, nicht lachen konnte. Die Italiener ließen sich diesmal kaum blicken, nur der Major aus Parma winkte, als er Hintreger sah, von ferne herüber, verschwand jedoch sogleich hinter einem Felsen, wie um anzudeuten, daß er heute keine Unterhaltung wünsche.

Gegen fünf Uhr, hatte sich Hintreger ausgerechnet, müsse er, wenn er rechtzeitig bei Herrn Wagner sein wolle, talwärts aufbrechen. Sollte er die Leute mit hinunternehmen? Hintreger stieg seitlich neben dem Zollhäuschen eine Böschung hinauf, auf der, weil sie dem Süden zugewandt war, einige Gräser wuchsen und sogar, kniehoch, ein kümmerlicher Busch. Hintreger setzte sich neben den Busch. Es war kalt hier heroben, in fast dreitausend Metern Höhe. Es grenzte an Schikane, die Leute über Nacht in dieser Bergwildnis zu lassen. Zwei oder drei konnten bei den Zöllnern in der Hütte schlafen – man würde losen müssen –, aber der Rest? Der Unterstand, den sie gebaut hatten, würde wenig schützen. Ein Lagerfeuer machen? Hilft auch nicht viel, außerdem müßte man weit gehen, um Holz zu finden. Und er, Hintreger, würde also hinuntersteigen, sich nach Mals fahren lassen, mit Herrn Wagner Schach spielen und dann in seinen warmen Daunen schlafen? Hintreger setzte sein Fernglas an, aber statt der ewigen Gletscher sah er das Schachbrett vor sich. Er setzte das Glas ab, das Schachbrett blieb. Hintreger richtete sich auf, stutzte, der Atem blieb ihm weg: er spielte blitzschnell die ersten drei Züge der Partie im Geist nach – dann war es ihm klar, daß Herr Wagner sich verraten hatte.
Um neun Uhr und zehn Minuten griffen die italienischen Alpini an; sie waren sich sicher, nur eine Handvoll schlafender Österreicher und zwei ältliche Zöllner überwältigen zu müssen. Hintreger hatte seine Leute geschickt postiert, die Italiener rannten förmlich in einen Hinterhalt: siebzehn tote Italiener lagen auf der Paßstraße, zehn nahmen die Österreicher gefangen, dazu erbeuteten sie die beiden italienischen Maschinengewehre und – da sie die nun fliehenden Angreifer verfolgten – den gesamten italienischen Pro-

viant und zwei Kisten Brissago-Zigarren, die vermutlich dem Major aus Parma gehört hatten. Auf österreichischer Seite war ein Toter zu beklagen: Oberleutnant von Hintreger, dem eine von einem Felsen abprallende, querschlagende Kugel die Brust zerrissen hatte. Sie trugen ihn am nächsten Tag hinunter nach Gomagoi; auf dem Dorffriedhof von Stilfs wurde er begraben.

Der alte Stoermer-Vater aus Graun, erfuhr der Bürgermeister von Mals später – er stellte immer noch längst überflüssige Ermittlungen an –, der alte Stoermer-Vater war an jenem Sonntag, am 23. Mai, abends an der Villa ›Ortlerblick‹ vorbeigefahren. Der Bürgermeister ließ den Stoermer-Vater kommen und fragte ihn aus: tatsächlich war der Alte wohl der letzte, der den ominösen Herrn Wagner gesehen hatte.

»Um 'an achte herum«, sagte der Stoermer-Vater, der Herr Wagner sei, ganz gegen seine sonstige Gewohnheit, am Gartentor der Villa gestanden und habe die Straße nach Mals hinuntergeschaut.

»Gut'n Abend –«, habe er, der Stoermer-Vater, von seinem Fuhrwerk heruntergerufen, habe das Fuhrwerk auch angehalten. Der Herr Wagner sei förmlich erschrocken, so, als habe er das vor ihm stehende Fuhrwerk erst in dem Augenblick gesehen, obwohl das alte Gestell rassele, daß jeder es von Weitem hören müsse.

»Guten Abend«, habe der Herr Wagner gesagt, habe sich umgedreht und sei schnell ins Haus gegangen.

Ein komischer Heiliger, habe sich der Stoermer-Vater von Graun gedacht, habe den Kopf geschüttelt, mit der Peitsche geknallt, und das Roß habe wieder angezogen. Im Wegfahren, sagte der Stoermer-Vater, habe er – soweit man bei dem Rasseln der alten Kiste da überhaupt etwas höre – den Herrn Wagner im Haus Klavier spielen hören, aber diesmal nicht mit ›Händ' und Füß‹, sondern sehr traurig und ganz tief.

Wenig konnte der Bürgermeister mit dieser Aussage anfangen, dennoch dankte er dem Stoermer-Vater, entließ ihn dann.

Herr Wagner war seit dem 24. Mai verschwunden. Die Villa hatte er in tadellos aufgeräumtem Zustand hinterlassen. Die ›Deutsche Schachwoche‹ sammelte sich noch jahrelang auf der Poststelle in Mals, wurde nie mehr abgeholt.

Prof. Munk, Sonntagskind

›Wer durch Schwaben reist‹, las Dr. Thomas Munk, und er wußte: gemeint ist damit das heutige Baden-Württemberg, also das alte heilig-römische Herzogtum Schwaben, ›wer durch Schwaben reist, der sollte nie vergessen, auch ein wenig in den Schwarzwald hineinzuschauen …‹ Das war längst ein Gemeinplatz. Wer läßt sich den schönen Schwarzwald entgehen? Jährlich reisen einige hunderttausend Touristen dorthin und hinterlassen Schmutz, leere Konservendosen, aber auch Geld. Der Schwarzwald ist, wie man so sagt, touristisch voll erschlossen.

Dr. Thomas Munk, ein Arzt, fuhr im Eilzug von Stuttgart nach Furtwangen. Er wollte ein Sanatorium anschauen, dessen Chefarztposten in den Fachzeitungen ausgeschrieben war. Dr. Munk war Internist und hatte eine Praxis in einer großen Stadt weit nördlich. Mit dem Schwarzwald hatte er nie etwas zu tun gehabt. Seine Frau, eine überzeugte Rheinländerin, war gegen Munks Bewerbung, denn sie wolle, sagte sie, in keine Gegend ziehen, in der es ständig bergauf und bergab gehe. Wenn schon hügelig, hatte Frau Barbara Munk gesagt, dann Toscana. In der Toscana war jedoch kein Chefarztposten ausgeschrieben, abgesehen davon, daß Dr. Munk gar nicht Italienisch konnte. So fuhr Dr. Munk allein. Er fuhr nicht mit dem Auto, sondern mit dem Zug. Es war Januar. Dr. Munk fuhr im Winter bei unsicheren Wetterverhältnissen

nicht gern mit dem Auto so weite Strecken, allein schon gar nicht.
In der Bahnhofsbuchhandlung in Stuttgart hatte Munk ein kleines, gelbes Büchlein, eher nur ein Heft, gekauft – ›Reclam‹, in dem er jetzt diesen Satz las: ›Wer durch Schwaben reist …‹

Vor einigen Jahren hatte Dr. Munk eine Entdeckung gemacht, an die er sich jetzt erinnerte. Damals war Munks Vater gestorben: der Versicherungskaufmann, zuletzt Bezirksvertreter Helmut Munk. Im Nachlaß hatte sich unter anderem ein Bündel Papiere gefunden und unter den Papieren das Fragment eines ›Arischen Nachweises‹. Der alte Munk – der damals noch nicht so alt war, hatte sich, na ja, wer hatte das damals nicht getan, wer hatte schon den wirklichen Durchblick, dachte Dr. Munk entschuldigend, und wer weiß, wie unsereiner in so einer Situation reagiert oder sogar denkt, hatte sich damals für die Mitgliedschaft in der NSDAP beworben. Auch das – nie abgeschickte – Bewerbungsformular an die Ortsgruppe Düsseldorf/Süd war bei den Papieren. Was man so alles aufhebt in seinem Leben. Vielleicht hatte sich Vater Munk bessere Fortkommenschancen in seiner Versicherung davon versprochen, wenn er NSDAP-Mitglied würde. Vor 1933 hatten die Nazi natürlich jeden in ihre Partei aufgenommen, der daherkam. Nachher wurden sie wählerisch. Man mußte einen ›Arischen Nachweis‹ erbringen. Vater Munk hatte also angefangen, Ahnenforschung zu betreiben, hatte an Pfarr- und Standesämter geschrieben, Abschriften von Geburts-, Tauf- und Trauscheinen eingeholt. Wenn das alle drei (oder waren es sechs?) Millionen Parteimitglieder gemacht haben, dachte Dr. Munk, dann war schon allein das Briefportoaufkommen von volkswirtschaftlicher Bedeutung. Vater Munk hatte herausgebracht, daß seine Vorfahren um das Jahr 1800 im Schwarzwald ansässig gewesen waren. Weiter zurück hatte der Vater die Sache nicht verfolgt, denn der Stichtag für den ›Arischen Nachweis‹ war der 1. 1. 1800.

Das Sanatorium, das auf einer Anhöhe unweit der Stadt Furtwangen lag, war in einem erbärmlichen Zustand. Nicht so sehr die sogenannte Kostendämpfung der letzten Jahre, das heißt, daß die Krankenkassen nicht mehr mit vollen Händen das Geld für ›Kuren‹ genannte Zweiturlaube hinauswarfen, sondern offensichtliche Mißwirtschaft hatte das sichtlich ehemals fashionable Haus heruntergebracht. Als erstes, dachte Dr. Munk, wird man die Türklinken putzen lassen müssen. Aber er kam, während er mit dem kaufmännischen Direktor des Sanatoriums das Haus besichtigte, immer mehr von dem Gedanken ab, sich für diesen Posten zu bewerben, dachte dabei auch an Barbara, die erleichtert sein würde.

Munk blieb zwei Tage in Furtwangen. Es ergaben sich Verhandlungen mit dem Verwaltungsrat der Stiftung, die das Sanatorium betrieb. Der Verwaltungsrat wollte das Chefarzthonorar drücken, Munk begrub innerlich endgültig den Gedanken an diesen Posten.

Am zweiten Tag mietete Munk für einen halben Tag ein Auto. Das Wetter war trocken. Es war für die Jahreszeit ungewöhnlich warm. Es lag kein Schnee. Munk fuhr ohne Ziel in den Schwarzwald hinein. Er fuhr bergauf. Er kam durch wenige Dörfer, zuletzt standen nur noch einige vereinzelte Häuser abseits der immer schmaler werdenden Straße. Es war dies sichtlich eine Gegend, in der sich Füchse (sofern es sie noch gab) und Hasen gute Nacht sagten. Munk ließ das Auto stehen, nahm seinen Mantel und ging ein ausgetrocknetes Bachbett entlang aufwärts. Die Bäume bogen sich in einem fast schon unnatürlich warmen Wind, nahezu einem Sturm. Der Wald rauschte. Der Himmel färbte sich rot. Es ging gegen Abend zu. Munk, der einen guten Orientierungssinn hatte, hatte keine Angst, das Auto hernach nicht mehr zu finden. Auf einer Lichtung, an einem felsigen Abhang, setzte er sich auf einen Holzstoß, der sorgsam aufgeschichtet und verkeilt, aber schon halb vermodert war. Rentierte es sich nicht mehr, das geschlagene Holz abzutransportieren? Als Munk seinen Mantel enger um sich zog, merkte er, daß das gelbe Heft noch in der Tasche steckte. Er zog es heraus. Es war noch so hell, daß man lesen konnte, grad noch. Munk schlug das Büchlein auf:

Schatzhauser im grünen Tannenwald,
Bist schon viel hundert Jahre alt;
Dein ist all Land, wo Tannen stehn,
Läßt dich nur Sonntagskindern sehn.

Dr. Thomas Munk war ein Sonntagskind. Das hatte ihm, soweit er das verfolgen konnte, noch nie nennenswerte Vorteile gebracht. Was die alltäglichen Dinge anbetraf, war er sogar eher ein Pechvogel. Wenn am Tisch jemand mit der Sauce spritzte, traf es unter allen Tischgenossen mit größter Sicherheit immer ihn, Thomas Munk. Verlorene Gegenstände fand er nie. Im Lotto hatte er, obwohl er einige Jahre lang regelmäßig und systemmäßig gespielt, nie etwas gewonnen. Anders sein jüngerer Bruder: Nikolaus Munk. Der hatte schon als Schulbub immer Geld auf der Straße gefunden, dem fiel alles in den Schoß, und vor vier Jahren hatte

er eine Millionenerbin geheiratet. Dabei war Nikolaus ein Mittwochskind.
Thomas Munk sagte halblaut: »Schatzhauser im grünen Tannenwald ...« Er kam sich albern vor, so vor sich hinzumurmeln auf diesem Holzstoß, so allein im Wald. Wie ein Irrer, der mit sich selber redet. Außerdem: was heißt: ›im Tannenwald‹, wo das alles Fichten sind, was da herumsteht. Munk stand auf und sagte den Vers mit lauter, deutlicher Stimme: »Wie albern«, sagte er – auch laut – dazu. Da saß auf dem Holzstoß, auf dem eben noch Munk gesessen, ein Zwerg, ein winziges, altes Männlein in schwarzem Wams und roten Strümpfen, einen großen Hut auf dem Kopf. Der Bart des alten Männleins war wie aus Spinnweben, und es rauchte eine Pfeife aus blauem Glas.
»Sie träumen nicht, Herr Dr. Munk«, sagte das Männlein. »Setzen Sie sich wieder her. Es ist lange Zeit vergangen, seit mich jemand gerufen hat. Gibt es denn keine Sonntagskinder mehr?«
Dr. Munk tat einen Schritt gegen das Männlein hin. Seine Gedanken, seine ganze Seele schien ihm im Augenblick wie in Glas eingegossen, und er betrachtete sich in dieser fremdartigen Situation wie von außen oder besser gesagt: von schräg oben.
»Nein, nein«, sagte der Schatzhauser, »anfassen dürfen Sie mich nicht. Ich bin zerbrechlich. Ja, sehr zerbrechlich. Aber es ist Platz für uns beide.« Das Männlein rückte etwas zu Seite.
Dr. Munk war nahezu sicher, nicht zu träumen. Weiter unten, klein am Wegrand, schräg an einen Zaun hingedrückt, stand das hellblaue Auto, mit dem er heraufgekommen war.
»Sie sind ein genauer Mensch«, sagte das Männlein, »aber

Sie dürfen das alles nicht wörtlich nehmen: Tannen oder Fichten, das hat man früher nicht so scharf unterschieden. Sie singen ja auch zu Weihnachten ›O Tannenbaum‹, und es ist zumeist eine Fichte. Außerdem wird das bald nur noch eine akademische Frage sein.«

»Sie«, Dr. Munk schluckte, »kennen meinen Namen?«

»Ja, ja, doch«, sagte der Schatzhauser und blies ein paar Kringel aus seiner blau-gläsernen Pfeife in die Luft. »Wissen Sie: für mich ist es so, wenn ein Mensch in den Wald kommt, daß seine ganzen Lebensumstände für mich sichtbar sind. Es umweht Sie das alles wie ein vielfarbiger Rauch, in dem ich lesen kann. Abgesehen davon, hatte ich mit Ihrer Familie schon einmal zu tun – das ist lang her. Eine alte Geschichte. Es hat sie auch einer aufgeschrieben, der hieß – mein Gedächtnis läßt seit ungefähr zweihundert Jahren merklich nach – der hieß … wie hieß er noch? Wilf … so ähnlich … Wilf … er hat sie nicht sehr exakt aufgeschrieben. Stimmt verschiedenes nicht in der Geschichte. Habe sie gelesen. In einem Almanach. Im 28er Jahr. *1828*. Es wäre besser, wenn ich mir andere Sachen merken würde als diese Jahreszahl. Aber das Gedächtnis läßt sich eben nicht kommandieren. Geht's Ihnen nicht auch schon so? Na ja. Sie sind jung. Wilf … oder Waulf oder so ähnlich. Ein eher schludriger Mensch.«

Dr. Munk schluckte wieder, dann sagte er: »Wenn Sie alles so genau wissen … da hätte ich eine Bitte.«

»Ja?« sagte der Schatzhauser.

»Sie wissen natürlich auch, daß ich Arzt bin, und daß dort unten bei Furtwangen das Sanatorium …«

»Lasset Sie d' Finger davon. Sie ärgeret sich bloß Ihr Läbe lang. Das isch nix für Sie.«

»Danke. Den Eindruck habe ich auch. Ich werde absagen.«

Ein stärkerer Windstoß fuhr durch die Bäume. Merkwürdigerweise wehte er den Rauch aus des Männleins Pfeife nicht weg. Der stieg auf, als gehe kein Hauch. Dr. Munk faßte den Schatzhauser genauer ins Auge. Das Männlein war grau, fast weiß im Gesicht, die Augen, auch grau, lagen ganz tief in den Höhlen.
»Was schauet er mich so kritisch a'? Ja, ja – ich bin alt. Aber ein' Doktor brauch' ich immer no net.« Das Männlein lachte kichernd. »Obwohl – in de' letzscht zwanzig, dreißig Jahr – da ist es stark abwärts 'gangen mit mir. Gesundheitlich quasi.«
»Das tut mir leid«, sagte Dr. Munk.
»Früher«, sagte der Schatzhauser, »da hat's ausg'schaut, als hätt' ich's äwig' Läbe.« Das Männlein schüttelte den Kopf. »Ich krieg' kei' Luft mehr.«
»Die Lunge?« fragte Dr. Munk.
»Lasset Sie Ihr Schtethoskop stecke'. I hon koi Lunge.« Das Männlein lachte. »I bin aus Glas. Noi, noi … die Luft selber, die Luft. Früher war die Luft rein und klar, besonders hier im Schwarzwald. Wie's Quellwasser … nein: wie früher's Quellwasser. Die paar Kohlenbrenner und die paar Glashütten – der Rauch, den die gemacht haben, der ist ja gar nicht ins Gewicht gefallen. Obwohl: damit hat's angefangen. Man hätte den Anfängen wehren müssen. Aber wer hätte das damals gedacht. Nicht einmal ich. Erst wie sie die erste Eisenbahn durch den Schwarzwald gebauet haben – aber dann war's zu spät. Und heute ist die Luft schwarz. Sie sehen's nicht, aber ich habe schärfere Augen. Und der Regen ist gelb. Und die Quellen, sogar die, die Sie für kristallklar halten, sind voll von giftgrüne Schlieren oder pechschwarze. Ich gehe mir jeden Tag die Tannen anschauen – oder Fichten, wenn Sie lieber wollen. Ich rede mit ihnen.

Viele, viele von ihnen sind aber schon stumm geworden. Ich will Ihnen nicht zu nahe treten, Herr Doktor, aber die Menschen sind ein Ungeziefer. Der Wald, *mein* Wald hat den Krieg verloren. Die Menschen haben einen Krieg gegen den Wald geführt, und der Wald hat ihn verloren. Vor zwanzig, dreißig Jahren hat er sich noch gewehrt, der Wald, und ich bin jed'n Tag herumgegangen und habe die Bäume angespornt: Wehrt euch, wehrt euch – ihr habt doch schon ganz anderes Ungeziefer überlebt, den Borkenkäfer zum Beispiel, oder das Feuer, den Windbruch ...« Das Männlein schüttelte den Kopf. »Es ist einfach zu viel Ungeziefer. Und Bäume werden immer weniger.«

»Aber inzwischen haben wir es doch eingesehen«, sagte Dr. Munk. Das Männlein winkte mit der Pfeife ab. »Zu spät. Vielleicht wäre es anders gekommen, wenn die Bäume nicht so langsam sterben würden. Wenn sie umfallen würden, wie ein geschossenes Tier – ja, dann hättet ihr es vielleicht früher erkannt. Aber so –? Ein Baum stirbt ganz langsam, und er bleibt noch stehen, wenn er schon tot ist. Sogar eure Forstspezialisten erkennen das gar nicht richtig ... und eure Politiker –« das Männlein machte eine wegwerfende Handbewegung.

»Aber inzwischen gibt es Leute, sie nennen sich sogar, wie der Wald ist: grün –«

»Ich weiß, ich weiß«, sagte das Männlein. »Auch die wollen nur wiedergewählt werden. Außerdem brauchen auch die Geld. Und woher kriegen sie's? Von denen, die den Fortschritt wollen. Und allein, was die an Papier brauchen für ihre Flugblätter ... Und abgesehen davon: es ist alles zu spät.«

»Der Wald ist verloren?«

»Der Wald ist endgültig verloren. Und mit dem Wald«,

sagte das Männlein leise, »geh' auch ich. Eigentlich«, sagte es noch leiser, »bin ich schon weit weg.«
Dr. Munk raffte sich auf. »Ich bin ein Sonntagskind, Herr Schatzhauser.«
»Ich weiß«, sagte das Männlein.
»Dann«, sagte Dr. Munk, »habe ich drei Wünsche frei?«
»Ich muß sie nicht erfüllen, wenn sie unsinnig sind«, sagte das Männlein.
»Ich werde mich hüten, einen unsinnigen Wunsch zu äußern«, sagte Dr. Munk, »ich habe drei sehr sinnvolle Wünsche …«
»Als ersten: Geld, stelle ich mir vor«, sagte das Männlein und zog an seiner Pfeife. »Das hat noch jeder als erstes gewünscht.«
»Hm«, sagte Dr. Munk, »ich muß gestehen, daß ich daran gedacht habe – na ja zwei Millionen?«
»Spielen Sie im Lotto, Sie können Zahlen ankreuzen wie Sie wollen, Sie werden gewinnen, bis die zwei Millionen voll sind. Ich habe übrigens geglaubt: Sie wollen zwanzig Millionen. Sie wollen nur zwei. Ihre Bescheidenheit ehrt Sie. Sie sollen belohnt werden. Spielen Sie nicht *hier* Lotto, sondern drüben –« das Männlein zeigte mit dem Stiel seiner Pfeife nach Süden, »in der Schweiz. Sie sollen zwei Millionen Schweizerfranken haben. Und der zweite Wunsch?«
»Daß meine Tochter immer gesund bleibt.«
Das Männlein kicherte. »Das wünscht ein Arzt. Hem, hem! Ja – die kleine Petra Munk. Sie wird – ich sage die Zahl nicht, aber es ist eine hohe Zahl – … Jahre alt werden und nie einen Kollegen von Ihnen brauchen.«
»Danke«, sagte Dr. Munk.
»Und den dritten?« fragte der Schatzhauser.
»Kann ich mir den nicht aufheben?«

»Nein«, sagte das Männlein. »Nicht mehr. Ich weiß nicht, wie lang ich noch da sein werde. Ich habe Ihnen ja gesagt: wenn der Wald nicht mehr ist, wird auch der Schatzhauser nicht mehr sein.«

»Dann wünsche ich mir«, sagte Dr. Munk, »daß der Wald gerettet wird.«

Das Männlein schwieg lange und blies Kringel aus seiner blaugläsernen Pfeife. Die Dämmerung war hereingebrochen. Die ersten Lichter schimmerten aus dem Tal.

»Ein schöner Wunsch«, sagte es dann endlich, »ein frommer Wunsch. Aber – ich muß Ihnen etwas gestehen: ich bin nur der Kleine Schatzhauser. Es gibt auch den Großen, den viel Größeren Schatzhauser, den Menschen *nie* zu Gesicht bekommen können – auch Sonntagskinder nicht. Bei Ihm, beim Großen Schatzhauser, hatte *ich* die Wünsche frei. Der erste Wunsch war: daß ich den Sonntagskindern, wenn sie mich rufen, drei Wünsche erfüllen darf, sofern sie nicht unsinnig sind. Er ist mir erfüllt worden – auch der zweite Wunsch, aber den sage ich nicht, den sage ich niemandem und nie. Sie werden ihn aber dereinst, zur gegebenen Stunde erfahren. Und mein dritter Wunsch war: daß der Wald gerettet wird. Diesen Wunsch aber hat mir der viel Größere Schatzhauser abgeschlagen.«

»Weil er unsinnig war?« fragte Dr. Munk.

»Nein«, sagte das Männlein, »sondern weil der viel Größere Schatzhauser wahrscheinlich einen ganz anderen Plan hat. Sie werden also verstehen, daß *ich* diesen Wunsch mit dem besten Willen nicht erfüllen kann.«

»Dann wünsche ich mir …«, sagte Dr. Munk. Aber der Platz neben ihm am Holzstoß war leer.

Dr. Munk kämpfte, um seine Selbstachtung besorgt, ein gänsehäutiges Gefühl nieder, das ihn in dem nun ganz finster gewordenen Wald von allen Seiten bedrängte. Betont langsam – dann nach der Hälfte des Weges doch etwas schneller – stieg er zu seinem Auto hinunter. Er schüttelte mehrfach den Kopf. Im Auto fand er auf dem Beifahrersitz mehrere ausgefüllte und schon gestempelte Lottozettel der Eidgenössischen Lotterieverwaltung. ›Hat mir nun der Schatzhauser‹, dachte Dr. Munk, ›den dritten Wunsch als unsinnig weil unerfüllbar abgeschlagen, oder habe ich noch einen Wunsch frei?‹

Er fuhr in die Stadt zurück. Mehrfach schien ihm, als tauchte am Weg eine kleine Gestalt mit großem Hut auf, aber als sie in den Scheinwerferkegel kam, war es doch immer nur ein Stein, ein Strauch und in einem Fall eine etwas weiter oben stehende Milchkanne aus Zink.

In Furtwangen telefonierte er von seinem Hotel aus den Verwaltungsrat der Stiftung an und sagte, daß er sich nicht weiter für die Chefarztstelle bewerben wolle. Früh am nächsten Tag gab er das Auto zurück und fuhr nach Hause mit dem Zug, wie er gekommen war. Der Schatzhauser hat Wort gehalten, jedenfalls, was den ersten Wunsch betraf – Munk gewann noch in derselben Woche die zwei Millionen Schweizerfranken, steuerfrei notabene! – der zweite Wunsch war als Langzeit- und Dauerwunsch nicht so rasch auf seine Erfüllung zu überprüfen. In der Tat aber war Petra nie krank. Mit den zwei Millionen als Grundstock eröffnete Dr. Munk – bald auch Professor an der Universität von Lausanne – ein eigenes neues, feines Sanatorium am Genfer See. Diese Gegend sagte Frau Barbara eher zu. Sie sah auch ein, daß Geldanlage in der Schweiz besser ist als in der Toscana. Aber *ein* Gedanke ließ Munk die ganzen

Jahre nicht los: hatte er noch einen Wunsch frei oder nicht? So fuhr er ein zweites Mal in den Schwarzwald. Diesmal war es Sommer. Die Hitze drückte auf das Land. An den Seen lagen fette Menschen. Munk, der diesmal mit seinem eigenen Auto kam, fuhr gleich hinauf und fand nach wenigem Suchen die Stelle wieder, wo er damals das Auto abgestellt hatte. Er ging den Bach, der wenig Wasser führte, entlang hinauf bis zu dem Abhang und dem Holzstoß, der nun schon ganz mit Moos überwachsen war. Das alte gelbe Heft – das er übrigens nie ausgelesen hatte, er war kein Leser, der Prof. Munk – hatte er mitgenommen. Er vergewisserte sich, daß wirklich keine Menschenseele weitum war, dann las er aus dem Heft und las mit lauter, fester Stimme:

»Schatzhauser im grünen Tannenwald,
Bist schon viel hundert Jahre alt;
Dein ist all Land, wo Tannen stehn,
Läßt dich nur Sonntagskindern sehn.«

Die Hitze lastete über dem Tal und kroch selbst zwischen die Stämme, die nach Harz rochen. Nichts rührte sich. Kein Windhauch bewegte die Zweige. Der Schatzhauser kam nicht. Munk rief den Vers nochmals. Der Schatzhauser kam nicht. Alles war still. Ein Baldachin von summender Hitze wölbte sich über der Lichtung. Munk rief ein drittes Mal. Der Schatzhauser kam nicht.

Prof. Munk setzte sich ins Gras. Auf dem Holzstapel konnte er sich nicht niederlassen, weil der schon zu stark vermodert war. Er blätterte im Büchlein, und dabei kam es ihm, daß er es nie ganz zu Ende gelesen hatte. Er blätterte darin hin und her, und plötzlich sah er, daß ganz hinten auf einer freien Seite von fremder Hand und in altertümlicher

Schrift einige Zeilen standen: ›Dein zweiter Wunsch, Thomas Munk, war zwieschneidig; Deine Tochter wird alt werden. Aber sie wird dadurch erleben müssen, daß es keinen Wald mehr gibt. Adieu, Thomas Munk. Sch.‹

Munk stand auf und ging, diesmal ohne jedes gänsehäutische Gefühl, zu seinem Auto hinunter. Obwohl immer noch kein Lufthauch sich regte, ächzten die sterbenden Fichten.

Gehehe, der sehr große Vogel

Unter den vielen tausend Inseln des indonesischen Reiches hat es in den fünfziger Jahren unseres Jahrhunderts einige gegeben (vielleicht gibt es heute noch welche), die noch unberührt waren. Ihre Bevölkerung war noch nie mit der übrigen Welt in Berührung gekommen, war isoliert, lebte so wie seit Jahrtausenden, ohne Geschichte, ohne Erinnerung, wie ihre Ahnen auf die Insel gekommen waren. Sie hielten ihre Insel für die Welt, das Meer für das Weltall.
Eine dieser Inseln hieß *Tam,* was in der Inselsprache (einem polynesischen Unterdialekt) soviel wie: *die bewohnte Erde* bedeutete. Auf Tam lebten etwa vierhundert Menschen. Die Sterblichkeit glich die Geburtenrate immer ungefähr aus: manchmal gab es vierhundertzehn Tamesen, manchmal dreihundertneunzig; fünfhundert nie, weniger als dreihundert auch nie. Im übrigen wußten sie selber nicht, wie viele sie waren, denn sie konnten nicht weiter als bis drei zählen: *hom* = eins, *gom* = zwei, *mom* = viele.
Sie lebten von den vielen Früchten, die auf der Insel wuchsen, und vom Fischfang. Ihre Boote waren so einfach, daß sie nicht wagen konnten, weiter als auf Sichtweite der Insel aufs Meer hinauszufahren. Wenn die Kuppe des Inselberges unter der Kimm zu verschwinden drohte, kehrten sie um. Auch war ihnen Navigation unbekannt. Sie sahen auch keinen Grund, weiter hinauszufahren, denn das Wasser um die Insel war ausnehmend fischreich – mehr als man brauchte –, und ihrer Meinung nach war außerhalb ohne-

dies nichts. Sich genauere Vorstellungen von diesem *Nichts* zu machen, lag den Tamesen fern.

Sie lebten in Familienverbänden. Ansatzweise waren politische Strukturen vorhanden: jede Familie hatte einen Ältesten, die Ältesten kamen ab und zu zusammen und losten einen Häuptling aus, der dann auf Lebenszeit amtierte und eine gewisse Autorität hatte. Er schlichtete die Streitigkeiten.

Die Religion war sehr einfach: Naturphänomene galten als gute oder böse Gottheiten. Die Menschenseele wird nach dem Tod ein nicht-eßbarer Fisch.

Vor mehr als zwei, also vor vielen Jahren, trat ein Phänomen auf, das bei allen solchen und ähnlichen Gemeinwesen ein religiöses Umdenken bewirkte, und das in der Ethnologie unter dem Begriff *Cargo-Kult* bekannt ist. Die Tamesen, deren Insel weitab von allen Schiffsrouten lag, hatten nie ein fremdes Schiff, auch nicht am Horizont, gesehen. Als jedoch der amerikanisch-japanische Pazific-Krieg ausbrach, sahen sie Flugzeuge. Die Auswirkung war klar: sie hielten diese dröhnenden, in der Sonne blitzenden Vögel für neue Gottheiten. Binnen weniger Jahre etablierte sich eine neue Religion, die Anbetung der Flugzeuge. *Flugzeug* hieß auf Tamesisch: Gehehe (= sehr großer Vogel). Da das Flugzeug am Himmel als Kreuz erscheint, verehrten die Tamesen von da ab das Kreuz-Zeichen. Sonst lief alles seinen gewohnten Gang weiter.

Zu der Zeit, als *Demong* aus der Familie der *Nede* zum Häuptling ausgelost wurde (nach dem Tod des Häuptlings *Heng*), und zwar, als *Demong* schon mehr als zwei Jahre regiert hatte, ereignete sich etwas, was das Weltbild der Tamesen völlig umkrempelte. Am Horizont tauchte ein *Gehehe* auf. Demongs Hauptfrau, eine von Natur aus neugierige

Person, die alles scharf beobachtete, saß gerade am Strand und weichte Palmwedel ein. Sie stellte sofort fest, daß dieses Gehehe weit niedriger flog als üblich. Sie schrie. Die anderen Frauen kamen gelaufen, dann auch die Männer. Demong beschattete seine Augen mit der Hand. »Das Gehehe berührt mit dem Bauch das Wasser«, schrie die Hauptfrau des Häuptlings (sie hieß Atma). »Unsinn«, sagte Demong. Da spritzte weit draußen das Wasser auf, es gab einen bis auf die Insel hörbaren Knall, ein Feuerpilz war zu sehen, Rauch stieg auf – und das Gehehe war verschwunden.
Am Abend kehrten Fischer zurück und brachten einen nassen Menschen mit, wie die Tamesen noch keinen gesehen hatten.
Es handelte sich um den Doktor der Botanik Malcolm S. Bolling aus Denville, Iowa, Professor an der University of Kansas, der mit vierzehn Kollegen zu einem Kongreß nach Bangkok fliegen wollte. Da auch in Sydney ein Kongreß war, flogen die fünfzehn zunächst nach Sydney, hörten oder hielten Vorträge über wichtige botanische Probleme und stellten dann fest, daß sie einen guten Schnitt mit ihren Reise- und Tagegeldern machen würden, wenn sie zu dem weiteren Kongreß nach Bangkok nicht mit einer Linienmaschine, sondern mit einem gecharterten Flugzeug reisen würden. Das rechnete ein Botaniker aus Vernon aus, ein smarter Mittvierziger namens Burfried F. Beyle. Es war so ziemlich das letzte, was er in seinem Leben ausrechnete, denn das gecharterte Flugzeug, ein offenbar älteres Modell, verlor nach drei Stunden Flug aus ungeklärten Gründen an Höhe, ein Triebwerk fiel aus. Die Botaniker erbleichten. Der Pilot sagte über Bordlautsprecher: »Nur Ruhe, es kann nichts passie – –«, da platschte das Flugzeug auf dem Meer auf und explodierte.

Malcolm S. Bolling fand sich – nach wie langer Zeit, wußte er nicht – im Meer schwimmend, seine Hand umklammerte ein hölzernes Servierbrett, auf dem ihm die Stewardess kurz vor dem Absturz Kaffee serviert hatte. Es beruhigte Bolling ganz erheblich, daß er am Horizont die Kuppe eines Berges sah. Er versuchte seine Schwimmweste aufzublasen. Es ging nicht. Mit einiger Mühe gelang es ihm, die Schwimmweste wenigstens auszuziehen. Sie verschwand wie ein Stein in der Tiefe. Nach einer Stunde vielleicht ruderte ein primitiver Katamaran auf Bolling zu und nahm ihn an Bord. Was die vier nackten Fischer zwitscherten, verstand Bolling nicht. Das Servierbrett hielt er immer noch fest umklammert.

*

Die Tamesen, oder besser gesagt, die Familie, der das Boot gehörte, dessen Besatzung den nassen Menschen im Meer gefunden hatte, diskutierte die Frage: soll dieser Fisch gebraten oder gesotten, oder kann er roh gegessen werden? Zunächst wurde er an einem Baum festgebunden. Das Servierbrett nahm der Familienhäuptling an sich. Bevor die kulinarische Frage jedoch ausdiskutiert war, drang die Nachricht von dem Fund zum Inselhäuptling, und der verfügte, daß der Mensch-Fisch unverzüglich, möglichst noch lebend, zu ihm zu bringen sei. Die Angehörigen der Familie, die ihn gefunden hatten, meuterten zwar, fügten sich aber dem Gebot, banden Dr. Bolling an Händen und Füßen an eine Stange, tauchten ihn ein paarmal ins Wasser, damit er naß blieb, und trugen ihn ins – wenn man so sagen kann – ›Hauptdorf‹. (Schon als Dr. Bolling noch am Baum festgebunden war, hatten sie ihn, um ihn feucht zu halten, in regelmäßigen Abständen mit Wasser überschüttet.)

Demong ließ den Mensch-Fisch in einen kleinen Bach legen oder besser gesagt: hängen, indem die Stange, an der er festgebunden war, wie ein Steg über das Wasser gelegt wurde. Dem Häuptling fiel dabei auf, daß der Mensch-Fisch verzweifelt darauf achtete, seinen Kopf über Wasser zu halten. Demong machte sich seine Gedanken darüber.

Mit der Familie der Fisch-Mensch-Finder wurde folgendes vereinbart: falls der Fund gegessen würde, wird die Mahlzeit zwischen Häuptlings- und Finder-Familie geteilt. Das ohnedies Wertvollere (das Servierbrett) dürfe der Finder-Familienhäuptling behalten. Im übrigen hielt Häuptling Demong den Fisch-Mensch oder Mensch-Fisch auf Grund seiner seltsam faltigen Haut für nicht eßbar, weswegen er womöglich als Seele eines Verstorbenen zu betrachten wäre. (Was Demong für Haut hielt, war Dr. Bollings Anzug. Kleidung war auf der Insel Tam unbekannt.)

Demong setzte sich an den Bach und betrachtete den Fang, der da ins Wasser hing und seinen Kopf verrenkt aus dem Wasser reckte. »Er schaut fast wie ein Mensch«, sagte Demong zu seinem Freund und Vetter Gamong. »Mhm«, sagte Gamong. »Und ich habe auch noch nie einen Fisch so schreien hören«, sagte Demong. »Klingt fast so, als wolle er uns was sagen«, sagte Gamong. »Vielleicht ist er gar kein Fisch«, sagte Demong, »komm einmal, wir probieren's.« Sie standen auf und hoben die Stange mit Dr. Bolling aus dem Bach, legten ihn – immer noch angebunden – in die Sonne. »Wenn er trocknet und doch nicht stirbt, ist er kein Fisch.« »Er lächelt, kommt mir fast vor«, sagte Gamong.

Als nach zwei Stunden der Mensch-Fisch ganz trocken und doch nicht tot war, verdichtete sich in Demong eine Vermutung. Er ließ seine Lieblingsfrau Atma und nochmals die Fischer kommen, die das Wesen aus dem Meer gefischt hatten, und befragte sie, begab sich auch mit ihnen an die Stelle am Strand, von wo aus Atma das Verschwinden des Gehehe im Meer beobachtet hatte. Es gab bald für Demong keinen Zweifel: die Fischer hatten das Wesen mit der faltigen Haut genau dort aus dem Meer gezogen, wo das Gehehe verschwunden war.
»Du meinst, erlauchter Häuptling und Vetter –?« fragte Gamong. »Ja«, sagte Demong, »wir müssen jedenfalls vorsichtig sein. Vielleicht geben wir ihm etwas zu essen.«

☼

Dr. Bolling rieb sich die Handgelenke. Die Tortur im Bach hatte er kaum überlebt. Lang hätte er den Kopf nicht mehr über Wasser halten können. »Ihr Blödmänner – ich bin ein Mensch – Hilfe! Hilfe!« und dergleichen hatte er geschrien. Auch der große Kessel, den die Frauen mit Blättern auswischten und dabei immer zu ihm herüberschauten, entging ihm nicht. Es entging ihm allerdings auch nicht – obwohl die Beobachtung angesichts seiner Situation untergeordnet war –, daß die Frauen völlig nackt und sehr hübsch waren. Als er dann in der prallen Sonne lag, bekam er fast einen Sonnenstich und hatte schon Wahnvorstellungen. Er hörte sich schreien: »Gestatten, mein Name ist Malcolm S. Bolling«, und »Ich bin aus Denville, Iowa und Bürger der Vereinigten Staaten«, und mußte dann selber darüber lachen und mußte dann darüber lachen, daß er in dieser Lage lachen mußte –

Dann wurde, schon eine ungemeine Beruhigung, der Kessel weggeräumt, und dann banden die nackten Wilden ihn los, nur den rechten Fuß banden sie nicht los, sondern ließen ihn angebunden und banden das andere Ende an einen Baum; wie man einen Hund anbindet. Sie gaben ihm zu essen: gekochtes Gemüse und ein paar Stückchen Fisch, gar nicht schlecht. Als eine der nackten Schönen – auch gar nicht schlecht, dachte Bolling – das Essen vor ihn hinstellte, merkte er, daß er Hunger hatte. Seit den drei Plätzchen, die neben dem Kaffee auf jenem Servierbrett lagen, das ihm die Stewardess gebracht hatte, die jetzt mit vierzehn Botanikern und einem Piloten und einem Copiloten von Fischen angeknabbert wird, seit jenen Plätzchen hatte er nichts mehr gegessen.

Die Kanaken (so nannte sie Bolling für sich, nicht ganz falsch, ethnologisch gesehen, aber er meinte es als Schimpfwort) umsaßen ihn, während er aß, in einem Umkreis mit einem Durchmesser von respektvollen zehn Metern und gafften ihn an. Nur Männer saßen da. Die Frauen und Mädchen mit den Kindern hüpften weiter hinten hin und her und kicherten.

Als Bolling fertig gegessen hatte, stand einer der Wilden auf und kam zu ihm her. Auch Bolling stand auf. Der Wilde verbeugte sich, zog zweimal an seinem Penis und sagte: »Demong.« Bolling verbeugte sich nur und sagte: »Bolling.« Demong verbeugte noch nochmals, zeigte auf Bolling und sagte: »Bolling?« Bolling verbeugte sich und sagte: »Bolling.« Dann zeigte er auf Demong und sagte: »Demong?« Demong lachte und sagte: »Demong.«

*

Als Demong sicher war, daß Bolling so, ohne Gehehe, nicht fliegen konnte, wurde er losgebunden. Er durfte in der Häuptlingshütte schlafen, merkte allerdings, daß stets eine Wache am Eingang saß, die Bolling nicht aus dem Auge ließ. Die Wachen wechselten sich natürlich ab.
Bolling wurde gut ernährt. Er nahm seine Mahlzeiten mit dem Häuptling, manchmal auch mit Vetter Gamong ein. In der dritten Nacht ließ Demong seine Lieblingsfrau Atma kommen und besprang sie unter lautem Gelächter. Als er fertig war, machte er eine höfliche Verbeugung und deutete auf Bolling. Atma kicherte weiter, kniete da mit offenen Beinen und reckte den goldbraunen Hintern in die Höhe.
Bolling zögerte. »Bolling! Bolling!« schrie Demong und lachte. Seit sich Bolling von seiner Frau – Mrs. Joyce Bolling – an einem Abend vor … vor wieviel Tagen? Bolling war in der Zählung der Zeit durcheinandergekommen durch all das, was er erlebt hatte … seit er sich da ehelich verabschiedet hatte, bevor er nach Sydney flog, hatte er in der Hinsicht enthaltsam gelebt. Als elf der Kollegen in Sydney ins Bordell gingen (das letzte Mal in ihrem Leben, was sie aber natürlich nicht wußten), war Bolling nicht mitgegangen. Was wohl Joyce jetzt gerade machte? Ob sie schon … »Bolling! Bolling!« schrie Demong und lachte. Bolling zog seine Hose aus.
Bolling hielt es für Höflichkeit und Gastfreundschaft, daß ihm Demong seine Frau leihweise überließ. Das war es auch, aber nur zum Teil, zum Teil war es auch Neugier. Demong wollte sehen, ob Bolling einen Penis hatte. Nun sah er das, stellte gleichzeitig fest, daß Bolling unter der blauen, faltigen Haut noch eine etwas glattere, rosarote Haut hatte. Als am nächsten Abend die erste Nebenfrau Demongs ge-

rufen wurde – sie hieß Tatma –, ließ Demong höflich Bolling den Vortritt.

☼

Nach wenigen Tagen hatte Bolling schon so viele Wörter in der Sprache dieser Wilden aufgeschnappt, daß er sich, was die einfachsten Bedürfnisse betraf, verständigen konnte. Nach vier Wochen war eine primitive Unterhaltung möglich, nach drei Monaten – beflügelt durch den Zwang – beherrschte Bolling die Tamesensprache fließend.

»Es gibt also«, sagte Demong, »außer uns auf dieser Insel noch andere Länder und Menschen?«

»Viele Tausende«, sagte Bolling. (Er sagte: »mommom, mal mom-mom mal mom-mom.«)

»Hm«, sagte Demong. »Und die Gehehe sind keine Vögel, sondern Schiffe, die durch die Luft gleiten?«

»So ist es«, sagte Bolling, »und jeder kann in so ein Gehehe einsteigen – es sieht drin aus wie in einer eisernen Hütte, etwa mom-mom-mal so groß wie die hier – und damit übers Land oder übers Meer fliegen. Es ist völlig ungefährlich. Meistens«, fügte er schnell hinzu.

»Und die Menschen alle haben so eine zweite Haut an wie du?«

»Mehr oder weniger«, sagte Bolling.

»Ist das nicht scheußlich unbequem?«

»Man gewöhnt sich daran«, sagte Bolling.

Demong hatte einmal aus Jux Bollings Jacke probiert, hatte sich fast totgelacht. Er zeigte sich damit seinem Volk, drehte sich herum und stolzierte auf und ab. Auch das Volk lachte sich fast tot. »Ich weiß nicht, ob du das tun solltest«, hatte Bolling gesagt, »es schadet möglicherweise deiner Würde als Häuptling.«

»Da hast du wahrscheinlich recht«, sagte Demong und ließ die rangniedrigste Nebenfrau – sie hieß Pip –, die besonders laut gelacht hatte, schlachten und braten. Zur Abschreckung. Bolling aß nicht mit. Noch nicht.
»Ich versteh' nicht«, sagte Bolling, »warum ihr Menschen eßt, nicht aber die nicht-eßbaren Fische?«
»Die nicht-eßbaren Fische sind die Seelen der Verstorbenen«, sagte Demong. »Wir essen nur Fleisch, keine Seelen.«
Übrigens war Bollings äußere, faltige Haut – ein dunkelblauer Flanellanzug – in einem sehr schlechten Zustand, wie man sich denken kann: das Salzwasser und überhaupt das feucht-heiße Klima; der Stoff war nach wenigen Monaten kurz davor, sich in Fäden aufzulösen. Nur das Seidenfutter hielt ihn vorerst noch zusammen. Schuhe hatte Bolling ohnedies keine mehr, die waren wohl, als er aus dem explodierenden Flugzeug geschleudert wurde, davongeflogen. Meistens ging Bolling in der Unterwäsche herum, die allerdings auch nicht mehr gut ausschaute. Das Hemd und die Socken, die noch am ehesten angingen, hob Bolling für alle Fälle auf. Was sollte für ein ›Fall‹ auftreten? Bolling wußte es nicht.

☼

Als wieder einmal – nach Bollings kursorischer Berechnung war Dezember – ein Gehehe hoch über der Insel vorbeiflog, veranlaßte Bolling die Tamesen, ein großes Feuer zu machen und versuchte mittels Palmwedel Rauchsignale zu geben (Bolling war in seiner Jugend Pfadfinder gewesen), doch es passierte natürlich gar nichts. Ein paar Mal probierte Bolling, Demong zu überreden, mit einem Boot weiter nach Westen zu fahren, dort – meinte Bolling – müsse die nächste Insel sein. Aber Demong zeigte überhaupt kein Entgegenkommen.

»Könnte auch *ich«*, fragte Demong, »in einem Gehehe mitfliegen?«

»Selbstverständlich«, sagte Bolling. Demong dachte lang nach.

»Du müßtest es nur gestatten, daß wir mit einem Boot weiter nach Westen fahren«, sagte Bolling wieder einmal, »wir müßten vielleicht Proviant für längere Zeit mitnehmen, und Wasser. Vielleicht könnten wir ein festeres Boot bauen ...«

»Nein, nein«, sagte Demong, »das ist viel zu gefährlich. Das Meer ist viel zu unsicher. Und denke an die ganzen Seelen der Verstorbenen, die darin herumschwimmen. Verstorbene sind mißgünstig. In der Luft schwimmen keine Seelen.«

»Was meinst du damit?«

»Du könntest etwas anderes bauen. Ein Gehehe.«

Bolling lachte.

»Du findest das auch einen guten Plan?« sagte Demong und lachte auch.

»Das geht nicht«, sagte Bolling. »Gehehe sind aus *Metall.*« (Er benutzte das englische Wort.)

»Was ist das: Metall?«

Einer der wenigen Gegenstände, die Bolling geblieben waren, war ein Taschenmesser, das er in der Hosentasche bei sich gehabt hatte. Von Anfang an hatte die Tamesen dieses Messer verwundert. Bolling zog es heraus und machte es auf. »Das ist *Metall.*«

»Hm«, sagte Demong, »aber ich bin sicher, daß man ein Gehehe auch aus Holz machen kann.«

»Nein«, sagte Bolling.

»Doch«, sagte Demong, und Bolling glaubte einen Unterton zu hören, der etwas entfernt von der gewohnten Freundlichkeit war. Abends – es war Vollmond – war dann zwar die alte Freundschaft wieder da. Demong rief zwei seiner Nebenfrauen in die Hütte, die sich sogleich auf alle viere niederließen, die Hintern hochreckten und die Schenkel öffneten. Unter großem Gelächter schoben sie Demong und Bolling ein paarmal durch die Hütte. Als sie dann auf dem Palmstroh lagen und sich von den Frauen mit Kokosöl einreiben ließen, sagte Demong: »Es ist aber doch nicht so, daß du nur dein Geheimnis für dich behalten willst?«
»Welches Geheimnis?«
»Wie man ein Gehehe baut.«
»Bestimmt nicht. Wenn ich dir sage: es ist ungeheuer schwierig, ein Gehehe zu bauen, und es gibt nur wenige, die es können –«
»Ich glaube aber doch, daß du nur dein Geheimnis für dich behalten willst«, sagte Demong, wieder sehr kühl.
»Ich *kann* es nicht«, sagte Bolling ärgerlich.
»Wenn du kein Gehehe baust«, sagte Demong, »dann bist du für uns von wenig Wert. Außer in gebratenem Zustand.«
Da fing Bolling am nächsten Tag damit an.
Selbstverständlich hatte Bolling für den Bau des Gehehe alle Vollmachten vom Häuptling. Bolling ließ dünne Bäume fällen. (Die Tamesen arbeiteten sehr geschickt mit Steinäxten.) Die so gewonnenen Stangen ließ er auf die Bergkuppe transportieren. Dort befahl er einen Abhang, der ihm geeignet erschien, zu roden. Das dauerte alles seine Zeit. Demong fragte jeden Tag, wann das Gehehe endlich fertig sei.
»Ein Gehehe zu bauen erfordert dort, wo sie dafür eingerichtet sind, schon ein *Jahr*«, sagte Bolling.

»Was ist ein *Jahr*?« fragte Demong.
»Mom-mom Tage, soviel Mondwechsel, wie du Finger hast und zwei Zehen dazu«, sagte Bolling. Bolling war natürlich darauf aus, Zeit zu gewinnen. Wofür? Er hoffte – vielleicht unsinnigerweise, das sagte er sich selber –, daß doch noch ein Schiff auftauchen würde, daß man ihn womöglich sogar suchen werde. Eine winzige Chance. Den Häuptling davon zu überzeugen, daß es nicht ging, ein Flugzeug zu bauen, war aussichtslos.
Demong schaute seine Finger und seine Zehen an. »Soviel Finger und zwei Zehen?«
»Ja«, sagte Bolling.
»Gut«, sagte Demong, er war nicht ganz ohne Vernunft in der Sache, »hier brauchst du natürlich länger. Mom (also: drei) Zehen.«
Die Arbeitsgeschwindigkeit der Tamesen kam der Intension Bollings auf Zeitgewinn stark entgegen. Mehr als höchstens zwei Stunden pro Tag bewegten sich die Tamesen nicht. Demong ließ sich von Atma aus getrockneten und gefärbten Blütenblättern dreizehn kleine Ringe flechten, die er nebeneinander ans Kopfende seiner Schlafmatte legte. Beim ersten Mondwechsel steckte er den ersten an: an den linken kleinen Finger. Beim zweiten Mondwechsel den zweiten an den linken Ringfinger. Um die Zeit, als Demong den dritten Ring an den linken Mittelfinger steckte, kamen im Harem des Häuptlings die ersten hellerhäutigen Kinder zur Welt. Einen besonders kräftigen Knaben nannte Demong: Obolling (= kleiner Bolling).
Bolling war nicht nur Pfadfinder gewesen, er hatte auch gebastelt. Er versuchte sich zu erinnern. Er experimentierte. Demong schaute interessiert zu. Aus kleinen Stäbchen, die er mit seinem Taschenmesser zurechtschnitzte, band er ein

Segelfliegermodell zusammen. Er kletterte damit auf Bäume, warf es. Das vierte Modell flog. Demong war begeistert. Er schenkte Bolling zwei eigene Frauen und ließ ihm eine eigene Hütte bauen. Bolling durfte sich die Frauen aussuchen. Er wählte Keka, eine Tochter Demongs, die, soweit Bolling die Sachlage überblicken konnte, die schönsten Brüste hatte, und ein Mädchen namens Leng aus dem Nachbardorf, die besonders gern und ausdauernd lachte.

Als Demong den Ring an den rechten Daumen steckte, begann Bolling das Modell – oben auf dem gerodeten Abhang – maßstäblich ins Große zu übertragen. (Der Abhang mußte oft nachgerodet werden; es wucherte alles sehr schnell auf Tam.) Gegen Ende des Jahres war das Gestell fertig. Es war auch höchste Zeit, Demong trug schon einen Ring am linken kleinen Zeh. Bolling verfügte, daß die Weiber aus Palmblättern ganz leichte Matten flochten. Das konnten sie, denn mit solchen Matten deckten sie ihre Hütten. Es gab sogar eine Art Leim aus Fischknochen. Bolling klebte die zugeschnittenen Matten auf das Gestell. Es sah nicht schlecht aus. Aus der Entfernung glich das Gehehe einem Segelflugzeug. Demong streifte den letzten Ring über. Bolling ließ neuerlich Stämme fällen, diesmal dickere, und eine Art Geleise bauen: eine Startbahn, die Lichtung hinab und unten über den Abhang hinausragend; zwei Reihen Stämme knapp nebeneinander, in deren Zwischenraum, hoffte Bolling, das Gehehe gleiten sollte. Mißmutig gestand Demong auf verzweifelte Hinweise Bollings einen zusätzlichen Mondwechsel zu. (Einen weiteren Ring ließ er sich nicht flechten.) Bolling ließ die Stämme der Gleitbahn polieren und einfetten.

Der große Tag kam. Bolling schwankte zwischen Angst und

Hoffnung. Demong ließ sich mit Blumen schmücken, fraß allein vier Pfund Fische, hielt eine Ansprache an sein Volk und ließ sich dann von vier Mann zur Rodung hinauftragen. Dort hatte Bolling bereits seine Mannschaft aufgestellt. (Aus den ›Arbeitern‹ hatte er die acht geschicktesten ausgewählt und speziell gedrillt. Jeder Handgriff saß – so hoffte Bolling.) Dort, wo die Flügel den Rumpf kreuzten, war ein Sitz mit zwei Haltegriffen angebracht. Bolling wollte sich hineinsetzen – »Nein, nein«, sagte Demong, »das täte dir so passen. *Ich* fliege.«

Vier Tamesen hielten außen die Flügel und damit das Gehehe waagrecht. Demong stieg ein, klopfte sich an die Brust, hielt noch eine kurze Ansprache und befahl dann: »Los!«

Bolling gab seinen Leuten einen Wink, die anderen vier griffen auch an und schoben – immer schneller werdend, sie hatten es geübt, aber natürlich nie bis zum Abschnellen, unten mußte immer gebremst und dann das Gehehe wieder hinaufgetragen werden – und schoben das Flugzeug dem Abgrund zu. Es glitt vorzüglich, der Wind pfiff Demong um die Ohren, er lachte. »Auslassen!« schrie Bolling. Das Gehehe schoß über den Abgrund und – und segelte über den Busch hinaus. Von Luftströmungen und Thermodynamik und dergleichen hatte Bolling keine Ahnung. Vielleicht hatte er zufällig eine günstige Stelle gewählt. Bolling und die Tamesen standen am Abhang und schauten dem Gehehe nach. Es segelte – eine Minute, zwei Minuten, es segelte sogar aufwärts: drei Minuten, vier Minuten, dann ging es vorn steil in die Höhe, sackte über die linke Tragfläche ab und fiel wie ein Stein zur Erde. Demong war schwerer als das Gehehe, er fiel voraus. Man fand ihn nach mehreren Tagen. Er bestand nun aus zwei getrennten Teilen und war schon von Ameisen angefressen. Gamong wurde zum neuen Häuptling gewählt. Er ließ Bolling kochen und bei der zeremoniellen Häuptlingsweihe den Festgästen auftragen. Die Abmachung mit dem Dorf, dessen Männer seinerzeit Bolling aus dem Meer gefischt hatten, wurde nicht vergessen: sie bekamen die Hälfte. Der Dorfchef von dort war natürlich auch unter den Festgästen. Er ließ sich eine Wade Bollings – mit Fenchel garniert – auf dem Servierbrett vorsetzen.

Don Ottavio erinnert sich

Wenn die Sonne sinkt und ferne Hügelzüge von hinten beleuchtet, bildet sich *eine* aus dem hellen Himmel herausgefeilte dunkle Kette, obwohl die Hügel tief hintereinander gestaffelt sind und mitnichten in einer Linie liegen. So geht es manchmal mit dem Gedächtnis, namentlich wenn man älter wird. Die Erinnerungen liegen scharfbeleuchtet, aber zusammengezogen in der Ferne. Für die richtige zeitliche Abfolge kann ich nicht mehr gradestehen.

Lange Jahre war ich damit – man kann ruhig sagen: beschäftigt, *nicht* über die Dinge nachzudenken, die damals passiert sind, denn ich habe sie zum Teil als verletzend, zum Teil als beschämend empfunden. (Wobei ich eingestehen muß, was ich aber nie laut sagen würde: nur Parasiten wie unsereins sind mit einer Beschäftigung, die nur darin besteht, an etwas *nicht* zu denken, zufriedenzustellen. Recht viel mehr habe ich nie in meinem Leben zu tun gehabt.) Besonders seit jenem Tag, als Donna Anna mir sagte, daß sie im Kloster bleiben wolle, hatte ich Mühe, die rumorenden Gedanken aus meinem Kopf fernzuhalten, *nicht* nachzudenken. Ich verstand die Welt nicht mehr. Ich bezweifle jedoch auch, daß ich je begonnen hätte, sie zu verstehen, wenn ich nachgedacht hätte. »Nachdenken führt zu nichts«, sagt mein Beichtvater, er wisse es aus eigener Erfahrung.

Es war an einem milden Herbsttag gegen Ende des Jahres – ich weiß das Jahr nicht mehr, habe heute, bevor ich angefangen habe, dieses niederzuschreiben, lange darüber gegrübelt, welches Jahr das gewesen sein könnte. Es war ein Jahr, das steht fest, unter dem Pontificat Pius' VI., und es war, wenn mich nicht alles täuscht, bevor die Franzosen ihren König geköpft haben. Ich habe im Garten draußen ein paar von den älteren Rittern gefragt, ob sie sich vielleicht an jene Ereignisse, von denen immerhin seinerzeit die ganze Stadt gesprochen hat, erinnerten? Nein, es erinnert sich keiner. Sind alle zu jung. Ich bin fast der älteste Ritter, der hier auf dem Aventin lebt. Nur Fra Andrea da Venosa ist noch älter, einundneunzig. Doch er lebt, sofern man das so nennen kann, im Spital und kann nur noch mit Muttermilch ernährt werden. Hoffentlich stirbt er, solange das Wetter noch trocken ist, damit ich mich beim Leichenzug nicht erkälte. Das mit der Muttermilch hat sich unter den Rittern herumgesprochen. Fra Teofilo Maneguzzi hat plötzlich krank gespielt und wollte auch Muttermilch. Es hat sich dann herausgestellt, daß Fra Teofilo einem Irrtum erlegen ist. Er hat gemeint, er dürfe an einer Amme saugen. Aber so ist das nicht; ich habe mich erkundigt: einer Kindsmutter unten in der Stadt, einer Kindsmutter, die mehr Milch hat, als ihr Kind braucht, wird Milch – wie soll ich sagen – abgemolken, na ja, kein schöner Ausdruck, aber die betreffende Person wird es nicht lesen, ich glaube nicht, daß eine, die ihre Muttermilch verkauft, lesen kann; wird also abgemolken, die Milch und in einem Eimerchen heraufgebracht. Zweimal am Tag. Dann in ein silbernes Kännchen getan und Fra Andrea eingeflößt. Als so Fra Teofilos Irrtum richtiggestellt wurde, ist er ganz von alleine wieder gesund geworden. Das ist auch eine Folge des Zölibates, oder vielmehr: der Sittlichkeit. Dem Zölibat unterliegen ja die ordinären Geistlichen unten in der Stadt auch, was sie, wie jeder weiß, nicht hindert … Ich streiche aus Zartgefühl aus, was ich jetzt denke. Ich schreibe statt dessen: was sie nicht hindert, Dinge zu tun, mit denen zusammenhängt, daß sie nicht so einem blödsinnigen Irrtum – an einer Ammenbrust saugen zu wollen – unterliegen. *Die* wissen es besser. Wir nicht, obwohl wir ja Ritter sind, wenngleich geistlich.

Wenn doch dieser – ich will seinem Namen nicht die Ehre antun, daß er hier in meinen Aufzeichnungen auftaucht – dieser korsische Zwerg recht ordentlich in der Hölle brutzelt. Er hat uns die Insel weggenommen. Lange Jahre sind wir herumgeirrt wie Bettler. Ich war, wundere mich, daß ich das überlebt habe, sechs Jahre lang in Rußland. In Rußland! Dieser Schnee! Na, gut. Seit elf Jahren sind wir hier in Rom auf dem Aventin. Wir haben das Gefühl: wir sind *geduldet.* Einen Großmeister zu wählen, gestattet der Papst nicht. Und unserer Sittlichkeit schauen die Herren Cardinäle auf die Finger, wenn dieses Bild erlaubt ist … eine Klosterschule für adelige Jungfrauen ist nichts dagegen. So kommen solche Irrtümer zustande wie der Fra Teofilos.

Ich habe das alles einmal mit meinem Beichtvater durchgesprochen, einem gewissen Pater Nonuoso, einem Franziskaner von Aracoeli. Wir sind darauf zu sprechen gekommen, wie wir so meine Sünden von Gebot zu Gebot durchgegangen sind – mein Gedächtnis läßt immer mehr nach. Nicht einmal an die Sünden vom vergangenen Monat erinnere ich mich genau, obwohl es, bei meiner Seele, nicht viele sind. So muß mir Pater Nonuoso auf die Sprünge helfen. Und weil ich dazu neige, vom Hundertsten ins Tausendste zu kommen, da geht er eben die Gebote nacheinander mit mir durch. Er ist ziemlich streng: »Viertes

Gebot …«, keift er: »… glauben Sie wirklich, Exzellenz daß Sie da nichts … et cetera?« Ich bitte: Du sollst Vater und Mutter ehren. Meine Mutter ist gestorben, als ich knapp neun Jahre alt war, noch unter Clemens XIV., und mein Vater liegt seit 1804, das sind jetzt auch schon über vierzig Jahre her, in Santi Nomi di Maria. Was soll ich da schon groß ehren oder nicht ehren. Und dann das sechste Gebot. Du lieber Himmel. Ich habe manchmal das Gefühl, das ist dem Pater Nonuoso das liebste. Ich muß sagen – oft begehe ich überhaupt keine Sünden mehr: in meinem Alter. Ich sitze ja eh nur noch im Garten herum, lese keine verbotenen Bücher, weil ich überhaupt keine Bücher lese, ich höre schlecht, ich sehe nur noch auf einem Auge, von Fraß und Völlerei kann keine Rede mehr sein, weil mein Magen nichts mehr verträgt, und von mehr als zwei Gabeln Spaghetti bekomme ich Magendrücken, von mehr als zwei Gläsern Frascati Sodbrennen. Doch das glaubt Pater Nonuoso nicht. Tue ich ihm also ab und zu den Gefallen und erfinde ein paar Sünden, damit er eine Freude hat. *Das* wird ja keine Sünde sein.

Wir, die Ritter, sollten, hat der Beichtvater gesagt, zufrieden mit dem Zölibat und der Sittlichkeit sein. Die irdische Liebe sei schmutzig, und außerdem sei jeder glücklich, der nichts mit Weibern zu tun haben müsse. – Woher er das wisse, habe ich ihn gefragt. – »Jeder ist glücklich, der nichts mit Weibern zu tun hat«, hat er geantwortet.

Mein Zölibat ist mir, wenn man so sagen kann, nicht in der Wiege gesungen worden. Als einziger Sohn des letzten Romaldi wäre eigentlich meine Aufgabe gewesen, die Familie fortzupflanzen. Sie stirbt mit mir aus. Schade. Es ist ein sehr altes, edles langobardisches Geschlecht. Meine Familie (die nur noch aus mir besteht) kann sechzehn Cardinäle, vierundachtzig Erzbischöfe, unzählige Bischöfe und Äbte, achtzehn päpstliche Generäle, einen toscanischen Admiral, zweiundvierzig Offiziere, die in päpstlichen Diensten gefallen sind, und einen Heiligen (meinen Ur-Urgroßonkel San Bernardino Romaldi, er ist der Schutzpatron der Schuhlöffelerzeuger-Zunft in Lucca) und vier Selige vorweisen. Leider ist trotz der sechzehn Cardinäle nie ein Papst aus unserer Familie hervorgegangen, und die Chance dazu ist, wie man sieht, vertan.

Und die Sittlichkeit: ich gehe davon aus, daß diese Blätter nie jemand zu Gesicht bekommen wird. (Ich muß daran denken, an mein Testament ein Postscriptum anzufügen, daß diese Aufzeichnungen mit mir begraben werden.) Ich kann dem Papier also anvertrauen: ich bin achtzig Jahre alt und bin noch unberührter Jüngling. Ja, es ist kaum glaublich, aber es ist so. Zwar war auch meine ritterliche, maltesische Tugend nicht immer unangefochten. Die Gärtnerin damals, zum Beispiel, es muß unter dem Pontificat Pius VII. gewesen sein, die immer die Tomaten für die Küche gebracht hat ... ach ja. Aber so eine richtig günstige, respektive ungünstige Gelegenheit hat es nie gegeben. So bin ich mit achtzig Jahren noch – und vermutlich endgültig – unberührt. Das glaubt mir übrigens der Beichtvater auch nicht.

Und Donna Anna. Ja, ja. Da war ich schon über zwanzig Jahre lang Malteserritter, stand in den wie man so sagt, besten Mannesjahren, hatte aber natürlich längst schon die Profeß abgelegt, lebte hier im Priorat von Rom, es war kurz bevor ich der Gesandtschaft des Ordens in Wien zugeteilt wurde. Da besuchte ich Donna Anna (damals auch schon seit zwanzig Jahren, Mutter Maria Sinforosa) in ihrem Kloster. Als geistlicher Ritter war es mir gestattet, den Garten zu betreten. Es war Ende Mai. Das Geißblatt blühte. Auch als Nonne und als Vierzigjährige war Donna Anna immer noch schön, jedenfalls kam es mir so vor. Ich hielt mich am Griff meines Säbels fest. Das Geißblatt blühte und duftete, aber ich glaube, das habe ich schon erwähnt. Wir gingen langsam durch den Garten, ich machte, ja, es ist nicht anders zu sagen, und auch das kann ich den Blättern hier anvertrauen, da sie nie jemand lesen wird, ich machte ihr den Vorschlag …

Nein, ich muß anders anfangen. Ich habe mit keinem Wort die Schicklichkeit verletzt, ich habe nur, so tuend, als sei es eher beiläufig, von Fra Girolamo Serra di Falco erzählt, dem Neffen des Cardinals von San Marcello. »Fra Girolamo Serra di Falco«, habe ich gesagt, »Sie kennen vielleicht die Familie, zwar nur sechs Cardinäle insgesamt seit 1300, aber *zwei* Heilige, beichtet immer gemeinsam mit einer Nonne von Quattro Coronati. Es sei, berichtet Fra Girolamo, sehr schön. Das Beichten. Förmlich paradiesisch. Auch *was* sie beichten, sei außerordentlich erfreulich.« Ich wurde, da Donna Anna, also Mater Maria Sinforosa, ein wenig seufzte, so kühn, ihr vorzuschlagen, daß auch wir, wo wir doch vor vielen Jahren einander verlobt waren, gemeinsam beichteten … Sie seufzte wieder. »Ach nein«, sagte sie dann. Es war das letzte Mal, daß ich sie gesehen habe. Sie soll noch unter dem Pontificat Leos XII. gestorben sein.

Zuerst, erinnere ich mich, begannen die Dienstmädchen davon zu reden. Man wird fragen: Wie erfährt ein junger Mann von etwa zwanzig Jahren, ein römischer Nobile aus altem Haus, der allein mit seinem Vater in den marmorbödigen Fluchten eines Palazzo an der Via Sistina lebt und

seinen (zugegebenermaßen: eher bescheidenen) Studien obliegt, davon, was unter Dienstmädchen geredet wird? Natürlich erfährt er es unter gewöhnlichen Umständen nicht, aber das, was von jenem Verführer (dissoluto) geredet wurde, ging so über jedes gewohnte Maß hinaus, daß das Gerede über die Ehemänner und Brüder dieser Dienstmädchen zu den Barbieren und Kutschern gelangte, von dort zu den herrschaftlichen Dienern und Haushofmeistern, von wo aus es naturgemäß ein kurzer Weg zu den Herrschaften selber ist. Wer von unseren Domestiken mir zuerst davon erzählte, wüßte ich heute nicht mehr zu sagen. Es war ein allgemeines Geraune. Die römischen Dirnen waren die ersten, die sich besorgt zeigten: da gab es einen, der raste zwischen Weiberschenkeln herum und brauchte nie etwas dafür zu bezahlen. Im Gegenteil, es wurde gemunkelt, daß manches Weib dem Kerl hinterher ihre Ersparnisse zusteckte. Die Dirnen fürchteten um ihr Einkommen, wenn das Mode würde. Sie kamen beim Cardinal-Staatssekretär um Abhilfe ein und machten eine Wallfahrt nach Subiaco. Der Cardinal-Staatssekretär versprach, sich der Sache anzunehmen, aber bevor auch nur irgend etwas von offizieller Seite unternommen worden war – wie üblich –, war die Angelegenheit erledigt, wie man sehen wird.
Zunächst also die Dienstmädchen. Aber nicht nur die Dienstmädchen, versteht sich, auch die hübschen Wirtstöchter oder die süßen Gärtnerinnen, die auf dem Campo dei Fiori die Zucchini verkauften, die Schustersfrauen und die jungen Bäuerinnen, die aus der Campagna in die Stadt kommen, schwärmten und tuschelten. Wie er hieß, wußte niemand. Er kam von auswärts und hatte einen Diener dabei, der Namen, Alter und Haar- und Augenfarbe jeder Geliebten aufschrieb und den Tag der Verführung ver-

merkte. Es kursierte der Bericht einer Beichte einer dreiundzwanzigjährigen Wirtin aus dem Trastevere, ich glaube, sie hatte ihre Taverne in der Lungaretta. Der Beichtvater, ein gewisser Don Trojano Detesta, ein Canonicus von San Crisogono, kolportierte ihn. (Sein Bruder, Dottore Gaetano Detesta, war unser Hausarzt, natürlich ist er schon lange tot, wie alle, außer mir. R. I. P.) Die Wirtin hatte gebeichtet, daß der Unhold wie ein Sturm über sie gekommen sei. Sie habe sich förmlich nicht wehren können. Allein sein Blick habe vermocht, daß sozusagen ihre Kleider wie Zunder gewordene Lappen von ihr gefallen seien, vollständig. Ihre nackten Glieder seien ihm entgegengeschmolzen. Die erste Berührung schon habe sie in einen Taumel gestürzt, der sie willenlos habe zucken lassen, und noch eine halbe Stunde, nachdem der Unhold fort war, habe sie nackt auf dem Bett gelegen und nach Luft geschnappt.
Solche Berichte haben auch die noblere Damenwelt nicht ruhen lassen. Bald liefen auf höherer Ebene verschämte Schilderungen von Mund zu Ohr. Grandiose Einzelheiten der Anatomie dieses Monstrums wurden weitererzählt. Aber den Namen wußte keine, oder woher er war. Die weibliche römische Gesellschaft teilte sich in zwei Gruppen: die Leichtfertigen prahlten mit ihren Abenteuern, und keine von denen hätte zugegeben, daß sie nicht zum Kreis der Verführten gehöre. Die Sittenstrengen erbebten jedoch in Angst. Meine Verlobte, Donna Anna Castri-Mattei, neunzehn Jahre alt, gehörte zu meiner Erleichterung zu den Bebenden.

Im Rom jener Jahre waren, vielleicht mehr noch als heute, die Besuche edler Fremder üblich. Nicht nur edler: auch Gesindel fand sich zu allen heiligen oder weniger heiligen

Jahren ein. Jeder Beutelschneider, Taschendieb und Seiltänzer hielt es für seine Pflicht, irgendwann in seinem Leben einmal die Heilige Stadt auf- und heimzusuchen. Ich erinnere mich an englische Maler, an französische Flötisten, an deutsche Dichter, und einmal machte – es war nicht lang nach den beschriebenen Ereignissen – sogar ein lutherischer Bischof seine Aufwartung bei uns, eine griesgrämige Krähe mit weißem Bäffchen. Er war als Anstandswauwau irgendeines kurkölnischen oder kurmainzischen Barons in Rom. Eine komische Geschichte: der Baron, ich weiß nicht mehr, wie er hieß, war Geistlicher und der Bruder oder Neffe eines regierenden Kurfürsten und Cardinals und sollte Coadjutor werden, reiste aber mit seiner Mätresse, einer ehemaligen Schauspielerin. Um einem Skandal vorzubeugen, nahm das Pärchen jenen lutherischen Bischof mit sich, der von nichts eine Ahnung hatte. Hinter seinem Rücken wurde *er* vom Baron als Liebhaber der Dame ausgegeben. Der Bischof war aus Weimar, einer Stadt, von der ich keine Ahnung habe, wo sie liegt. Das Gerücht, das der Baron hier in Rom absichtlich ausstreute, nämlich von der Liebschaft des lutherischen Bischofs mit der Schauspielerin, fand schneller seinen Weg nach Weimar als hier in Rom an die Ohren des Lutheraners, der, heißt es, seine Zeit damit verbrachte, ein Büchlein in der Hand, die alten Trümmer auf dem Campo Vacchino zu bestaunen. Wie man weiß, sind lutherische Bischöfe verheiratet, und als endlich der Bischöfin in Weimar die Sache zu Ohren kam, pfiff sie ihn heim, und alles flog auf. Der Zölibat hat schon auch seine Vorteile, wie ich bei dieser Gelegenheit anzumerken mir erlaube.

So eine Geschichte hat mehrere Seiten. Und vor allem ist zu bedenken: was ist wahr, und was nicht? Wie sich die Sache in Dienstmädchenkreisen abgespielt hat, blieb mir, was die Einzelheiten betrifft, verschlossen. Als sich der Strudel dieser galanten Ereignisse bis zu den besseren Kreisen herauftürmte, waren die Äußerungen der Damen verwirrend. Bei Tee-Einladungen entrüstete man sich. Anderseits galt eine Dame, die *nicht* von dem unbekannten Unhold verführt worden war, als außer Mode – also gesellschaftlich tot. Jede leugnete für sich und wußte es von jeder anderen mit Sicherheit. Beim Namenstag meines Taufpaten Don Ottavio Chigi-Albani sagte dessen Schwägerin Donna Angela Fabrizii mitten in die Unterhaltung bei Schokolade: »Natürlich hat er auch mich … Ich bin vor Vergnügen in Ohnmacht gefallen.« Später gestand (log?) sie, es sei nicht wahr.
Nur Donna Anna nicht, da bin ich mir sicher. Donna Anna, die reinste, edelste Braut Roms. Um ganz ehrlich zu sein: wenn wir geheiratet hätten, viele Jahre zusammengelebt hätten, wenn die übliche Langeweile vornehmer Ehen lang genug schon gedauert hätte … und es wäre ein junger Vetter gekommen, ein fescher Malteser, zum Beispiel … ich würde heute meine Hand nicht dafür ins Feuer legen. Wie bei keiner Frau. Natürlich sage ich das *heute,* wo ich die Welt kenne, wie sie ist. *Damals,* wenn mir einer das gesagt hätte, hätte ich für die Ehre Donna Annas den Degen gezogen. Und ich hätte – damals – recht gehabt.
Es war Ende Oktober. Ich glaube, es war ein Freitag, besser gesagt, die Nacht von Donnerstag auf Freitag. Ich schlief schon. In meinen Schlaf drang ein Radau von der Straße her. Ich maß dem keine Bedeutung zu, kurz danach klopfte jedoch Francesco, mein Diener, an die Tür meines Schlafzimmers.

»Don Ottavio! Don Ottavio! Wachen Sie auf. Ein Unglück ist geschehen!«

Ich sprang aus dem Bett. »Wie spät ist es?«

»Die Turmuhr von Santa Trinità hat eben zwei Uhr geschlagen.«

»Was ist los?«

»Die Zofe Donna Annas ist durch die ganze Stadt gerannt. Sie ist bis oben hin mit Lehm bespritzt. Ein Unglück ist geschehen. Der namenlose Dissoluto ist bei Donna Anna.«

Ich sprang in meine Hose. Ich befahl, eine Kutsche anspannen zu lassen. Ich zog mich an. Es war grotesk; am Abend (es war das Fest Simon und Juda gewesen, wir hatten eine kleine Soirée mit Musik) hatte ich meinen Galarock angehabt. Er hing noch dort. Ich nahm mir keine Zeit, einen anderen zu suchen. Francesco reichte mir die Perücke. Ich band den Säbel um, steckte zwei geladene Pistolen ein. »Ist die Kutsche angespannt? Die Zofe soll mitfahren, mir auf dem Weg alles erzählen. Fahre du auch mit. Nimm das schwere Jagdgewehr.« Die Kutsche war noch nicht angespannt. Der Kutscher wachte nicht auf. Es dauerte mir zu lang. Ich warf selber einen Sattel auf meinen Apfelschimmel. (Achille hieß er, erinnere ich mich.) »Kommt ihr nach«, schrie ich, »wenn der verdammte Kutscher aufgewacht ist.« Und sprengte davon. Ich zwang den Achille, auch auf die Gefahr hin, daß er sich die Knöchel breche, die neue Scala di Spagna hinunter, die Via Condotti hindurch, daß der Dreck aufspritzte. Am Corso nach links, den Corso hinauf wie beim Juden-Rennen. Am Palazzo Venezia rechts bis San Andrea della Valle. Kein Mensch weit und breit. Eine Nachtwache wollte mich bei der Chiesa Nuova aufhalten. »Es ist ein Überfall«, schrie ich, »ich bin Don Ottavio Romaldi di Siguna Santa Chiara, mein Vater ist päpstlicher

Kammerherr. Mir nach!« Ich sprengte weiter. Tatsächlich, wie sich später herausstellte, folgten sie mir, doch sie waren, da zu Fuß, viel langsamer. Vor San Giovanni dei Fiorentini, scharf links, die Via Giulia hinab. Ich glaube nicht, daß mehr als eine halbe, höchstens eine Dreiviertelstunde vergangen war, seit mich Francesco geweckt hatte, da sprang ich vor dem Palazzo Castri vom Pferd. Das Tor stand – mitten in der Nacht – offen. Der alte Haushofmeister des Commendatore Castri kam mir mit einer Laterne entgegen. »Zu spät, Don Ottavio«, sagte er.
Dennoch zog ich meinen Degen und ging hinein. Der Haushofmeister führte mich auf die Terrasse. Ich werde das Bild nie vergessen: der Commendatore lag im Nachthemd auf dem Boden. Seine linke Seite war mit Blut befleckt. Blut sickerte immer noch in die Ritzen der Marmorplatten rings um ihn. Sein grauer Bart reckte sich in die Höhe. Seine Augen waren weit aufgerissen. Donna Anna, ebenfalls im Nachthemd, stand an das steinerne Geländer gelehnt und schaute, scheinbar nicht lebendiger als der tote Vater, auf die blutende Leiche. Der Haushofmeister hob die Laterne über seinen Kopf und beleuchtete die schreckliche Szene. Die Dienerschaft versammelte sich stumm, die Weiber heulten. Nach einiger Zeit kam auch mein Francesco und dann sogar jene Nachtpatrouille, die ich an der Chiesa Nuova getroffen hatte. Ich befahl, daß der Leichnam zugedeckt würde, und steckte meinen Degen ein.

Vom Mörder keine Spur. Die Nachtwache lief zwar herum, ihr Anführer tat sich wichtig. Er befahl, daß das ganze Viertel abgesucht werde. Gefunden wurde natürlich nichts. Das hätte ich ihnen vorher sagen können. Überhaupt verläßt sich die päpstliche Polizei hauptsächlich auf das schlechte

Gewissen der Übeltäter. Wenn einer sich selber stellt, dann erwischen sie ihn. Nur bei Blasphemie, Majestätsbeleidigung, Beschimpfung der Kirche und bei Verbreitung häretischer Schriften greifen sie durch. Das hat seinen guten Grund, wie mir einmal der Gouverneur auseinandersetzte: bei Verbrechern *dieser* Art ist auf das schlechte Gewissen nicht zu zählen; die stellen sich *nie* selber.
So war also die Scharwache abgezogen. Der Arzt kam, er konnte nichts anderes tun, als den Tod festzustellen und Donna Anna zu condolieren. Er fragte mich, ob er vielleicht Donna Anna ein beruhigendes Mittel geben solle. In Anbetracht der Tatsache aber, daß sie ohnedies immer noch wie versteinert dastand, lehnte ich dankend ab. Ich verfügte nur, daß die Leiche vorerst, bis die Leichenwäscherinnen, der Leichenbarbier usw. kämen, in das Schlafzimmer verbracht und auf das Bett gelegt würde. In Trauer vollzogen die Domestiken diese Dienste an ihrem geliebten Herrn. Donna Anna bewegte sich immer noch nicht. Ich befahl der Zofe, bei ihr zu bleiben, und begleitete den schrecklichen Transport ins Schlafzimmer. Auch ein Anblick, ein Gefühl, das ich nie vergessen werde: das noch schlafwarme Bett mit der Decke, die der Commendatore zurückgeschlagen hatte, als er die Schreie seiner Tochter hörte – und nicht ahnte, daß er tot und kalt nach weniger als einer Stunde in dieses Bett zurückgebracht werden würde. Ich faltete die Hände des braven Mannes und steckte das Kreuz, das auf dem Nachttisch neben dem Bett stand, dazwischen. Neben ihn legte ich seinen Degen. Wir stellten Kerzen auf.
Als ich wieder auf die Terrasse zurückkehrte, hatte Donna Anna endlich angefangen zu weinen. Ich versuchte sie zu trösten, sagte, daß nunmehr Gott allein ihr Vater sei, daß

allerdings auch ich da sei, der versuchen werde, ihr die väterliche Fürsorge zu ersetzen, vor allem: den ruchlosen Mörder zu finden und den Tod des edlen Greises zu rächen. Es fällt einem ja nicht viel ein in so einer Situation. Ich hatte das Gefühl, Donna Anna hörte nur halb zu. Sie ließ sich dann von ihrer Zofe wieder in ihr Zimmer führen. Ich blieb beim toten Commendatore und hielt die Totenwache, bis es von San Giovanni dei Fiorentini sieben Uhr schlug. Dann ritt ich langsam heim. In der zum Leben erwachenden Stadt war schon von nichts anderem die Rede als von dem Mord.

Donna Anna war verändert. Sie behandelte mich kalt und abweisend. Der Verdacht, der mich viel später beschlich, längst nach ihrem Tod, war mir damals noch fern. Ich führte das veränderte Verhalten – als natürlich – auf den plötzlichen Tod des Vaters und auf die so schockierenden Umstände dieses Todes zurück. Ich war allerdings dann später schon etwas betroffen von der fast eisigen Art, wie sie meine liebevollen Bemühungen um sie und darum, die vielen Angelegenheiten nach dem Tod des Commendatore zu regeln, entgegennahm, fast als sei ihr meine Gegenwart lästig. Ich schlug ihr vor, daß wir, da wir ja nun schon zwei Jahre verlobt waren, unter den neuen Umständen und ohne Rücksicht auf ein Trauerjahr (jeder hätte das verstanden) sofort heiraten, damit sie nicht allein in dem einsamen Palazzo an der Via Giulia bleiben müsse. Beinahe hohnlachend wies sie meinen Vorschlag zurück. »Wo denken Sie hin«, sagte sie, »haben Sie noch nie etwas von Pietät gehört? Und noch dazu, bevor der Mord nicht gerächt ist?« Ich kam natürlich nicht mehr auf diesen Vorschlag zurück.
So blieb also Donna Anna allein in dem Palast, das heißt, die einzige nähere Verwandte, die sie hatte, eine Schwester

ihrer Mutter, die als Nonne in einem Kloster in Anagni lebte, zog mit päpstlicher Dispens (die vorerst für ein Jahr gelten sollte) zu ihr. Nach einigen Tagen war Donna Anna dann bereit, mit mir länger zu reden. Sie empfing mich im Salon wie einen Fremden, allenfalls einen, der nicht ganz unwillkommen ist. Sie sagte, sie danke für meine Fürsorge, sie empfinde zu mir Zutrauen wie zu einem Bruder, und ich mußte feierlich – sie schleppte mich dazu sogar in die Hauskapelle – meinen Schwur erneuern, den Tod des Vaters zu rächen.

»Aber, teure Donna Anna«, sagte ich vorsichtig, als wir in den Salon zurückgekehrt waren und der Diener eine Tasse Schokolade und ein Gläschen Portwein für mich brachte (Donna Anna selber nahm nichts zu sich), »wenn ich den Mörder finden soll, müssen Sie mir schon die näheren Umstände der Tat schildern, auch wenn es Sie neuerlich erregen sollte.«

»Da ist wenig zu schildern«, sagte sie, »ich wachte davon auf, daß der Mann in meinem Schlafzimmer stand.«

»Wie sah er aus?«

»Lieber Don Ottavio: es war Nacht. Ich habe nur seine Silhouette gegen das Fenster gesehen.«

»Und dann? Was hat er getan?«

»Sie werden von einer römischen Edeldame, in deren Familie sich sieben Heilige, vier Selige und zweiundzwanzig Cardinäle finden, nicht erwarten, daß sie derart indezente Dinge auch nur schildert.«

»Ist er Ihnen«, sagte ich, und das Blut stockte mir, »zu nahe getreten? Ich meine …«

»Es genügt wohl, daß einer in mein Schlafzimmer kommt«, fuhr sie auf, »daß man das als *zu nahe treten* bezeichnen dürfte.«

Ich verbeugte mich leicht. »Und dann?«

»Ich habe geschrien. Ich habe mit der kleinen Schelle nach Smeraldina«, das ist ihre Zofe, »geläutet. Auf der Terrasse ist dann mein Vater gekommen –«

»Einen Moment«, unterbrach ich, »wie kamen Sie auf die Terrasse? Zerrte er Sie hinaus? Wollte er Sie entführen?«

»Ich weiß das alles nicht mehr so genau. Ich möchte auch gar nicht mehr daran denken, das werden Sie mir wohl zubilligen. Jedenfalls war ich auf der Terrasse und er auch, und dann ist mein Vater gekommen im Nachthemd, aber mit Degen, und er hat sich dem Unhold entgegengeworfen, der tapfere alte Mann, aber –«, sie stockte.

»Sie haben gefochten?«

»Das kann man so gar nicht sagen. Denken Sie doch nur: der alte Mann und der andere, zwei Köpfe größer und jünger. Mit einem Stich hat er meinen guten Vater ...«, sie schluchzte, »... ersparen Sie mir doch, das zu schildern.«

»Und danach?«

»Hat er sich über die Brüstung der Terrasse geschwungen, ist durch den Garten gelaufen, dort auf den Baum geklettert wie ein Eichhörnchen, vom Baum auf die Gartenmauer und drüben gegen die Tiberseite hin hinuntergesprungen.«

»Und Sie haben ihn die ganze Zeit nicht so deutlich gesehen, daß Sie ihn beschreiben könnten?«

»Ich sagte doch schon, daß es Nacht war und finster.«

»Dann wird es für mich sehr schwer sein, meinen Schwur zu erfüllen. Dennoch ...«

»Er hat sich, bevor er weg ist, vor mir verbeugt. So ganz leicht verbeugt.«

»Sehr edel.«

»Und dabei eine – eine kleine Handbewegung gemacht,

den Hut gezogen – und so eine kleine Handbewegung – etwa so, sehen Sie – so ungefähr … und dann ist er fort.«
So endete unser Gespräch. Im übrigen war sich die ganze Stadt – es wurde tagelang von nichts anderem geredet – darin sicher, daß der große unbekannte Verführer mit dem Mörder des Commendatore identisch sei.

Die Beerdigung war großartig. Am Tag danach erzählte mir Federico, der Kellner vom Caffè Greco (wo man neuerdings verkehrt), daß alles in allem achtundachtzig Kutschen gezählt wurden, alle mit reichem Trauerflor geschmückt. Die Metzgerin in der Via Borgognona, die angeblich alles weiß – so berichtet mir Francesco –, wollte sogar von hundertfünf Kutschen gehört haben. Es sei dem, wie ihm wolle, fest steht, daß vier Cardinäle im Trauerzug mitfuhren und daß der Papst seinen speziellen Segen übermitteln ließ.
Erstaunen erregte, daß schon ein Grabmal in Form eines lebensgroßen Standbildes des Komturs in Marmor über der Gruft stand, so wenige Tage nach dem Tod. Das bedarf einer Erklärung: fern davon, daß ich dem edlen Greis irgendwelche schlechten Charaktereigenschaften nachsagen wollte, muß doch in dem Zusammenhang festgehalten werden, daß die Freigiebigkeit nicht die allererste Eigenschaft war, die einem einfiele, wenn Donna Annas Vater genannt wurde. Es lebte damals ein Bildhauer in Rom, der hieß Luigi Acquisti (für die Schreibweise verbürge ich mich nicht, könnte auch sein, er hieß Ludovico) und stammte aus Imola oder Forlì oder irgendwo aus dieser Gegend. Ein englischer Lord, der eine Zeitlang in Rom als Gesandter seines Königs lebte, hatte im vergangenen Jahr diesen Acquisti beauftragt, eine lebensgroße Statue des Junius

Brutus in mittelalterlicher Tracht mit seinen, des Lords, Gesichtszügen anzufertigen. Der Gesandte trug, was damals sehr selten war und eigentlich nur bei exzentrischen Engländern vorkam, einen Vollbart. So also auch Acquistis Junius Brutus. Aber noch bevor das Standbild fertig war, heiratete der Gesandte in dritter oder vierter Ehe (er war schon ziemlich betagt) eine junge Contessina Covoni, die sich weigerte, die Ehe zu vollziehen, sofern nicht der Lord sich den Bart abnehmen lasse. Der Engländer – obwohl lutherisch – nahm Recurs beim Heiligen Vater, aber Pius VI., der bekanntlich eine ausgesprochene Abneigung gegen Bärte hatte, gab der jungen Covoni recht und dispensierte sie von der Befolgung der ehelichen Pflichten, bis der Bart gefallen wäre. Aber der Lord gab nicht nach. Er recursierte weiter und bat seinen Souverän, König Georg III., beim Papst in den Angelegenheiten zugunsten seines Bartes diplomatische Schritte zu unternehmen. Zum Unglück des Lords war jedoch auch Georg III. *gegen* Bärte eingestellt, weil er im Geist die amerikanischen Revoluzzer alle als mit Bärten behaftet sich imaginierte. So mußte also der Bart fallen. Die Ehe wurde vollzogen, aber der Junius Brutus sah dem Lord nun nicht mehr ähnlich. Der englische Lord ließ Acquisti wissen, daß er die Arbeit einstellen könne. Acquisti haderte mit seinem Schicksal. Er prozessierte und verlor natürlich. Das Gericht machte den streitenden Parteien einen Vorschlag zur Güte: Acquisti solle den Bart weghauen. Acquisti mußte das ablehnen, weil – statisch gesehen – einzig der gewaltige Vollbart den dünnen Kopf mit dem großen Helm hielt. Ohne Bart wäre der Hals gebrochen. Der Lord sagte: Er nähme die Statue auch ohne Bart nicht mehr ab, denn es widerspreche seinen englischen Prinzipien, jemandem etwas zu bezahlen, der gegen ihn prozessiert habe. Außerdem wurde der Lord bald darauf als Gesandter abgelöst, und Acquisti stand da mit seinem bärtigen Lord Junius Brutus.

Acquisti ärgerte sich eine Zeitlang, dann hörte er sich jedoch um, und er erfuhr, daß es dazumal einen einzigen römischen Adeligen gab, der einen Vollbart trug: den Commendatore, Donna Annas Vater. Der Papst redete ihn zwar jedesmal dumm an, wenn er ihn sah, aber der Commendatore verwies darauf, daß er ein Großneffe mütterlicherseits des Papstes Innozenz XII. Pignatelli sei, des letzten Papstes mit Bart. Dagegen konnte auch der Heilige Vater nicht gut etwas einwenden. Zu dem Commendatore also begab sich Acquisti und bot ihm gegen den bloßen Ersatz der Marmorkosten die Statue als Grabdenkmal an. Der Komtur rechnete aus, daß er nie mehr so billig zu einem lebensgroßen Monument kommen würde, zumal er dem armen Bildhauer noch drei Prozent Sconto und die Verpflichtung abhandelte, kleine Ähnlichkeitskorrekturen vorzunehmen. Im übrigen gab es kein großes Problem mit der Ähnlichkeit: einer mit Vollbart und Helm schaut mehr oder weniger aus wie der andere. Wichtig war nur, daß Acquisti Schärpe und Insignien des Constantinischen St. Georgs-Ordens von Parma nachträglich einarbeitete, denn dessen Komtur in Rom war Donna Annas Vater. So beschaffte sich der Commendatore preiswert, wenngleich unter ängstlicher Hintanstellung des Aberglaubens, daß man sich zu Lebzeiten kein Grabmal errichten lassen solle, die Statue. (Hätte das Beispiel Papst Julius' II. den Komtur warnen sollen?)

Es sei wiederum, wie dem wolle. Das Monument stand im Quatriporticus von San Clemente, als der Commendatore dort beerdigt wurde.

Der Trauerzug, wie erwähnt, war imponierend. Eine der reichsten, auffallendsten Kutschen gehörte einem Fremden, der damals in Rom weilte. Es wurde gemunkelt, er sei der illegitime Sohn des Königs von Spanien und einer Mohrenprinzessin. Er hieß Don Juan Tenorio und trug immer eine weiße Feder am Hut, zur Beerdigung allerdings ausnahmsweise eine schwarze. In Rom nannte man ihn Don Giovanni. Er war höflich und zurückhaltend, gebot offenbar über unbegrenzte Geldmittel und interessierte sich fast ausschließlich für Architektur. Er hatte den kleinen Palazzo Gentileschi (der heute nicht mehr steht) neben dem Palazzo Fiano am Corso nahe San Lorenzo in Lucina gemietet. Er machte zwar seine übliche Aufwartung bei den benachbarten und den wichtigsten entfernter wohnenden Nobili, ging danach jedoch selten in Gesellschaft.

Meine Nachforschungen nach dem Mörder meines Schwiegervaters (ich dachte damals noch, daß er das posthum einmal werden sollte) zeitigten keine Erfolge. Wie sollten sie auch. Ich schickte Francesco und auch andere Diener herum und ließ in der Via Giulia jeden, der dort wohnte, fragen, ob er in der betreffenden Nacht irgend etwas Auffallendes wahrgenommen hatte. Das gleiche unternahm ich bei den Leuten, die hinten am Tiberufer wohnten. Ein so mühevolles wie fruchtloses Unterfangen. Ich versuchte auch des vielgerühmten, vielberaunten Dissoluto der Dienstmädchen habhaft zu werden oder wenigstens herauszufinden, wer sich hinter dem versteckte. Aber seltsam, so sehr sich Mädchen, Frauen und sogar Damen auch rühmten, seine Gunst genossen zu haben: direkt danach gefragt, leugneten sie alle und wußten von nichts. Es war wie bei den Gespenstern: jeder kennt einen, der angeblich eins gesehen hat, und wenn man den fragt, sagt er: Nein, er selber habe keins gesehen, nur kenne er einen ... und so fort. Die Gespenster verflüchtigen sich nach hinten. Mit der fruchtlosen Suche vergingen mehrere Tage. Der November kam, es begann zu regnen, der Schlamm auf den Straßen wurde unpassierbar.

Um diese Zeit, es kann sogar noch vor dem Mord an dem Commendatore gewesen sein, kam eine Dame, eine Doña Elvira Martorell, entfernte Verwandte des Herzogs von Almenara Alta, aus Burgos in Spanien nach Rom. Sie war jung und fiel durch ihre etwas griesgrämige Miene auf und ging immer in Schwarz wie eine Witwe. Vom Sekretär der Spanischen Gesandtschaft, der gelegentlich bei uns verkehrte und mit meinem Vater Pharao spielte, erfuhren wir, daß diese Dame Martorell ihren, mit Verlaub gesagt, davongelaufenen Gatten suchte. Obwohl dieser Gatte bei seinem Verschwinden nicht unbeträchtliche Geldsummen aus ihrem Vermögen mit sich genommen hatte, war ihr genug geblieben, um ihrem Ungetreuen durch die halbe Welt nachzureisen. Sogar in Mexico war sie schon gewesen deswegen, aber er war bisher immer schon schneller weg als sie da. Vielleicht ist es nicht ganz unverständlich, daß man bei solcher Lage der Dinge griesgrämlich wird. Nun hatte sie von irgendwoher erfahren, daß er sich in Rom aufhalten solle, und kam also hierher.
Da ihre Cousine eine Schwägerin des erwähnten Gesandtschaftssekretärs war, kam sie einmal – es war kurz nach dem Tod des Komturs – zum wöchentlichen Jour fixe zu uns in die Via Sistina (sie hatte nicht weit weg – in der Via Margutta – eine Wohnung gemietet) und lernte hier Donna Anna kennen. Die gemeinsame, wenngleich aus so ver-

schiedenen Quellen stammende Trauer verband die beiden, und bald war es so, daß Doña Elvira fast jeden Tag für ein paar Stunden im Palazzo Castri in der Via Giulia weilte. Die beiden stickten gemeinsam auf Stramin, meist aber weinten sie.

Der durchgebrannte Gatte hatte sich in Burgos Don Christóbal Rodriguez genannt. Er behauptete, aus Madrid zu stammen, seiner Sprache nach aber, meinte Doña Elvira, sei er wohl eher ein Sevilla. Nachforschungen in Sevilla, auch in Madrid, waren ergebnislos geblieben. Nähere Prüfungen der Heiratsdokumente hatten ergeben, daß alles ohnedies nur ein Schwindel gewesen war. Sowohl der Priester als auch der Notar waren verkleidete Spelunkisten, die gegen ein paar Doublonen die Rollen gespielt hatten. Der angebliche Don Christóbal hatte der Doña Elvira die Jungfräulichkeit und dann soviel von ihrem Vermögen entwendet, wie er in der Eile locker machen konnte, und war nach vier Tagen aus Burgos verschwunden. Die vier Nächte, vertraute sie Donna Anna an, seien von nahezu überirdischen Verzückungen gewesen, und hauptsächlich trage sie, Doña Elvira, dem Ungetreuen nach, daß er durch seine Treulosigkeit die Erinnerung an diese Nächte vergiftet habe. Auch mir gegenüber erwähnte sie: »Ich werde ihm alles verzeihen, wenn er zurückkehrt.« Natürlich müßte in diesem Fall die Hochzeit rechtswirksam nachgeholt werden.

Die Monumentalfigur des Commendatore, deren Anfertigung sonst ein gutes Vierteljahr gedauert hätte, war, wie erwähnt, schon vorhanden. Es brauchte nur ein Sockel in Auftrag gegeben zu werden, was ich übernahm, und dann konnte die Statue aufgestellt werden. Die Grabinschrift er-

laubte ich mir zu entwerfen: »Dell'empio, che mi trasse al passo estremo, qui attendo la vendetta.« Als ich Donna Anna diese entworfenen Zeilen zeigte, schenkte sie mir – selten in der letzten Zeit – einen zärtlichen Blick.
Die Herstellung des Sockels und die Aufrichtung der Statue waren keine große Angelegenheit. Am Festtag des heiligen Papstes Leo war es soweit, und ich begleitete Donna Anna zu einer kleinen, würdigen Totenfeier nach San Clemente. Auf dem Rückweg begegneten wir Don Giovanni Tenorio. Es war, nach dem Regen zu Anfang November, ein sonniger, milder Spätherbsttag. Tenorio flanierte vor Cosmedin herum und schäkerte mit den Verkäuferinnen des Fischmarkts. Er lud eben eine proletarische Hochzeitsgesellschaft in seinen Palast ein, wo er, zum Gaudium der Leute natürlich, sie mit Schokolade und Caffee zu bewirten versprach. Als er unserer Kutsche ansichtig wurde, kam er her, zog seinen Hut mit der weißen Feder und sagte, er habe gehört, daß Donna Anna auf so schändliche Weise ihren geliebten Vater verloren habe, drückte sein Mitgefühl aus und erklärte, daß auch *sein* Degen zur Verfügung stehe, um die ruchlose Tat zu rächen. Dann verabschiedete er sich mit einer eleganten Handbewegung und verschwand.
Donna Anna erstarrte.
Ich fragte sie, was sie habe.
»Jetzt weiß ich«, sagte sie, »wer mir die Ehre geraubt hat. Don Giovanni Tenorio. Ich habe die Handbewegung wiedererkannt.«
»Die Ehre –?« fragte ich, »die *Ehre* geraubt?«
»Ich meine: den Vater, das Glück. Das gehört auch zur Ehre.«
Ich lehnte mich in den Sitz zurück und gab den Befehl, wei-

terzufahren. »Eine Handbewegung«, sagte ich, »ist noch kein Beweis für das Gericht.«
»Das ist mir klar. Aber es ist ein Beweis für mich. Und: was wir schon seit einigen Tagen vermutet haben, wir, das heißt Doña Elvira und ich – er ist auch der Betrüger Doña Elviras. Sie hat mir die gleiche Handbewegung geschildert.«
»Das läßt sich eher beweisen«, sagte ich.
Donna Anna beugte sich nach vorn und rief dem Kutscher zu, daß er sofort zur Via Margutta fahren solle.
Hat sie *nur* die Handbewegung geschildert? dachte ich.

Die Ereignisse überstürzten sich. Ich begleitete Donna Anna nicht zur Wohnung Doña Elviras hinauf. Sie wollte den Besuch allein abstatten. Ich fuhr nach Hause, wo mich abends eine Überraschung erwartete: Don Giovanni. Er ließ sich melden, als ich gerade dabei war zu überlegen, ob ich schlafen oder noch auf eine Partie Whist ins Caffè Greco gehen solle.
»Welche späte Freude«, sagte ich und dachte: Steht hier der Mörder meines Schwiegervaters vor mir? Wieviel ist auf eine Handbewegung zu geben, die eine Frau wiederzuerkennen glaubt?
»Die Ehre ist meinerseits«, sagte Don Giovanni.
»Darf ich Ihnen ein Glas Champagner anbieten?« Ich klingelte.
»Mit Vergnügen«, sagte Don Giovanni, »mit heißem Kopf lebt es sich leichter.«
Wir tranken also ein Glas, tauschten die üblichen nichtssagenden Redensarten über das Wetter, die Gesellschaft und die Stadt, bis so viel davon angesammelt war, daß er es nicht mehr als unhöflich empfand, auf den Punkt zu sprechen zu kommen, der ihn zu mir geführt hatte.

»Es ist mir peinlich, Don Ottavio«, sagte er endlich, »aber ich muß Ihnen unumwunden gestehen, daß ich in Geldverlegenheiten bin. Nur vorübergehend, versteht sich.« Aha, dachte ich, mit seinen angeblich unbegrenzten Mitteln scheint es nicht so weit her zu sein. »Mein Wechsel aus Spanien ist nicht eingetroffen. Ich warte jeden Tag. Auf der Gesandtschaft vertröstet man mich. Das Postschiff, sagt man, wurde von Piraten bei Sardinien ausgeraubt.«

»Na ja«, sagte ich, »mit Ihrem Wechsel werden die Piraten nicht viel anfangen können.«

Er lachte. »Ja, ja. Sie haben recht. Aber ich bin hier – einige unerwartete Verpflichtungen, dann mein Leichtsinn eine hübsche Venus zu kaufen ...«

»Eine hübsche Venus?«

»Aus Marmor, antik. Der Abbate Castoldi, ein Kenner, hält sie für echt. Und ich muß die Miete für den Palazzo ... Sie verstehen. Kurzum: können Sie mir mit neunhundert Zechinen aushelfen? Sie haben das Geld am Ersten Advent wieder. Parole d'honneur.«

»Neunhundert Zechinen sind viel Geld«, sagte ich.

»Doch nicht für Sie«, sagte er.

»Sagen Sie, etwas anderes: kennen Sie eine Doña Elvira Martorell aus Burgos in Spanien?«

»Wie? Was? Nie gehört. Ist die in Rom?«

»Ja, sie ist in Rom. Die Dame ihrerseits behauptet, sehr wohl von Ihnen gehört zu haben. Sie erwähnte sogar, daß sie mit Ihnen verheiratet sei.«

»Ah, haha«, er lachte, aber, wie mir scheint, es klang nicht sehr frei, »eine arme Irre: Aus Burgos. Ja, ja, ich erinnere mich. Sie ist unglücklich in mich verliebt. Passiert mir öfters. Sowas kennen Sie wohl auch, Don Ottavio, haha. Ja.

Sie hat Wahnvorstellungen. Verrückt vor Liebe – aber! Ich bitte Sie, ein Ehrenmann nützt so was nicht aus. Ich habe ihr gesagt, teuere Emilia –«

»Elvira –«

»Elvira? Ja richtig, *Elvira.* Sie sehen, wie wenig sie mich kennen kann, wenn ich nicht einmal ihren Namen genau weiß. Teuere Elvira, habe ich also gesagt, sehen Sie: man ist füreinander bestimmt, respektive nicht füreinander bestimmt, habe ich gesagt, und da ich als Ehrenmann keine Frau berühre, sofern mich nicht, habe ich gesagt, ernstere Absichten bewegen –«

»– haben Sie gesagt –«

»Wie bitte? Ach so, ja, ja, – habe ich gesagt, ernstere Absichten bewegen, muß ich Sie leider bitten, von Ihrer weiteren geschätzten Zuneigung für mich abzusehen, habe meinen Hut gezogen und mich empfohlen.«

»Doña Elvira stellt das etwas anders dar.«

»Kann mir schon denken. Das verrückte Huhn. Kommen Sie einmal näher her, junger Freund, darf ich doch sagen zu Ihnen, junger Freund, unter Männern. Diese Doña Elvira – also, ich hatte ja doch schon Gelegenheit, so ganz ... Sie verstehen ... also ... schon sehenswert in ihrer Art. Sie verstehen?«

»Ich verstehe.«

»Nicht gerade wie meine Venus, die ich eben, wie ich schon erwähnte, leichtsinnigerweise gekauft habe, aber doch ... wenn die Vorhänge nicht zu weit offen sind. Eine gewisse schwellende ... et cetera ... kurzum, ich mache Ihnen einen Vorschlag. Sie geben mir neunhundert Zechinen auf, sagen wir, sechs Prozent bis zum Ersten Advent, oder, sagen wir, bis Sylvester, und ich mache mit Doña Elvira ein Rendezvous aus, und – ich arrangiere das schon, das heißt, mein Diener ist da sehr geschickt, blitzschnell tauschen wir uns aus, und wenn es ganz finster ist, sind Sie es, der ins Bett steigt …«

Ich sagte gar nichts.

»Der Vorschlag gefällt Ihnen nicht?«

»In unseren Kreisen, Don Giovanni«, sagte ich langsam, »ist es üblich, um eine Dame zu werben, nicht sie zu kaufen. Sofern es eine *Dame* ist, und Doña Elvira ist, wie ich mich überzeugen konnte, eine Dame.«

»Na ja … werden Sie nicht gleich so förmlich. Es war ja nur ein Vorschlag. Wenn er Ihnen nicht gefällt …«

Ich stand auf. »Ganz und gar nicht.«

Da *ich* aufstand, blieb ihm nichts anderes übrig, als auch aufzustehen. Mit einer gewissen Genugtuung bemerkte ich bei dieser Gelegenheit, daß er gut einen halben Kopf kleiner war als ich.

»Der Darlehensfrage«, sagte er, »wollen Sie dann … nicht … nähertreten …?«

»Ich danke für Ihren Besuch«, sagte ich, »und ich hoffe, daß Sie mir bald wieder das Vergnügen machen.«

Schon am nächsten Tag unterrichtete ich den Gouverneur. Es ist ein Elend mit unseren römischen Behörden. Der Gouverneur – ein Vetter meiner Mutter – wand sich hin und her. Zwar: der Mord an einem Patrizier und Komtur war keine Kleinigkeit, aber! Dieser Don Giovanni oder Don Juan Tenorio … möglicherweise ein natürlicher Sohn des spanischen Königs, und wo man gerade jetzt gewisse diplomatische Rücksichten auf die spanische Krone nehmen müsse und so weiter und so fort und vor allem: Beweise! Beweise? Wo sind Beweise? Ich merkte: der Gouverneur wollte die Angelegenheit verzögern und hoffte, daß Don

Giovanni ehestens aus Rom verschwinden und die Erinnerung an den Mord versanden werde.
»Ich sage dir, lieber Neveu«, sagte der Gouverneur, »so ein raffinierter Mörder, der ist so gut wie nicht zu finden. Und wenn man ihn findet: da kann man ihn seiner Tat nicht überführen. Das alte Lied. Freilich, ich verstehe: deine Braut ist untröstlich. Ich mache dir deshalb einen anderen Vorschlag: wir lassen diesen Don Giovanni Tenorio auf sich beruhen, und zum Ausgleich dafür könnte man ja die Seligsprechung des Komturs einleiten. Hat er nicht grad noch, bevor er gestorben ist, irgend etwas gesagt? Irgendwas, was darauf hindeutet, daß er vielleicht ... ich meine, daß man ihn so gewissermaßen auf Märtyrer hindrehen könnte?«
»Ich glaube«, sagte ich, »dazu ist er nicht mehr gekommen.« Wieder ein Vorschlag. Ich dankte und ging. Wir waren auf uns selber gestellt.

Die Hoffnung des Gouverneurs erfüllte sich nicht. Don Giovanni blieb. Mein Diener Francesco erfuhr den Grund. Ich weiß nicht, wie es in anderen Städten ist, in Rom jedenfalls ist es so, war es jedenfalls damals so, daß die herrschaftlichen Domestiken, also alle diejenigen – Haushofmeister, Stallmeister, Jäger, Zofen, Köche –, die in geistlichen und adeligen Häusern dienten, eine eigene, durch Bekanntschaft, wechselnde Dienste, Verwandtschaft zusammenhängende Schicht der Bevölkerung waren. Sie hingen wie ein Netz unter der Welt der Paläste und Klöster, und die Nachrichten liefen dort schneller und sicherer hin und her, als wenn sie mit Läufern befördert worden wären. Wahrscheinlich war eine Cousine der Schwägerin Francescos das Patenkind eines Kutschers, der im Haus Don Giovannis diente, oder etwas in der Art. Jedenfalls erfuhr Francesco den Grund, der Don Giovanni in Rom hielt. Don Giovanni hatte sich mit unerwarteter Heftigkeit in eine Färberstochter aus der Via del Moro verliebt. Obwohl diese Färberstochter – sie hieß Zerlina – eben mit dem Sohn eines Wirtes, der seine Taverne neben Sant' Apollonia hatte, verheiratet worden war, stellte der Wüstling dem Mädchen mit krasser Unverfrorenheit nach, nahm den Wirtssohn in seinen Dienst als Koch (den Lohn blieb er ihm schuldig) und schickte ihn weiß der Himmel wohin in die Campagna und in die Albaner Berge, um Fleisch und Käse einzukaufen, um in der Zwischenzeit bei der jungen Frau freie Hand zu haben. Nicht genug damit, bemühte sich Don Giovanni gleichzeitig um eine Zofe namens Marianna, nicht ahnend, daß diese Zofe ausgerechnet bei Doña Elvira in der Via Margutta in Dienst stand.

Francesco erfuhr auch weiteres: Doña Elvira ertappte Don Giovanni in der Kammer der Zofe. Er war so frech gewesen, vorher eine Serenade vor dem Haus zu singen, so daß Doña Elvira zunächst verärgert aufwachte und dann mit wachsender Neugier die Szene verfolgte. Sie stellte, wie sie erzählte, Don Giovanni gerade noch rechtzeitig, um die Tugend ihrer Zofe zu retten, aber Don Giovanni floh unter Hinterlassung seiner Schuhe über den Balkon und das Dach des Nachbarhauses. (Wenn ich den Schilderungen Doña Elviras vom Zustand der Zofe Glauben schenken darf, so war sie, die Zofe, nicht abgeneigt gewesen, ihre Tugend ungerettet zu lassen.)

Doña Elvira ließ nun den Koch kommen, den Mann der Zerlina, und erklärte ihm alles. Der Koch, ein dummer Lümmel mit Namen (wenn ich mich recht erinnere) Tommaso Menta, wollte zunächst gar nicht glauben, daß der

edle Herr, der ihn und seine junge Frau mit solchen Wohltaten überschüttete (wenngleich den Lohn schuldig blieb; aber die Verköstigung im Haus Tenorios war glänzend; die blieb er bei den Lieferanten schuldig), solche unedlen Absichten habe. »*Absichten*«, sagte Doña Elvira, »ist gut. Wenn er *Absichten* hätte, dann wäre das weiter nicht schlimm. Schlimm ist, daß er sie längst verwirklicht hat.« Menta, der Koch, war wie vom Blitz gerührt, als ihm Doña Elvira erzählte, was mit Zerlina vorging, während Menta aus Rom fortgeschickt worden war. Menta sprang auf und wollte unverzüglich seine Frau verprügeln. Mit Mühe konnte er davon überzeugt werden, daß er nicht seine Frau, sondern Don Giovanni verprügeln solle.
Aber auch Don Giovanni hatte davon Wind bekommen, daß sich etwas gegen ihn zusammenbraute. Er zeigte sich nur noch selten in der Stadt, und wenn, dann in Begleitung seines Dieners Leporello, der eine Horde gedungener Schläger anführte.
Wir schmiedeten daher ein Komplott. Marianna lockte Don Giovanni zu einem fingierten Stelldichein auf den Monte Pincio hinter der Villa Medici. Wir – ich mit meinen Dienern und Tommaso (oder Tommassetto) Menta mit einigen Freunden – legten uns in den Hinterhalt. Tatsächlich gelang es Marianna, den Dissoluto von seiner Leibgarde weg- und in ein weiter abgelegenes Boskett zu locken. Die weiße Feder an seinem Hut leuchtete im Mondschein. Daran erkannten wir ihn. Ich trat vor und sagte: »Wenn Sie kein Schurke sind, dann stehen Sie und ziehen Ihren Degen.« Gleichzeitig trat mein Francesco mit einer Laterne hervor und leuchtete dem Gauner ins Gesicht: es war sein Diener Leporello, mit dem er die Kleider getauscht hatte. Was blieb uns anderes übrig, als den Kerl laufenzulassen.

Später erfuhren wir, daß es Don Giovanni seinerseits gelungen war, den Tommassetto von seiner Gruppe wegzulocken. Er hatte sich (in Kleidern Leporellos) als sein eigener Diener ausgegeben und so getan, als habe er, der angebliche Diener, auch noch eine Rechnung bei seinem Herrn zu begleichen, sei also quasi auf unserer Seite. Der dumme Massetto glaubte das und folgte dem falschen Leporello in finstere Gegenden. Plötzlich blieb der falsche Leporello stehen und sagte: »Dort – die weiße Feder! Schieß!«
Aber Massetto sah nichts. »Wo?«
»Dort!«
»Ich seh' nichts?!«
»Gib her, dann schieß ich!«
Der blöde Kerl gab Don Giovanni seine Pistole. »Hast du noch eine?«
»Ja, hier.«
»Und eine dritte?«
»Nein.«
»Sicher nicht?«
»Wenn ich es sage – warum schießt du nicht?«
Da zog Don Giovanni dem waffenlosen Massetto eins mit dem Pistolenkolben über den Kopf, aber Massetto bekam, obwohl er halb betäubt war, den Don Giovanni zu fassen und verprügelte ihn so, daß der gar nicht zum Schießen kam, bis es dem feinen Herrn gelang, sich loszureißen und davonzulaufen.
Don Giovanni brüstete sich am nächsten Tag mit diesem Abenteuer, dessen Verlauf er jedoch in seinen Erzählungen insoweit abänderte, als er behauptete, nicht Massetto habe ihn, vielmehr habe er Massetto verprügelt. Tatsache war, daß Don Juan Tenorio mehrere Tage lang nicht sitzen konnte.

Wiederum durch Francesco erfuhr ich, daß nun – es war inzwischen Ende November geworden – Don Giovanni doch zur Abreise rüstete. Offenbar wurde ihm das Pflaster in Rom zu heiß.

Doña Elvira fuhr, als sie davon hörte, nach heftigem innerem Ringen allein in den Palazzo Don Giovannis, um, wie sie Donna Anna vorher anvertraute, in einem ernsten, würdigen Gespräch zwischen erwachsenen Edelleuten das Gewissen dieses Mannes wachzurütteln. »Beim Anblick meiner Tränen, die ihm zeigen müssen, welche Gefühle mich trotz allem für ihn bewegen, kann er doch nicht ungerührt bleiben.« Sie halte ihn, sagte sie, nicht eigentlich für schlecht, nur für verleitet. Den Mord, glaube sie, habe er sicher nicht begangen.

Es kam, wie es meiner Meinung nach kommen mußte. Don Giovanni empfing Doña Elvira in seinem Salon und ließ sie erst einmal reden und weinen. Dann sagte er: »Darf ich Ihnen ein frisches Taschentuch holen?«, ging hinaus und kam nicht wieder.

Doña Elvira wartete mehr als eine Stunde, dann wurde sie ungeduldig, zog an einer Klingelschnur, die sich neben der Tür fand, und es erschien der obgemeldete schon mehrfach erwähnte Diener Leporello, der unwillig die Auskunft gab, sein Herr sei ausgeritten.

»So«, sagte Doña Elvira, »und hält das sein Herr für eine Art, eine Dame im Salon sitzen und warten zu lassen?«

»Weiß nicht«, sagte Leporello.

»Ein Lümmel ist sein Herr, ein Schurke von noch nie dagewesenem …«

»Sie brauchen nicht weiterzuschimpfen. Ich weiß alles.«

»So! Er weiß alles.«

»Ich bin schließlich seit vier Jahren sein Diener. Immer

muß ich alles ausbaden. Immer schickt er mich vor, wenn es brenzlig wird.«

»Und mit welchem Auftrag schickt er Ihn heute vor?«

»Ich soll Sie beruhigen, hat er gesagt.«

»So. Und wie?«

»Das hat er nicht gesagt.«

»Und wie gedenkt Er sich seines Auftrags zu entledigen? Wie, wie, wie?! Wie will er mich beruhigen?«

»Sie brauchen gar nicht so zu schreien. Kennen Sie dieses Büchlein?«

»Nein, was soll das?«

»Ich bin auch der Sekretär meines Herren. Als solcher habe ich die Aufgabe, alle seine … wie soll ich schicklicherweise sagen, damit Sie nicht wieder zu schreien anfangen … alle seine …«

»… sag'es nur: alle seine Eroberungen!«

»Ja. Die muß ich alle aufschreiben.«

Er faltete das Buch auseinander. »In Italien: 640. Die Sechshunderteinundvierzigste sollte Ihre Zofe Marianna sein. Ist noch nicht soweit. Ungefähr hundert in Frankreich, einundneunzig in der Türkei, aber in Spanien natürlich sind es am meisten. Tausendunddrei. Wollen Sie Ihre Nummer wissen?«

»Ich! Danke!«

»Sie sind nach Ländern gegliedert, aber auch nach Haar- und Augenfarbe, nach Rang, Alter …«

»Ich sehe: sein Herr ist nicht nur ein Wüstling, er ist darüberhinaus ein Pedant.«

Wir, Donna Anna und ich, hofften, daß nach diesem Besuch Doña Elvira endgültig von ihrer Liebe geheilt sei. Anfänglich schaute es auch so aus. Wir beschlossen nun, eine

Gelegenheit zu nutzen, um gemeinsam in den Palast Tenorios zu gelangen, und ich hoffte, ihn zu stellen und auf Ehre zu fordern. Immerhin war er ja unbezweifelbar ein Edelmann, und ich rechnete darauf, daß er einen Rest Ehre im Leib haben werde.
Wir erfuhren, daß er am 3. Dezember ein Abschiedsfest für seine Sauf- und Zechkumpane in seinem Palast geben werde. Zu dritt ließen wir uns hinfahren. Von weitem tönte Musik aus den hell erleuchteten Fenstern. Es war gegen Mitternacht. Das Fest strebte offenbar seinem Höhepunkt zu. Ich verhehle nicht, daß es mir mulmig war, praktisch allein, nur in Begleitung zweier schwacher Damen mich unter die Kumpane dieses Dissoluto zu mischen, aber es war möglicherweise die letzte Gelegenheit, und so hielt ich meinen Degen fester und überprüfte meine beiden Pistolen. Die Damen hatte ich mitgenommen, weil ich darauf rechnete, daß ein ungeladener Mann nicht, wohl aber zwei ungeladene junge Damen von diesem Don Giovanni zu seinem Fest Zutritt finden würden. Ich verrechnete mich nicht.
Wir stiegen aus. Der Schlamm war ziemlich schlimm, wir mußten bis zum gepflasterten Eingang hüpfen. Wir setzten, obwohl nicht Carneval war und somit eigentlich verboten, Masken auf und klopften. Oben schaute jener Leporello herunter, sah die Damen und schrie gleich: »Nur herein, was Brüste hat.«
Tatsächlich ging das Fest auf seinen Höhepunkt zu. Das Chaos war unbeschreiblich. Drei ordinäre Musikkapellen spielten gleichzeitig, aber verschiedene Stücke. Auf jedem Sofa oder auch darunter lagen besoffene … ich gebrauche hier nur aus Höflichkeit den Ausdruck: Herren. Weibliche Personen, denen nach meinem Gefühl die Bezeichnung

Damen nicht zukommt, liefen mit schamlos derangierten Kleidern, manche halb-, manche … es sträubt sich die Feder … ganz in statu naturae purae herum. Was sich in dunkleren Ecken abspielte, entzieht sich dem, was ein Cavalier und Malteserritter zu beschreiben imstande ist.
Im großen Salon stand Don Giovanni auf dem Tisch, sichtlich angetrunken, und gröhlte. Leporello drückte jedem von uns ein Glas Champagner in die Hand. Don Giovanni brachte – immer noch auf dem Tisch stehend – einen Toast aus und hielt dann eine in ihren logischen Zusammenhängen nicht mehr ganz einwandfreie Rede, die in dem Ruf gipfelte: »Es lebe der Wein, es leben die schönen Frauen – es lebe die Freiheit!« Und dieses schrie er bestimmt vier, fünf Mal: »Viva la libertà!«
Ich nahm meine Maske ab, zog meinen Degen und sagte so ruhig wie möglich: »Ich bin Don Ottavio Romaldi. Ich bezichtige Sie des Mordes an meinem Schwiegervater in spe. Wenn Sie ein Ehrenmann sind, dann steigen Sie vom Tisch herunter, knüpfen Ihre Hose zu und folgen mir in den Garten. Ich hoffe, daß zwei der hier anwesenden Herren gerade noch in der Lage sein werden, uns als Sekundanten zu dienen.«
Ich hatte das Gefühl, Don Giovanni werde auf den Schlag nüchtern. Er stieg vom Tisch herunter, nestelte unter verlegenem Grinsen an seiner Hose und sagte dann: »Selbstverständlich, selbstverständlich … Sie wollen Satisfaction. Ja, ja. Hem, hem. Wo ist bloß mein Degen? Leporello! Mein Degen.«
»Sie haben ihn umhängen«, sagte ich.
»Wie? Ach so – ha, ha. Aber das ist nur ein Zierdegen. Einen Augenblick, ich bin gleich wieder da.«
»Das kennen wir«, sagte ich, zog eine meiner Pistolen und

stellte mich so, daß ich möglichst Rückendeckung hatte. »Sie sind schon einmal verschwunden, als Sie etwas holen wollten.«

Als er die Pistole sah, sagte er: »Vorsicht! Vorsicht mit dem Ding. Es geht womöglich los. Bedenken Sie, daß ich erst siebenunddreißig Jahre alt bin ... im besten Alter. Halten Sie die Pistole doch nicht so direkt ... wie schnell ist ein Unglück passiert ...«

»Der Diener soll den Degen holen.«

»Leporello«, stöhnte Don Giovanni und duckte sich hinter einem Cembalo, »hörst du: den Degen.«

Was ich nicht wußte – wie sollte ich sowas wissen –, war, daß sich hinter dem Cembalo eine Tapetentür befand. Ich wendete nur einen Augenblick den Kopf, weil ich ja auch die ganze andere dubiose Gesellschaft beobachtete, die mit deutlich feindseliger Miene in allerdings gehöriger Entfernung stand. Donna Anna schrie auf, die Tür klapperte, Don Giovanni war weg. Ich stürzte hin, aber die Tür war versperrt. Wohl hatte er hinter sich den Schlüssel umgedreht. Es gelang mir, mit einigen Tritten die Tür aufzubrechen. Sie führte in einen finsteren Gang – der Gauner war natürlich längst über alle Berge.

Das heißt: über alle Berge nicht. Nur über ein paar Mauern oder vielleicht auch nur in einem Versteck in seinem Dachboden. Aber ich faßte sofort einen neuen Plan. Ich winkte den Damen, steckte meinen Degen ein, hielt jedoch die Pistole zur Vorsicht vor mich und sagte: »Dann wünsche ich für den Rest des Festes gute Unterhaltung«, und wir gingen.

Am nächsten Vormittag war ich wieder beim Gouverneur. Ich zeigte Don Giovanni abermals an – diesmal aber nicht

wegen des Mordes, sondern wegen seines Toastes. »*Viva la libertà* hat er in öffentlicher Gesellschaft gesagt, hat es vier-, wenn nicht fünfmal wiederholt. Wollen Sie immer noch nicht einschreiten, verehrter Herr Onkel? Muß ich die Inquisition unmittelbar verständigen?«
Der Gouverneur wurde bleich: »... viva la ...?! Ungeheuer. Können Sie das bezeugen?«
»Und auch Donna Anna sowie Doña Elvira.«
»Dann allerdings«, sagte der Gouverneur, stand auf und klingelte.

Es wäre alles gelungen, wenn nicht diese hysterische Gans dazwischengefahren wäre. Ich meine Doña Elvira. Leider weihten wir sie ein, meinend, wie gesagt, sie sei endgültig von ihrer verderblichen Liebe zu dem nichtswürdigen Don Giovanni geheilt. Wir täuschten uns.
Eile war geboten. Es war uns in jener Nacht im Palazzo Tenorios bei San Lorenzo in Lucina nicht entgangen, daß überall halb gepackte Koffer und Truhen herumstanden. Die Nachricht, daß der saubere Edelmann Rom zu verlassen gedenke, stimmte also. Die Orgie, der wir beizuwohnen wenigstens für eine kurze Zeit das zweifelhafte Vergnügen hatten, war ja auch als Abschiedsfest deklariert.
Auch der Gouverneur war durchaus bereit, schnell zu handeln. Bei *solchen* Delikten wie dem von mir angezeigten hätte er sich womöglich selber in den Verdacht der Freigeisterei gebracht, wenn er gezögert hätte. Er rief also sofort einen Schreiber, setzte ein Protokoll auf, das ich in gebührender Form beschwor.
Die Geschichte des Mißerfolges ist schnell erzählt. Ich ging, begleitet von Donna Anna, Doña Elvira und einigen Bedienten – mein treuer Diener Francesco war dabei, aber

auch jener Koch Tommaso Menta und seine Frau – und vor allem von mehreren Sbirren in Uniform unter dem Kommando eines Polizeisergeanten, noch am Abend dieses Tages, also am Abend nach jenem Fest, zum Palast des Don Giovanni und begehrte im Namen der Justiz Einlaß.
Im Gegensatz zum Vorabend war der Palast still und dunkel. Nur eine funzelige Laterne brannte über dem Eingang. Auf unser Klopfen öffnete niemand. Der Palast schien wie ausgestorben. Der Polizeisergeant befahl, das Tor aufzubrechen, aber der Koch Tommassetto führte uns zu einem Nebeneingang, den man durch eine finstere Gasse hinter San Lorenzo erreichte, und dieser Nebeneingang war ganz leicht mit einem Nachschlüssel zu öffnen. Wir durchsuchten den Palast. Das Nest war leer. Der Vogel war ausgeflogen. Nur im Speisezimmer steckte der Diener Leporello zitternd unter einem gedeckten Tisch (die Speisen halb aufgegessen) und jammerte. Der Kerl stammelte irgend etwas von einem entsetzlichen steinernen Gast, der gekommen sei: das Grabmal des Komturs. Der sei plötzlich erschienen und habe nach einem kurzen Gespräch (er, Leporello, habe gar nicht gewagt, zuzuhören) Don Giovanni zur Hölle geschickt. Flammen hätten aus dem Boden gezüngelt, draußen sei ein Gewitter niedergegangen (von dem wir auf dem Weg hierher nichts wahrgenommen hatten), es habe nach Pech und Schwefel gestunken, er, Leporello habe sich unter dem Tisch versteckt, habe das Tischtuch heruntergezogen und die Augen zugemacht. Allmählich habe der Gestank nachgelassen, und sowohl Don Giovanni als auch der steinerne Gast seien verschwunden gewesen.
Wer's glaubt.
Später erzählte Doña Elvira unter Tränen, daß auch sie den steinernen Gast gesehen habe. Dabei kam heraus, daß sie,

bevor sie mit uns und den Sbirren zum Palast gegangen ist, schon einmal dort war: um ihrem untreuen Mann die letzte Chance zu geben, seine Seele zu retten. Diese unverbesserliche Person hat also Don Giovanni bewußt oder aus Dummheit gewarnt.
Der Gouverneur tat so, als glaube er die Geschichte unbedingt. (Das enthob ihn weiterer Nachforschungen.) Er setzte ein neues Protokoll auf und legte den Fall befriedigt zu den Akten.

Doña Elvira reiste wenige Tage später ab in ihre Heimat mit der Absicht, in ein Kloster einzutreten. Leporello begab sich auf den Domestiken-Markt und suchte sich einen neuen Herrn. Der Vermieter des Palazzo konnte seine ausstehenden Mietforderungen in den Kamin schreiben. Das, was Don Giovanni in den Räumen des Palazzo zurückgelassen hatte, war nicht das Schwarze unter dem Nagel wert. Der Erlös deckte gerade die Reinigungskosten.
Auch Donna Anna beschloß, sich für das restliche Trauerjahr in ein Kloster zurückzuziehen, um Erholung von den durchgestandenen Schrecken zu finden. Zu Weihnachten des folgenden Jahres, stellte sie in Aussicht, sollten wir uns dann endlich ehelich verbinden. Sie wählte das Kloster Santa Cecilia in Trastevere, zu dem ihre Familie vielfache Beziehungen hatte. Die Familie hatte dort mehrere Stiftungen errichtet, und einige Groß- und Urgroßtanten waren Äbtissinnen dieses Klosters gewesen.
Schön und gut – man hat ja Verständnis für Pietät, und das Trauerjahr ist eine Selbstverständlichkeit. Daß es darüber hinaus unbedingt auch noch ein Trauerjahr in einem Kloster sein mußte, leuchtete mir nicht ein, aber ich akzeptierte natürlich auch das. Ob ich sie, dachte ich, in ihrem

Palazzo an der Via Giulia besuche – wo vielleicht auch allzuviel schmerzliche Erinnerungen an den Vater wie Spinnweben herumhingen – oder im Klostergarten, ist letzten Endes gleichgültig. Doch das mit den Besuchen war nicht so einfach, wie ich es mir vorgestellt hatte. Ich war gewohnt, Donna Anna täglich eine Aufwartung zu machen. So hatten wir es die ganze Zeit unseres Verlöbnisses gehalten. Als ich den dritten Tag hintereinander ins Kloster kam, bat mich die Äbtissin zu sich und raunzte, kaum die Höflichkeit wahrend, daß so häufige Herrenbesuche im Kloster äußerst ungern gesehen würden.

»... jedenfalls hier in Santa Cecilia«, sagte die Äbtissin und fügte spitz hinzu: »Es mag sein, daß es in anderen Klöstern anders ist. Das wissen Sie als ... hm ... weltgewandter Cavalier besser, ich weiß es nicht. Bei *uns* ist es nicht so.«

»Ich bin nicht so weltgewandt, wie Sie meinen, ehrwürdige Mutter, aber bedenken Sie: Donna Anna ist meine Braut.«

»Braut hin oder Braut her ... sie ist hier im Kloster. Sie ist schließlich freiwillig gekommen.«

»Wie oft erlauben ehrwürdige Mutter, daß ich ...«

»Jeden ersten Samstag im Monat. Da wird ohnedies der ganze Fußboden gescheuert, es ist immer ein großes Durcheinander, und da kommt es dann auf Ihren Besuch auch nicht mehr an.«

Ich dankte und ging. Überflüssig zu sagen, daß sich Donna Anna widerspruchslos den Anordnungen der Äbtissin beugte, zumal sie schon bei meinem Besuch am ersten Samstag im März nicht mehr ihre Kleider, sondern Novizinnentracht trug. Am ersten Samstag im September eröffnete sie mir, daß sie beschlossen habe, endgültig den Schleier zu nehmen und für immer im Kloster zu bleiben.

»Ist das nicht eine Freude!« schrie die Äbtissin, die wie zufällig dahergeschossen kam, hinter einem Busch hervor, »ich gratuliere herzlichst!«

»Wie man's nimmt«, sagte ich.

»Sie betet«, sagte die Äbtissin leise, »jeden Tag für die arme, sündige Seele des Bösewichtes.«

»Welches Bösewichtes?« fragte ich.

Donna Anna senkte den Kopf.

»Nun ja«, sagte die Äbtissin, »des Spaniers, dieses Don Sowieso, den ...«, sie bekreuzigte sich, »... die gerechte Strafe ereilt hat.«

»Ach«, sagte ich, »sie betet für Don Juan Tenorio? Aber wenn ihn die *gerechte* Strafe ereilt hat, dann braucht sie ja nicht zu beten.«

»Für *jede* Seele soll man beten«, sagte die Äbtissin streng.

»Betet sie auch für mich?«

»*Sie* leben ja noch, und außerdem hat *er* es wohl notwendiger als Sie.«

Ich verbeugte mich vor der Äbtissin, ich verbeugte mich vor Donna Anna und ging. Daheim unterrichtete ich meinen Vater davon, daß ich dem Malteserorden beizutreten und die Weihen als geistlicher Ritter zu nehmen entschlossen sei. Ich begann sogleich, die Papiere für die Ahnenprobe zusammenzustellen.

Die Jahre sinken hinab. Wie tief unten liegt dieses eine Jahr. Ich kann es fast nicht mehr erkennen. Mühsam muß ich diese Ereignisse an einer Wende meines Lebens aus dem Schutt darüberliegender, wahllos in die Grube geschütteter, unwichtiger Erinnerungen herauswühlen. Ob diesen Don Giovanni Tenorio damals wirklich der Leibhaftige geholt hat? Oder ob das alles nur ein Schwindel, eine geschickt eingefädelte Flucht war? Selbst dann ist er aber heute vermutlich tot, wäre ja sonst mehr als hundert Jahre alt. Donna Anna ist längst gestorben, nur ich lebe noch und mit mir der Verdacht. Ja – der Verdacht, *mein* Verdacht. Ich hatte den Verdacht damals schon, gleich in der Nacht, in der ich zum Palast des Komturs gerufen wurde. Ich habe den Verdacht zurückgedrängt, zeitweilig – während der Zeit, die ich auf Donna Anna gewartet habe – mit Gewalt zurückgedrängt, habe ihn nicht wahrhaben wollen, habe nicht wahrhaben wollen, daß in mir so ein Verdacht entstehen könnte. Der Verdacht war stärker. Heute wehre ich mich nicht mehr dagegen. Die Zahl der Dinge, die einem gleichgültig sind, nimmt im Alter zu.

Ist sie im Kloster geblieben, weil sie mir etwas zu verbergen hatte, was ich in der Brautnacht hätte bemerken müssen? Stimmt es, daß eine Frau, ob sie will oder nicht, denjenigen in ihrem Herzen unvergänglich liebt, der bei ihr der *Erste* war? Auch wenn er sie mit Gewalt, mit List, genommen hat? *Hat* sie sich überhaupt gewehrt? Hat sie gefürchtet, daß spätere Lust – mit mir, mit einem, der nur *ich* bin, kein Don Giovanni – die unaussprechlich süße Erinnerung an jene Lust überdecken, auslöschen, verblassen machen könnte? War ihre keusche Trauer im Kloster ein Bewahren der verbotenen Erinnerung, die nur ihr gehörte?

Ich fürchte, ich werde zu deutlich. Ich breche ab. Der Verdacht tut nicht mehr weh. Ich habe Donna Anna geliebt, ja, aber es wäre unsinnig zu sagen, daß ich sie noch liebe. Ich liebe überhaupt niemanden mehr. Die Anzahl der Personen, die man liebt, schmilzt im Alter zusammen. Bei mir ist schon der Punkt gekommen, daß nur noch eine Person übriggeblieben ist, die ich liebe: i c h. So bin ich längst nicht mehr eifersüchtig auf den Don Juan. Aber wissen würde ich es doch gern.

So habe ich also den ganzen Tag geschrieben. Ich lege diese Blätter zusammen zu einem Stoß. Den morgigen Tag werde ich ja wohl noch erleben, und da werde ich dann diesen Stoß Blätter in ein großes Papier einschlagen und versiegeln und einen Vermerk darauf anbringen, daß das alles mit mir begraben werden soll. Jetzt aber nehme ich meine Krücken und gehe in den Garten. Es ist sechs Uhr vorbei. Die Sonne steht über dem Gianicolo. Der Dunst des Abends liegt grau über der Stadt. Ich werde mich auf die Bank unter dem Lorbeerbaum setzen, und zwischen seinen Zweigen sehe ich die Kuppel der Peterskirche glänzen. Ich sitze oft so da, bis es Nacht und dunkel wird. Die Welt wird immer häßlicher. Man muß versuchen, dorthin zu blicken, wo sie *noch* schön ist.

Das Haus am Meer

Die Villa verdeckte den Blick ins Tal.
»Von der Terrasse aus«, sagte ich, »muß man eine herrliche Aussicht haben.«
Wir hatten an einigen Stellen des Weges, der in geringer Entfernung hinter den Villen und ihren Gärten den Hang entlangführte, hinuntergesehen, wenn gerade keines der Häuser und kein Baum die Sicht versperrt hatten. Inmitten der Hügel, die im schrägen Licht der Sonne von Myriaden von Ölbaumblättern wie Glas schimmerten, lag die Stadt. Wie ein Schiff ragte der Dom mit seinen aus der Entfernung zierlich wirkenden dunkelgrünen Intarsien aus dem scheinbar einförmigen Gewirr der Dächer. San Miniato al Monate, hoch über der Stadt, von hier aus aber weit unter uns, jenseits des Flusses, war an seiner hellen Fassade zu erkennen. Gegen Westen aber löste sich alles, die Ausläufer der Stadt, das Tal, die Hügel – nur nicht das leuchtende Band des Arno – im silbernen Dunst des Spätherbstes auf. Bis weit hinaus war das Blinken des gewundenen Flußlaufes zu sehen, dann verlor sich auch dies Blinken, als münde der Fluß nicht ins Meer, sondern in einen eleusischen Nebel.
»Kennen Sie dieses Haus?« fragte Dr. Castellalba.
»Nein«, sagte ich, »hat es eine besondere Bewandtnis mit ihm? Mir ist nur aufgefallen, daß man von der Terrasse aus – ich nehme an, die Villa hat auf der anderen Seite eine Terrasse – einen besonders glücklichen Blick ins Arnotal

hat. Diesen uralten Blick in die Ewigkeit … die schönste Aussicht der Welt.«
»Und doch wird sie nicht genutzt. Jedenfalls nicht von dieser Villa aus«, sagte Dr. Castellalba.
»Kennen Sie«, fragte jetzt ich, »das Haus?«
»Es wird von einer alten Frau bewohnt. Alle Fenster sind verschlossen, bis auf eins: dort neben der Tür. Wenn Sie genau hinschauen, sehen Sie die alte Frau hinter dem Fenster. Gehen wir, sonst fallen wir auf. Die alte Frau sitzt dort Tag für Tag und schaut auf den Weg hinaus.«
Wir spazierten weiter. Im Vorübergehen las ich den Namen auf der kleinen Marmortafel an dem verwitterten, steinernen Gartentor.
»Berchet«, sagte ich.
»Er wird französisch ausgesprochen«, sagte Doktor Castellalba: »Berché.«
»Der Name sagt mir nichts. Sie sagen das plötzlich so düster. Was hat es mit der Villa auf sich?«
»Das ist das Eigenartige an Fiesole. Das Heitere und das Düstere ist hier fast ein und dasselbe. Es durchwurzelt sich gegenseitig: die heitere Ruhe und die Tiefe der Düsternis. Eine düstere Heiterkeit. – Böcklin hatte hier in der Nähe gewohnt, auch Huxley.«
Wir waren ein Stück weitergegangen. Ich blickte auf das graue Haus zurück, das von hier aus zwischen den dunklen Bäumen – einige Zypressen und zwei besonders schöne Lewentonien – fast nicht mehr zu sehen war.
»Und wer ist nun die Dame Berchet, die jahraus, jahrein am Fenster sitzt?«
»Das ist keine Dame Berchet, das ist Aurispa, sie war damals schon die ›alte Aurispa‹, heute ist sie natürlich noch älter.«

»Ein eigenartiger Name«, sagte ich.

»›Aurispa‹«, sagte er. »Die Sizilianer haben oft ganz merkwürdige Vornamen, selbst die einfachsten Leute. Die Alte ist Haushälterin bei den Berchets – oder war, je nachdem, wie man es nimmt. Aber ›Berchet‹ sagte Ihnen nichts?«

»Nein«, sagte ich.

»Auch Dall'Oca wird Ihnen kein Begriff sein. Na ja. Es ist schon lange her, und Sie sind kein Mediziner. Professor Dall'Oca war mein Lehrer. Er war Professor hier an der Universität. Er war ein Genie, und er war ein Phantast; mag sein, er war zu sehr ...«

Dr. Castellalba schüttelte, offenbar in Erinnerungen, ein wenig den Kopf. »Setzen wir uns auf diese Bank«, sagte er dann. »Dall'Oca starb – sagen wir: starb, das ist jedenfalls der Oberbegriff, als er nur wenig über vierzig Jahre alt war. Hätte er länger gelebt, wer weiß ... Ich war Assistent von Professor Dall'Oca. Daher weiß ich einiges ... aber nicht alles. Die Villa Berchet war das letzte Haus, das Dall'Oca lebend betreten hat. Der plötzliche Tod Dall'Ocas störte auch meine Karriere nicht unempfindlich. Er war mein Doktorvater gewesen. Kein anderer Professor wollte mich danach als Doktoranden annehmen, nicht einmal mit einer neuen Arbeit. Seine Kollegen waren nicht gut auf Dall'Oca zu sprechen. Nicht nur das übliche kindische Gezänk unter Wissenschaftlern: Klerikal-Faschisten und Kommunisten. Dall'Oca war Freidenker. Er war beiden verhaßt.«

»Und wer waren die Berchets?«

»Ich habe vieles aus der Nähe erlebt. Ich habe natürlich auch Fidelfo Berchet gekannt. Fidelfo Berchet war oder schien wenigstens – muß man einschränken, wenn man es so überblickt – einer der wenigen zu sein, mit denen

Dall'Oca befreundet war; vor allem aber: Berchet war Dall'Ocas großes Experiment. Sie, die alte Aurispa, die ein familienanhängiges Faktotum schon bei Fidelfo Berchets Eltern war, hat mit der düsteren Stimme, die altgediente Domestiken nicht ungern zu haben pflegen, vor dem ungeheuerlichen Experiment gewarnt. Aber wir hielten uns für aufgeklärt. »Man sollte«, sagte Dr. Castellalba und faltete die Hände über seinen Stockknauf, »auch heutzutage Gott nicht versuchen, selbst dann nicht, muß man wohl mit Rücksicht auf Dall'Oca sagen, wenn es gar keinen gibt.«
»War es«, fragte ich zögernd, da Dr. Castellalba schwieg, »ein medizinisches Experiment?«
»Natürlich; Sie kennen selbstverständlich die Geschichte von Orpheus? Die Berchets gehörten nicht zu den alten Familien hier, wie schon aus dem Namen hervorgeht. Ich glaube, Fidelfos Großvater kam aus Savoyen in unsere Stadt. Er kam als vermögender Kaufmann und starb als reicher. Seine Söhne kamen durch das Geld außerdem zu Ansehen. Einer wurde Geistlicher und bekleidete einen hohen Posten im Vatican, alle anderen heirateten Töchter florentinischer Patrizierfamilien. Keiner hatte Kinder bis auf Fidelfos Vater, der einen einzigen Sohn hatte, eben Fidelfo Berchet. An Begabung, insbesondere für die Literatur, soll es – ich habe ihn ja erst viel später kennengelernt und weiß von seiner Jugend nur vom Hörensagen – dem jungen Fidelfo Berchet nicht gefehlt haben. Seine Begabung wurde sorgsam gepflegt, gleichzeitig wurden die künftigen äußeren Wege – aber wer kennt schon die Zukunft – lang vorausschauend geebnet. Es bestand für Fidelfo ein in allen wesentlichen Punkten ausgefeilter Lebensplan. Mit fünfundzwanzig Jahren hätte Fidelfo als fertiger Dichter, nein: als fertiger Fidelfo, vor die Welt treten

sollen, und mit der Präzision einer zuverlässigen Maschine hätten Erfolg und sogar Glück in Fidelfos Leben gleichsam einklinken müssen – da kam der Krieg. Er blies in Fidelfos scheinbar gefestigten Lebensplan wie in ein Kartenhaus. Zehn Jahre wurden Fidelfo Berchet gestohlen, durch Krieg, Gefangenschaft und Krankheit – zehn Jahre, bei einem Lebensplan, der sozusagen auf die Minute berechnet war. Als Fidelfo zurückkam, waren seine Eltern tot, seine Braut hatte einen andern geheiratet, der größte Teil des Vermögens war verloren. Fidelfo stand mit fünfunddreißig Jahren vor der Ruine seines Lebens.

Nun, das Haus und noch einiges andere war geblieben. Aurispa hatte bewahrt, was in ihrer Macht lag. Fidelfo begann, ein wenig für Zeitungen zu schreiben, eine Zeitlang war er in der Redaktion einer kulturellen Monatszeitschrift, auch schrieb er ein recht erfolgreiches, eher populärwissenschaftliches Buch über die Geschichte der Philosophie. Aber er fühlte sich als gescheiterte Existenz. Kaum jemand konnte ihn darüber trösten, denn fast jeder fühlte: er war es.

Das änderte sich auch nicht nach seiner Hochzeit mit einer Photographin, einer schönen und lebhaften Frau. Erst als eine Tochter zur Welt kam, sie wurde Adriana getauft, schien Fidelfo Berchet seinen früheren *élan vital* wiedergefunden zu haben. Fidelfo konzentrierte sich auf das kleine Mädchen, so wie sich seinerzeit seine Familie auf ihn konzentriert hatte. Adriana war klug, ein reizvolles Kind und außerordentlich liebenswürdig. Sie ließ bald die mit ausgefeilter Erziehung vermischte Bewunderung ihres Vaters mit solchem Charme über sich ergehen, daß Fidelfo das Kind – es ist nicht zuviel gesagt – vergötterte. Kurz bevor Adriana in die Schule kommen sollte, kam sie bei einem

Autounfall ums Leben. Nie habe ich bei einem Menschen erschütterndere Trauer gesehen. In den ersten Wochen redete Fidelfo überhaupt nichts. Er saß in einem abgedunkelten Zimmer des Hauses, starrte meistens vor sich hin, nur hie und da spielte er auf dem Grammophon Gesualdo-Madrigale. Auch diese hochintellektuelle und gleichzeitig überaus sinnliche Musik gab Fidelfo keinen Trost, aber man hatte das Gefühl, sagte mir Aurispa, sie verhindere, daß die Gedanken des Herrn Berchet gänzlich zu Bröseln auseinanderfallen. Tatsächlich schien Fidelfo eine Zeitlang nah am Wahnsinn zu sein. Er verbrachte Stunden kniend vor einer kindlichen Zeichnung, die Adriana kurz vor ihrem Tod gemacht hatte, und er redete von dem Kind stets so, als lebe es noch.

Ich war damals schon Assistent bei Dall'Oca und war auch bereits mit der Familie Berchet bekannt. Als Famulus des Professors kannte ich seinen großen Plan. Ich wußte auch, daß er eigentlich noch nicht zur Ausführung reif war, daß selbst ein so kalter Mensch wie Dall'Oca vor der Kühnheit des Unternehmens noch zurückschreckte. Ich muß deshalb annehmen, daß der Anstoß zur Ausführung von Fidelfo Berchet ausging, ja daß Berchet den Professor dazu überredete.

Das Problem bei diesem Experiment war nicht so sehr medizinischer als eher technischer Natur. Es ist sehr einfach, einen Menschen so zu ›töten‹, daß kein organischer Schaden eintritt. Da werden zwei Drähte aus einem kleinen Gerät ans Herz herangeführt, ein Stromimpuls, das Herz bleibt stehen wie eine angehaltene, aber intakte Uhr. Setzt jedoch nun die Durchblutung aus, so beginnt die Zersetzung, vor allem der Hirnsubstanz. Dreißig Sekunden ohne Durchblutung zerstören gewisse lebenswichtige Hirnzellen unwiederbringlich. Es gibt die Möglichkeit, diesen Zerstörungsprozeß zu unterbinden. Sie wissen es vielleicht: durch Einfrieren. Gelingt es, innerhalb von dreißig Sekunden den sozusagen nur angehaltenen, noch nicht eigentlich toten Organismus vollständig einzufrieren (um es gleich vorauszuschicken: wir verwendeten flüssiges Helium), gleichzeitig aus bestimmten Gründen das Blut völlig zu entfernen und eine konservierende Ersatzlösung nachzufüllen, so bleibt dieser stillgelegte Mensch organisch unversehrt. Klinisch gesehen allerdings ist er tot. Unter der nötigen Vorkehrung läßt sich die Konservierung theoretisch beliebig lange aufrechterhalten. Wird dann der Prozeß in umgekehrter Reihenfolge vorgenommen, Sie sind Laie, und ich brauche nicht auf die einzelnen Probleme einzugehen, die bei den verschiedenen Phasen auftauchen, so kann das Herz wieder in Gang gesetzt werden, wie das bloß angehaltene Uhrwerk, und der Mensch lebt wieder.

Fidelfo Berchet stellte sich Professor Dall'Oca als Versuchsperson zur Verfügung. Der klinische Tod Fidelfos sollte elf Tage dauern. Diese Frist bestimmte er selber. – In dieser Zeit wollte er seine Tochter suchen.

Ein kleiner Kreis von Assistenten und Mitarbeitern, darunter ich, wurde von Dall'Oca für das Experiment herangezogen, das im übrigen vorerst geheimgehalten werden sollte, da – gelinde gesagt – die juristischen Voraussetzungen nicht geklärt werden konnten. Das Experiment gelang. Nach außen hin wurde es als komplizierte Operation deklariert. Fidelfo Berchet lag elf Tage lang, klinisch tot, in Dall'Ocas Institut. Auch der zweite Teil gelang so gut, daß Berchet schon am zwölften Tag in sein Haus zurückgebracht werden konnte, wo allerdings jede Sekunde seines Tageslaufes beobachtet, kontrolliert und überwacht wurde.

Es dauerte nicht lange, so konnte Berchet für Stunden aufstehen. Er war ja eigentlich gesund, es war aber so, als habe sein Körper einige Funktionen gewissermaßen verlernt, wobei zu bemerken war, daß es sich dabei eher um psychische Funktionen handelte. Aber durfte man das verwunderlich finden? Die Situation in der Villa Berchet war sehr eigenartig. Fidelfo redete fast nichts, aber nicht aus Schmerz und Trauer wie nach dem Tod seiner Tochter, zeigte überhaupt keine Seelenregung, so, als habe er sein Bewußtsein (und damit übrigens auch sein Erinnerungsvermögen) noch nicht ganz wiedergefunden. Colomba, so hieß Signora Berchet, war seit der Rückkehr ihres Mannes von einer merkwürdigen Unrast ergriffen, aber sie wagte nicht danach zu fragen, ob Fidelfo etwas und was er in den elf Tagen verspürt oder erlebt hatte. Professor Dall'Oca, der als radikaler Freidenker an keine Form jenseitigen Lebens glaubte, gab sich stets den Anschein, als interessiere ihn nur die medizinische Seite seines Experimentes, wobei nicht zu verkennen war, daß ihm auch die anderen Fragen brennend am Herzen lagen; er war jedoch zu stolz dazu, seine Weltanschauung auch nur durch ein einziges Wort sich selber gegenüber in Mißkredit zu bringen. So schwieg man über diese Dinge, die jedoch in ihrer unheimlichen, möglicherweise alle bisherige Philosophie und Theologie, ja das Denken der Menschheit überhaupt umwälzenden Größe wie ein Block aus Eisen, groß wie das ganze Haus, quasi in der Villa standen, so daß sie ständig im Wege waren und man bei jedem Wort und bei jedem Schritt auf sie stieß.

Die alte Aurispa brach dieses Tabu. Colomba, Fidelfo, Dall'Oca und ich – ich hatte gerade ›Dienst‹ bei dem Patienten – saßen, es war etwa vier Wochen nach dem Expe-

riment, an einem sonnigen Nachmittag auf der Terrasse. Aurispa hatte den Kaffee serviert. Als sie dann die speziellen Diätgetränke für Fidelfo brachte, entfernte sie sich nicht, sondern blieb stehen, als warte sie auf etwas.
»Was ist, Aurispa?« fragte Colomba.
»Gnädiger Herr«, sagte Aurispa, »haben Sie Ihre Tochter wiedergesehen?«
Alle erstarrten. Dann stand Fidelfo auf und sagte: »Ich habe nie eine Tochter gehabt. Ich war in einem Haus am Meer.« Dann ging er rasch in die Villa. Mir war die Szene natürlich peinlich. Ich erinnere mich nicht genau daran, aber ich nehme an, daß ich verlegen im Kaffee rührte. Kaum daß Fidelfo fort war, brach Signora Colomba in Tränen aus. Auch sie lief ins Haus, nachdem sie zu Dall'Oca etwas hatte sagen wollen. Ich weiß nicht, ob meine Gegenwart oder ihre Tränen sie hinderten, mehr zu sagen als: »Marco! ...«
Marco war Dall'Ocas Vorname. Vorher jedoch hatten sie einander nie geduzt. Aurispa sagte mit einem Ernst, der selbst einen so kalten, hochfahrenden und selbstsicheren Menschen wie Dall'Oca zu beschämen imstande war: »Gott, Signor Professore, verbietet solche Dinge.«
Es muß dann wohl in den nächsten Stunden, nachdem einmal das Tabu zerbrochen war, zu einer Aussprache zwischen Fidelfo, seiner Frau und Dall'Oca gekommen sein. Ich war nicht dabei. Aurispa erzählte mir später, Signor Berchet habe immer nur gesagt, er habe schreckliche Dinge erlebt, eigentlich nicht schreckliche Dinge, aber Dinge, die das menschliche Fassungsvermögen übersteigen. Dall'Oca habe sich dann nach einem furchtbaren inneren Kampf zu der Frage durchgerungen: Gibt es Gott? Fidelfo habe jedoch darauf nichts geantwortet, er habe nur

dazu angesetzt und gesagt: »Ich war in einem Haus am Meer …«, dann habe er geschwiegen.
In der nächsten Nacht hatte eine Kollegin von mir die Nachtwache bei Berchet. Wie üblich, war auch Dall'Oca im Haus. Die Kollegin, eine junge Assistenzärztin, nahm die routinemäßigen Blutdruckmessungen und so weiter vor und verabreichte die vorgeschriebenen Medikamente. Dann begab sich Berchet zu Bett. Die Assistenzärztin saß in einem als eine Art Wachstation eingerichtetem Ankleideraum neben Fidelfos Schlafzimmer. Colomba und Dall'Oca saßen oben in der Bibliothek. Gegen Mitternacht bemerkte die Assistenzärztin, daß Berchet sein Zimmer verließ. Die Ärztin nahm an, er wolle die Toilette aufsuchen, und trat auf den Korridor hinaus. Berchet ging nicht zur Toilette, sondern nach oben. Kurz darauf hörte die Assistenzärztin zwei, möglicherweise, wie sie später angab, drei Schüsse. Aurispa hatte vier Schüsse gezählt. Als Berchet, den Revolver noch in der Hand, aus der Bibliothek heraustrat und die Stiege herunterkam, verlor meine Kollegin vermutlich die Nerven. Sie lief in das Ankleidezimmer, sperrte alle Türen ab und versteckte sich in einem Schrank. Dort blieb sie bis zum Morgen. Am Morgen war Fidelfo Berchet verschwunden. Er hatte alles Bargeld, das im Hause war, den Schmuck seiner Frau und sein Auto mitgenommen. Zurückgelassen hatte er ein dickes Wachstuchheft, das er noch in der Nacht vollgeschrieben hatte. Das Wachstuchheft nahm Aurispa zu sich; ich erfuhr von der Existenz dieses Heftes erst viel später. Aurispa verschwieg es. Und auch, daß Fidelfo die ganze Nacht nach dem Doppelmord geschrieben hatte, auch der Polizei, die sie zwar verständigte, aber ziemlich spät. Fidelfo hatte dadurch einen großen Vorsprung. Sein Auto wurde Tage danach in Frankreich gefunden. Von Fidelfo Berchet

hat man nie wieder etwas gehört. Ich glaube auch nicht, daß er, der ja immer noch auf Schonung und die genau dosierten Medikamente angewiesen war, lange überlebt hat. Aurispa wartet heute noch auf seine Rückkehr.«

»Und was stand in dem Wachstuchheft?«

»Wohl das für den menschlichen Verstand Unfaßliche, das er in den elf Tagen seines klinischen Todes erfahren hat.«

»Haben Sie es gelesen?« fragte ich.

»Nein«, sagte Dr. Castellalba, »Aurispa gibt es nicht aus der Hand. Einmal hat sie mir die erste Seite gezeigt. Dort stand in Druckbuchstaben: ›Das Haus am Meer‹. Nacht für Nacht sitzt Aurispa vor dem Wachstuchheft.«

»Und die schrecklichen Dinge, die sie als einziger Mensch auf der Welt weiß, übersteigen ihren Verstand nicht?«

»Aurispa ist Sizilianerin und fast neunzig Jahre alt. Wissen Sie, wie es um die Bildung in Sizilien vor achtzig Jahren bestellt war? Aurispa kann nicht lesen.«

Dr. Castellalba schwieg eine Weile. Dann sagte ich: »Zwei Fragen bleiben für mich noch offen. Warum hat Dall'Oca, wenn er und Colomba Berchet vor Fidelfo etwas zu verbergen gehabt haben, ausgerechnet ihn für sein Experiment ausgesucht?«

»Ich glaube nicht, daß Dall'Oca auch nur im entferntesten damit gerechnet hat, Fidelfo könnte es ... drüben – erfahren, ganz einfach: er hat nicht an ein Drüben geglaubt. Außerdem, die Faszination des Experimentes ..., und finden Sie so leicht jemanden, der sofort dafür bereit ist, diese Sache mit sich machen zu lassen?«

»Und warum hat Ihnen Aurispa das Heft nicht zu lesen gegeben? War sie selber nicht neugierig auf seinen Inhalt?«

»Sie bewahrt es. Vielleicht wagt sie auch nur nicht, es zu vernichten. – Vielleicht ...« sagte er.

»Vielleicht ...?« fragte ich. Er schaute mich an. »Wollten Sie sagen«, sagte ich nach einer Weile: »... gibt es das Haus am Meer ...?«
Der Abend kam. Hier heroben war es noch hell, aber das Tal und die Stadt bedeckten schon die Schatten der Dämmerung. Die letzten Sonnenstrahlen streiften die Türme, den feingezimmerten Turm der Signoria, den Campanile und Brunelleschis Meisterwerk, die Kuppel des Domes, die, mitten im herbstlichen Silberatem des Arno, aufzuleuchten begann wie ein Rubin.

Nachwort

Sie singt von Lieb' und Liebesweh
Von Tränen und von Lachen
Sie jubelt so traurig, sie schluchzet so froh,
Vergessene Träume erwachen.

HEINRICH HEINE

Dieser Band vereinigt einige Erzählungen, die ich für meine besten halte. (Daß nicht alle Erzählungen, die ich für meine besten halte, in dem Band zu finden sind, hat äußere Gründe, die ich, da zu uninteressant, nicht weiter ausführen will.) Mancher Leser wird über die Auswahl erstaunt sein. Dazu eine Bemerkung: Friedrich Torberg, den ich – um eine Wendung zu gebrauchen, die von ihm selbst stammt – als einen der Helden der Vorzeit verehre und dem ich die erste große, mir bahnbrechende Rezension verdanke, hat mich »den Buster Keaton der deutschen Literatur« genannt. Das könnte dann zu Mißverständnissen führen (hat dazu geführt), wenn man dabei *nicht* bedenkt, daß es der alte Buster Keaton war, der in Samuel Becketts Film »FILM« die Hauptrolle spielte.

*

Der Geschichte »Der letzte Troubadour« (1979) liegt im Kern eine wahre Begebenheit zugrunde, die mein Freund, der Bühnenbildner Herbert Scherreiks in seinen jungen Jahren bei einer Wanderbühne miterlebt hat. »Die letzte Attacke« (1980) folgt einer Anregung, die sich aus den Gesprächen mit meinem Kollegen Wenning beim Amtsgericht München ergeben hat, der ein exzellenter Kenner der Militärgeschichte ist. »Die junge Maria Stuart« beschäftigte mich als Stoff seit meinem allerersten Italienaufenthalt 1954 im Trentino; ich wohnte damals einige Tage in jenem Lavis, in dem die Geschichte spielt. Nach vergeblichen Versuchen, aus dem Stoff ein Theaterstück zu machen, mündete er (1985) in die vorliegende Erzählung. »Das Zwergenschloß« (1982) beruht auf einer Legende, die sich um das »Castello dei Nani« in Vicenza rankt. Ich habe nur diese Legende sozusagen ausformuliert. In Wirklichkeit beruht der Name des Hauses auf den zwergenartigen Figuren, die einen Teil der Parkmauer bekrönen. »Abschied vom Leben« habe ich tatsächlich so geträumt, wie am Schluß geschildert. Ich habe die Geschichte im Goethe-Jahr 1982 geschrieben, lang vor dem Fall des kommunistischen Systems. Daß die in dieser Geschichte enthaltene Gedankenspielerei (der Fall der DDR) eines Tages Wahrheit werden könne, habe ich nicht geahnt. Mein väterlicher Freund und im gewissen Sinn Lehrer der Schriftstellerei Erich Landgrebe hat einmal darüber gesprochen, daß oft ein einziger optischer Eindruck die Auslösung für einen ganzen Roman sein kann. Für die Geschichte »Die Frau seines Lebens« (1984) ist mir das passiert: ausgelöst hat das Fortspinnen zur Geschichte eine junge Frau in weißer Bluse im Omnibus nach Tivoli. Ich habe sie auf der Hinfahrt gesehen, in Tivoli war die Geschichte im Kopf fertig; seltsamerweise ist die junge Frau auf meiner Rückfahrt wieder in den Bus gestiegen … meine Frau des Lebens ist sie nicht geworden. Dem Losverkäufer unter den Arkaden der Piazza dall'Esedra habe ich einmal ein Los abgekauft; nicht gewonnen.

»Bilanz«, in Kitzbühel 1968 geschrieben, verdanke ich einem Hinweis von Reiner Zimmik auf den im psychologischen Fachjargon sogenannten »Bilanz-Selbstmord« d. h. auf das suizide Phänomen, daß der Selbstmörder vorher seine irdischen Angelegenheiten aufs Peinlichste genau abschließend regelt. »Eine Begegnung im Park« war (ca. 1975) ein Beitrag zu einer Anthologie, die die Stadt Bayreuth herausgegeben hat, die »Italienische Eröffnung« (1980) ist die Frucht meiner sporadischen Beschäftigung mit dem Schachspiel, »Prof. Munk, Sonntagskind« (1984) ist, wie man erkennen wird, eine Paraphrase nach dem »Gläsernen Herz« von Wilhelm Hauff; zu »Gehehe, der sehr große Vogel« (1986) hat mich einesteils der sogenannte »Cargo-Kult« angeregt, also jenes religiöse Phänomen bei isolierten Inselvölkern der Südsee, die überfliegende Flugzeuge als Götter zu verehren begannen, und zweitens das Schicksal eines italienischen Missionars in Abessinien, der von einem Stammeshäuptling gefangen und gezwungen wurde, eine Kanone zu gießen. 1988 gab mein Freund Hanspeter Krellmann die zweite Sammlung meiner musikalischen Gedanken heraus und wollte sie durch eine neue Erzählung angereichert wissen, weshalb ich wieder einmal auf das zurückgriff, was mich nicht losläßt, auf Mozarts und Da Pontes »Don Giovanni«: »Don Ottavio erinnert sich«.

»Das Haus am Meer« (etwa 1965 geschrieben) ist unter diesem Titel zuerst in der Sonntagsbeilage der »Stuttgarter Zeitung« erschienen, wo seinerzeit einige meiner Geschichten abgedruckt wurden. Unter dem für meine Begriffe zu deutlichen Titel »Der stillgelegte Mensch« war sie dann Titelgeschichte meines ersten Erzählbandes (1971). Die medizinischen Informationen verdanke ich einem damaligen Gerichtsmediziner, Dr. Ekkehard Böhm, mit dem ich öfters dienstlich zu tun hatte. Sie ist immer noch, aus Gründen, die ich nicht ausführen möchte, die man aber wohl erraten kann, für mich eine meiner wichtigsten Geschichten.

Herbert Rosendorfer

Limitierte Sonderausgaben

ISBN 3-485-00818-4
DM 29,90/ öS218,–/ sFr 27,50

ISBN 3-485-00408-1
DM 19,90/öS 145,–/sFr 19,–

ISBN 3-485-00817-6
DM 20.–/öS 146,–/sFr 19,–

ISBN 3-485-00730-7
DM 19,90/öS 145,–/sFr 19,–

Auch als
AUDIOBOOK
2 Kassetten
ISBN 3-7844-5002-4
DM 49,90/öS364,–/sFr 46,–
(unverb. Preisempfehlung)

»Rosendorfer ist zweifellos einer der subtilsten und geistreichsten deutschsprachigen Unterhaltungsschriftsteller der Gegenwart. Ein so beschwingtes Erzähltalent besitzt in der deutschsprachigen Literatur unserer Tage tatsächlich einen bestechenden Seltenheitswert.«

Neue Zürcher Zeitung

ISBN 3-485-00792-7
DM 34,–/öS 248,–/sFr 31,50